이렇게 작가가 되었습니다

이렇게
작가가
되었습니다

정아은

마름모

차례

02. 어떻게 쓰는가

03. 쓰는 마음

04. 작가를 둘러싼 사람들

노트북을 켜고 메일함으로 들어간다. 숨소리가 인식되기 시작한다. 마우스에 올린 손가락에 힘을 주려는데 콩닥콩닥, 심장이 뛴다. 크게 숨을 들이마신 뒤 집게손가락에 힘을 준다. 클릭 소리. 조금 뒤 눈을 뜬다. 재빨리 목록을 훑는다. 국비 지원 자격증 광고, 도서관 프로그램 홍보, 네이버 페이 알림, 패션몰 소개…… 매일 오는 알림성 메일이 빼곡히 차 있다. 기다리는 메일은 오지 않았다. 나는 천천히 숨을 내쉰다. 안 왔다! 마음이 가라앉고 호흡이 정상으로 돌아온다.

메일이 들어오지 않았다는 사실에서 비롯된 평안은 그러나, 오래가지 않을 것이다. 한 시간, 아니 30분도 지나지 않아 내 손은 다시 메일함을 클릭할 것이다. 가슴 떨림과 눈 감음과 안도의 한숨이 다시 반복될 것이다. 그리고 그런 과정이 몇 번 되풀이되다가 어느 순간, 그것이 올 것이다. 메일이.

온갖 상상의 나래를 펼치며 며칠째 기다리는 대상은 출판사로부터 올 메일이다. 3주 전, 200자 원고지 1500매 분량의 원고를 완성했다. 기획안과 자기소개서를 만든 뒤 원고 파일과 함께 출판사 두 곳에 보냈다. 1주일 전, 그중 한 곳인 A 출판사에서 연락을 받았다. 원고를 출판해줄 수 없다는 메일이었는데, 왜 자기네 출판사에서 출판해줄 수 없는지를 조목조목 짚어 길게 설명하고 있었다. 흘끔 훑어보고 얼른 메일 보관함으로 보내버렸다. 1분이 채 되지 않을 시간 동안 눈에 담겼던 문장들이 고스란히 되살아나 몸 안을 돌아다녔다. 당신이 보내준 원고는 잘 안 읽히고, 장르가 모호하고, 요지가 불분명하고……

내 마음은 3주 전, 메일 속 품평 대상이 된 초고를 완성하던 순간으로 날아간다. 뿌듯함으로 가득 차 어쩔 줄 몰라 하던 순간으로.

아아, 이번 원고는 너무 잘 쓰지 않았는가!
나의 대표작이 될 것이다!

감격하며 지나온 나날을 회상했더랬다. 그동안 나왔던 책들은 모두 예고편이었고, 그다지 많이 팔리지 않았던 이

전의 책들은 모두 이 책의 출간에 이르기 위한 전초전에 불과했다고 결론 내리며 주먹을 불끈 쥐었더랬다. 세상 누구도 하지 못했던 참신한 사고가 빼곡히 박힌 원고를 스크롤하며 회심의 미소를 지었더랬다. 한동안 자화자찬의 축제 분위기에 빠져 있다가 의기양양하게 자기소개서를 썼더랬다.

출판사로부터 신랄한 평가가 담긴 거절의 메일을 받은 순간, 그제야 다른 종류의 기억이 되살아났다. 그러니까 내가 방금 세기의 걸작을 완성했고, 이 원고로 인해 그동안 누리지 못했던 권세와 영광을 원 없이 누리게 되리라는 예감을 그전에도 품은 적이 있었다는 사실, 원고를 쓸 때마다 그런 확신에 차 있었다는 사실, 그러나 초고를 마치면 원고에 대해 내렸던 과대평가와 자신감이 이내 꺾이고 절망에 빠져들곤 했다는 사실. 작가는 자신이 뭘 썼는지 모르며, 객관적으로 원고를 평가할 수 없다는 진실이 전광석화처럼 폐부에 스며왔다. 그와 동시에 온갖 종류의 비관 퍼포먼스가 시작됐다. 메일에 쓰인 A 출판사 편집자의 날카로운 말들이 춤을 추며 자포자기와 자기비하와 자괴감을 부추겼다. 참신함과 통찰력의 대명사였던 나의 원고가 이제 장르가 불투명하고 요지를 알 수 없는 쓰레기로 둔갑했다. 이렇게 형편없는 원고를, 세상에, 어쩌면 그렇게도 높이 평가했을까. 그런 수준의 원고를 잘났다고 여기저기 보냈다니, 아아, 나는 얼마나 맹렬한 멍청이인가!

　문제는 아직 답변을 보내오지 않은 B 출판사가 초반에 나의 '한때 찬란해 보였으나 이제는 쓰레기로 돌변한' 원고에 호감을 보였다는 사실이다. 메일을 보낸 지 사흘이 지났을 때, B 출판사의 편집자가 답신을 보내왔더랬다. 내 원고가 '매우 흥미롭고', 그래서 '빨려들어 읽었다'고 치하한 뒤, 2~3주 정도 검토 기간을 거쳐 최종 답변을 보내주겠다고 했다. 친하게 지내는 편집자에게 물어보니 그런 답장을 보내 구체적인 날짜를 알려준다는 것은 원고를 출판 대상으로서 진지하게 검토하는 것이라고 말해주었다. 그 말에 힘입어, 2주 정도 기다림을 인내할 수 있었다.

　B 출판사 편집자의 메일이 있었기에, 기다림의 기간을 너무 비관하며 보내지 않을 수 있었다. 그런데 A 출판사에서 보낸 신랄한 메일을 받은 뒤부터 분위기가 뒤집어졌다. B 출판사가 중간에 내가 보냈던 메일을(일부분을 새로 써서 덧붙였으니 새로 보낸 파일로 읽어달라는) 읽고도 답장을 보내지 않았다는 사실이 커다랗게 떠오르면서, 부정적인 생각이 뇌리를 휘감아 돌았다.

　화요일, B 출판사에서 답을 보내주기로 약속한 세 번

째 주의 두 번째 날이 시작되고 있다. 아침부터 메일을 열어보며 가슴 쓸어내리기를 열 번쯤 한 '나'라는 생명체 안에 문장들이 끓어오르기 시작한다. 출판사에 원고를 보내놓고 어쩔 줄 몰라하는 못난 모습을 묘사하는 문장들이다. 열등감과 불안에 빠져 허우적거리는, 이제 더는 책을 내지 못할 거라는 비관으로 가득 찬 미물을 생생하게 그려내는 문장들이다. 온갖 비관적인 생각에 휩싸여 있으면서도 어딘가에서 이 원고를 평가해주고 출판해줄지도 모른다는 한 가닥 희망을 놓지 못하는 이 멍청이를 세상에 나보다 더 잘 써낼 수 있는 사람은 없을 것이다! 생각하며 이 생명체는 갑자기 '글쓰기에 대한 글'을 쓰고 싶다는 욕망의 도가니에 빠져든다.

그렇게 해서 멍청이는 노트북을 열어젖히고 글을 쓰기 시작한다.

노트북을 켜고 메일함으로 들어간다. 숨소리가 인식되기 시작한다……

빠르게 키보드를 쳐내려가는데 날카로운 쾌감이 올라온다. 그래, 거절당한 원고로 인한 절망감은 새로운 원고로 극복하는 거다! 이 이야기를 책으로 쓰자, 정아은! 신나게 써내려가는데 어느 순간 한 가지 사실이 번뜩이며 경고음을 낸다. 정아은, 너 저번 원고도 그렇게 시작했잖아! 아. 나는 고개를 움츠리며 주위를 둘러본다. 방 안엔 정아은이라 불리는 미물 외에 아무도 없다. 그런데도 머쓱해진다. 아침부터 벌벌 떨며 메일함을 클릭하게 만들었던 그 원고, B 출판사의 답장에 운명이 맡겨졌던 그 글더미의 출발도 그랬더랬다. 그전에 쓴 원고를 출판사에 내밀었다가 쓴소리를 듣고 집으로 돌아온 뒤 그 글더미의 첫 부분을 썼더랬다.

까맣게 잊고 있던 '전' 원고의 출생의 비밀을 떠올리고 한동안 아연해하다가, 내 손이 다시 움직이기 시작한다. 몰라 몰라. 일단 쓰고 보자. 다시 시동이 걸린 글쓰기는 힘차게 이어지고, 나는 공들여 쓴 원고의 출간 여부 앞에 개미만 하게 움츠러든 어떤 멍청이를 그려내는 재미에 빠져들어 실실 웃으며 손가락을 놀린다.

이제 고백하도록 하자. 이 글쓰기 책이 시작된 것도 이러한 과정의 일환이었다고. 그렇다. 나는 최근 출간된 논픽션 《전두환의 마지막 33년》의 출간 여부를 둘러싼 걱정과 두려움을 떨치기 위해 이 원고를 쓰기 시작했다. 원고를 쓰게 만든 100만 가지 다른 동기가 있었지만, 새로운 파일을 만들고 새하얀 화면에 첫 줄을 써내려가게 한 가장 마지막 버튼은 '최근 작성 원고 출간 여부에 대한 걱정을 떨쳐내겠다는 마음'이었다.

*

그런 마음으로 쓰기 시작한 글더미는 어느 시점부터 가열차게 자체적인 빛을 발하기 시작했다. 이전 원고들을 쓸 때도 그랬듯, 나는 글쓰기 원고 작성에 무섭게 빠져들어갔다. 내 안에는 글쓰기에 관해 할 말이 산더미처럼 쌓여 있었고, 나는 태곳적부터 오직 이 원고를 쓰기 위해 태어난 인간인 양 밤낮으로 문장을 쌓아나갔다. 기억을 되짚어보고, 참고문헌을 뒤지고, 관련된 인물들을 인터뷰했다. 준비가 됐다 싶으면 노트북에 화면을 띄운 뒤 문장을 죽 써내려갔다. 쓰고, 고쳐 쓰고, 때로는 한 챕터를 통째로 삭제한 뒤 새로운 화면에서 다시 써내려갔다.

그렇게 완성한 이 책은 크게 두 갈래로 나뉜다. '쓰기의 기술'에 해당하는 작법서 성격의 1, 2부와 '쓰는 이의 삶'에 관한 에세이 성격의 3, 4부이다. 1부는 글쓰기의 '시작'을 다룬다. 글쓰기는 시작이 가장 어렵다. 흰 백지 앞에 앉으면 아득해지면서 두려움이 밀려온다. 무엇을 쓸지 생각하긴 했는데, 막상 쓰려니 대체 무슨 말부터 써나가야 할지 알 수가 없다. 쓰기의 시작은 왜 그렇게 어려울까? 우리는 왜 작정하고 화면 앞에 앉았다가, 포털 사이트를 돌아다니며 정치인과 연예인과 재벌 3세들에 관한 뉴스를 샅샅이 훑은 뒤 다시 화면을 닫게 될까? 1부는 이에 대한 심리를 파헤치는 것으로 시작한다. 그 심리를 파헤쳐보면, 글쓰기를 시작하려다 중간에 포기하게 되는 것이 지극히 자연스러운 일임을 알게 된다. 이어지는 내용은 그 자연스러움을 만들어내는 요인, 즉 막상 화면 앞에 앉았을 때 쓰지 못하게 만드는 요인이 무엇인지를 따져보고, 그에 대한 대처 방법을 제시하며 마무리된다.

2부는 글쓰기의 시작부터 완성까지를 통째로 다룬다. '산문'의 범주에 포함될 글들을 서평, 칼럼, 에세이, 논픽션, 소설로 나누어 각 장르별 글쓰기의 특징과 쓰는 방법, 유의점을 밝힌다. 2부의 내용을 전문적 혹은 학문적으로 받아들이기보다, 글을 10년 넘게 써온 이가 해당 장르에서 제 경험을 바탕으로 쌓아온 노하우를 공유한다고 생각하고 읽어주시면 좋겠다.

'쓰는 마음'이라는 제목을 단 3부는 작가로서 11년 차를 맞는 내가 그동안 어떤 마음으로 써왔는지를 시간순으로 기술한 에세이이다. 작가로 데뷔한 뒤 장밋빛 전망에 휩싸여 살아가던 나날, 어느 날 갑자기 들이닥친 출판사의 거절 메일 앞에서 세상이 끝난 것처럼 절망하던 순간, 만인의 평가 앞에 살아가야 하는 '작가' 일에서 탈출하려 했던 시도, 결국 그런 시도를 내려놓고 다시 돌아와 쓰는 일을 받아들이던 순간을 순차적으로 담았다.

4부는 작가로 살면서 만났던 사람들에 대한 소고다. 혼자 외로움과 사투를 벌이며 쓰는 일상에 진저리를 치면서도 또다시 벽 앞에 앉아 문장을 거미줄처럼 토해내게 만든 것은 언제나 '사람'이었다. 좋아하는 기자가 권유했기 때문에 그리 즐겨 쓰지 않는 분야인 '짧은 글'을 썼고, 편집자에게 잘 보이기 위해 포기해버리고 싶은 마음을 억누르고 끝까지 원고를 썼으며, '잘 쓸 것 같다'고 격려해준 독자를 실망시키지 않기 위해 논픽션에 도전했다. '작가'라는 내 정체성에 각각 상당량의 지분을 갖고 있을 이 일군의 사람들에 대해 언제나 써보고 싶다고 생각했고, 이 지면을 통해 그 소망을 실현하게 되었다.

작법서와 에세이의 성격을 반반씩 가진 이 책은 전적으로 내 주관의 산물이다. 여기에 기술한 내용은 모두 경험에 기초해 한 작가가 펼치는 개인적인 주장이다. 글쓰기는 철저히 주관의 산물이며, 글쓰기에 관한 이론 또한 결국엔 주관의 산물일 수밖에 없으리라. 10년여의 세월을 작가로 살아온 한 인간의 내면이 어떤 풍경으로 이루어져 있는지 관조하는 마음으로, 너그럽게 품어 읽어주시면 좋겠다.

01

어떻게
시작하는가

"잘 쓰지 않겠다"

20주짜리 글쓰기 프로그램에서 강연한 적이 있다. 전반부 10주를 내가 맡고, 후반부 10주를 다른 강사가 맡아서 진행하는 장기 프로젝트였다. 첫 시간에 10주간 수업에 대한 전반적인 설명을 한 뒤 글쓰기 숙제를 내주었다. 두 번째 시간, 15명 정원 중 한 명을 제외한 전원이 모두 숙제를 해왔다. 한 명 한 명 돌아가며 읽은 뒤 짧은 감상을 나누었는데, 마지막 차례로 숙제를 해오지 않은 구성원이 말했다.

"다른 분들이 쓰신 글들이 너무 고퀄이라서 저는 도저히 못 쓰겠더라고요."

그 구성원은 다른 분들이 써온 글의 장점과 매력을 자세히 열거한 뒤, 실은 조금 써보기도 했는데 도저히 다른 분들 글을 못 따라잡을 것 같아 포기했다고 고백했다.

글쓰기 수업은 글쓰기 숙제를 해오지 않으면 참가하는 의미가 없다. 그 구성원은 세 번째 시간부터 나오지 않았고,

빈자리는 새로운 멤버가 들어와서 채웠다. 그 이후부터는 숙제를 내줄 때마다 전 구성원이 모두 숙제를 해왔다. 수업은 시간이 지날수록 열기를 더하며 활발하게 진행되었다.

두 번의 만남에서 받았던 인상에 따르면, 숙제를 해오지 않고 중도 탈락한 이는 독서량이 풍부한 것 같았다. 언변이 뛰어났고, 명석함이 자연스럽게 흘러나왔다. 과제를 했다면 분명 일정 수준 이상의 결과물을 냈을 것이다. 그러나 그는 세 번째 시간에 밀린 과제를 올리겠다고 약속했음에도, 약속을 지키지 않았다. 그리고 중간에 코스에서 이탈했다.

왜 그랬을까. 그가 숙제를 해오지 않은 데에는 여러 이유가 있었으리라. 그중 한 가지 요인은 필시 '잘 쓰고 싶은 마음'이었을 것이다. 그는 너무 잘 쓰고 싶었고, 그 마음이 강했기에 다른 이들이 쓰는 글이 너무 잘 쓴 것처럼 보였을 것이다. 이것은 글쓰기에 임하는 사람들 대부분이 품게 되는 마음이다. 그리고 이 마음이, 글쓰기 능력을 신장하는 데 가장 큰 적이다.

완성도 높은 글을 쓰고 싶다는 열망이 강하면, 글을 쓰는 동안 계속 자기가 쓰고 있는 글을 의식하게 된다. 한 문장 한 문장 쓸 때마다 '이 문장이 괜찮은 문장일까?' 의심하며 자신을 채찍질하게 된다. 의심은 회의를 낳고, 이런 회의는 글쓰기를 지속하지 못하게 하는 거대한 덫이 된다.

어차피 제대로 쓰지도 못할 게 뻔한데 이런 걸 계속 써서 뭐 해? 이렇게 엉터리로 쓸 바엔 차라리 쓰지 말자.

이런 생각을 반복하다가, 끝내는 글쓰기를 중단하게 된다. 그리고 다짐한다. 다음에. 충분히 준비하고 다시 써야지. 생각을 가다듬은 뒤에 제대로 써야지. 이렇게 중단된 글쓰기가 훗날 다시 이어질 확률은 0.0000000000000001퍼센트 정도 된다.

쓰고 있는 글이 '잘 쓴 글'이 아닐 거라는 의심과 회의를 극복하고 끝까지 계속 썼다면 그 글은 생명을 얻었을 것이다. 그러나 중간에 그만두어버린 글은 다시 소생하기 힘들다. 내용이 마음에 들든 들지 않든 개의치 않고 생각했던 화두를 끝까지 밀고 나가 완성한 글은 '초고'라고 불린다. 이 초고를 손에 쥐는 것과 중간에 포기해버리는 것은 엄청난 차이를 낳는다.

왜 그럴까. 글쓰기는 생각한 뒤에 이루어지기도 하지만, 그와 비슷한 확률로, 혹은 그보다 더 큰 확률로, 글쓰기가 생각을 촉발하기 때문이다. 우리는 생각한 뒤에 쓰지만,

또한 쓰기 때문에 생각한다. 초고를 완성하는 것은 미처 하지 못했던 생각이 떠오를 기회를 마련하는 것이다. 초고로 인해 일었던 생각들은 초고를 완성한 뒤 다시 고쳐 쓰는 퇴고의 과정에서 글에 반영된다. 첫 번째 퇴고를 마치면, 그때부터 글쓴이는 서서히 감을 잡게 된다. 자신이 원래 쓰고자 했던 바가 무엇이었는지에 대한 감을. 같은 일은 두 번째 세 번째 퇴고에서도 일어나고, 글을 쓰는 이는 무의식의 영역에 잠들어 있던 자신의 다양한 사유를 끄집어내 글에 흩뿌려놓게 된다. '나도 몰랐던 나 자신과의 만남'이 일어나는 것이다. 이 과정에서 글쓴이는 점점 희열을 느끼게 된다.

'잘 쓰고 싶다'는 마음은 과한 욕심을 낳는다. 어떤 욕심인가? 여러 번의 퇴고 이후에야 얻을 수 있는 결과물을 처음부터 통째로 거머쥐겠다는 불가능한 욕심이다. 세상에 단번에 완성도 높은 글을 쓸 수 있는 사람은 없다. 오죽하면 모든 초고는 쓰레기라는 말이 있겠는가. 초고는 가건물이다. 세워놓은 뒤 이리 살피고 저리 살피다가, 결국 무너뜨리고 새로 짓기 위해 건설하는, 일종의 제물 혹은 희생양 같은 글더미다. '잘 쓰고 싶다'는 마음은 일시적으로 존재하다 사라질 어설픈 가건물을 건너뛰고 처음부터 완성된 형태의 건물을 만들겠다는 불가능한 소망이다.

그러니 진정으로 글을 쓰고 싶다면 이렇게 생각해야 한다.

잘 쓰지 않겠다.

그리고 이렇게 생각해야 한다.

끝까지 쓰겠다.

어쩌면 글쓰기란, 잘 쓰고 싶다는 마음과의 싸움이 그 시작이요, 끝인 장르일지도 모른다.

10년 넘게 글쓰기를 업으로 살아왔지만 나는 지금도 이 마음과 싸운다. 그 모든 준비운동과 마음의 각오를 끝내고 마침내 노트북 앞에 앉아 자판에 손을 올려놓는 순간이 다가오면 이 마음이 솟아오르는 것이다. 잘 쓰고 싶다! 잘 쓸 수 있을까? 아직 준비가 안 된 것은 아닐까? 이렇게 준비가 안 된 상태로 쓰는 글은 어차피 버리게 되지 않을까?

단번에 써내고 싶은 마음, 즉 한 번의 글쓰기로 모든 걸 해치우고 싶은 조급함이 '쓰기 싫은 마음'(매번 이런 마음이 든다)과 합쳐져 거대한 합창을 해댄다. 나는 천근의 무게를 지닌 손을 가까스로 들어올려 자판에 올려놓으며 부르짖는다. 잘 쓰지 않을 것이다! 어떻게 잘 쓰겠는가? 나는 '그냥' 쓸 것이다. 지금 쓰는 것이 쓰레기라는 거 안다. 나는 절대 잘 쓰지 않겠다아아아아아아아아. 그리고 이렇게 다짐한다.

나는 그저 많이 쓰겠다.

바로 이 말이다. 많이 쓰겠다는 이 말이, 1부에서 내가 말하고자 하는 모든 것이다. 1부의 내용, 아니 이 책을 이루는 네 개의 부를 다 합쳐 단 하나의 생각으로 응고시킨다면 이런 문장이 된다.

글쓰기는 양이다!

그렇다. 글쓰기를 잘하는 유일하고 효과적이고 치명적인 방법은 단 하나, 많이 쓰는 것이다. 그리고 많이 쓰기 위해서는, 잘 쓰겠다는 마음을 버려야 한다. 초고를 쓰고, 고쳐 쓰고, 또다시 고쳐 쓰고, 그걸 또다시 고쳐 쓰는 과정에서 몇 개 문장을 통째로 빼거나 덧붙이고…… 이 과정을 수없이 반복하는 동안, 그 과정에서 잘 쓰겠다는 욕심이 홀라당 잊히고 무한정 다시 쓰기의 파도에 휩쓸려 들어가 화면 속 문장들과 나를 제외한 세상 모든 것이 진공 상태에 들어간 순간, 비로소 나온다. 무엇이? '잘 쓴 글'이. 잘 쓰겠다는 마음이 형체도 없이 사라진 순간에야 비로소 그 개념을 반영한 산출물이 나오는 것이다.

정답이 있으리라는 믿음

잘 쓰고 싶다는 마음과 긴밀하게 엮이어 있는 믿음이 있다. 정답이 있으리라는 믿음이다. 쓰고자 하는 주제에 대해 잘 다듬어지고 완성된 '딱 맞는' 글이 있으리라는 믿음. 그런 글이 있을 텐데 지금 나는 정답과 거리가 먼 엉뚱한 답을 써내려가고 있는 것 같다는 불안함과 조급함. 강력하고 질긴 이 믿음에, 수십 년 동안 글을 쓴 글쟁이도 발목을 잡힌다. 쓰는 내내 이 믿음이 따라와 속삭이는 것이다. 지금 쓴 문장, 좀 아닌 것 같지 않아? 완전히 엉뚱한 답안을 써내고 있는 거 아니야? 지금 쓰고 있는 이 문장 중 어느 것 하나도 건지지 못할걸? 넌 지금 완전히 시간 낭비를 하고 있는 거라고!

강연을 나갔을 때 이와 비슷한 맥락의 일을 경험한 적이 있다. 자본주의와 재생산 노동의 관계에 대한 강연이었는데, 청중 한 분이 손을 들고 날카롭게 말했다.

"그래서 대안이 뭔가요?"

한마디로 딱 잘라 대안을 말하기보다 우선 문제가 뭔지를 파악하는 게 우선이라고 답변했더니 그분이 피식 웃음을 터뜨렸다. 이후 그분은 팔짱을 낀 채 냉소적인 표정으로 책상에 놓인 노트북을 쳐다보았고, 나는 강연 내내 그분을 의식하며 겨우 강연을 끝냈다. 그는 강연 내내 한 번도 나를 쳐다보지 않고 노트북에 고개를 박고 있었다. 그리고 오직 한 경우, 자신이 질문할 때만 앞을 응시했다.

인문학이나 사회학을 강연하는 이들은 모두 이런 순간에 몇 번씩 처했을 것이다. 우리 사회가 잘못됐다는 건 알겠어. 그런데 대안이 뭐지? 대안 제시도 못하면서 그 자리에 왜 서 있는 거야?

어딘가에 반드시 정답이 있으리라 믿으면서, 그것을 제시하지 못하는 사람을 경멸한다는 점에서, 두 사례는 같은 맥락에 속해 있다. (정답이 있으리라 믿으면서 글을 쓰는) 첫 번째 사례의 주체는 자기 자신을 경멸하고, (한마디 말로 정리되는 대안을 내놓으라고 요구하는) 두 번째 사례의 주체는 강단에 선 누군가를 경멸한다는 차이가 있을 뿐이다.

결국 그 믿음이 문제다. 100퍼센트 '옳은' 절대적인 답안이 있으리라는 믿음. 이것은 어디에서 오는 것일까? 대상이 되는 범위를 국민 전체로 확장하고 시간대를 좀 더 길게 늘이면, 한국인이 일반적으로 받아온 교육에 책임을 물을 수 있을 것이다. 일제에서 해방되고 대한민국을 건국한 이래, 한국인은 줄곧 사지선다형 혹은 오지선다형 정답 교육을 받아왔다. 의무교육 과정을 마치려면 네다섯 개의 선택지 중 하나를 고르는 시험을 수없이 치러야 했다. 한 번의 시험을 치르기 위해서 문제집 여러 권을 풀게 마련이니, 한국인이라면 누구나(탈학교 인구를 제외하면) 스무 살이 되기 전에 사지선다형 중 정답을 골랐던 경험을 수백 번, 수천 번씩 하게 되는 셈이다. 사고를 형성할 성장기에 수없이 접했던 '정답 고르기'의 기억은 한국인의 몸에 지울 수 없는 화인으로 박히지 않았을까. 어디에 가서 무엇을 해도 항상 정답을 찾아 헤매게 되는 습성. 우리네 한국인들은 모두 이런 경향을 가지고 있을 것이다.

한반도 남쪽 구역에서 급격하게 진행되었던 근대화 과정도 정답을 향한 한국인의 해바라기 성향에 영향을 미쳤을 것이다. 대한민국은 지구상에 유례가 없는 빠른 근대화에 성공한 국가다. '선진국'이라 불리는 서구 국가들이 몇백 년에 걸쳐 혁명과 왕정복고, 수차례에 걸친 봉기와 헌법 제정, 산업혁명과 노동자 봉기 등을 통해 이루어낸 산업화와 민주주의를 대한민국은 70년 만에 뚝딱 해치웠다. 규칙과 안전 조항을 도외시하고 특단의 대책으로 순식간에 없던 것을 만들어내며 국가를 세우고 유지해온 결과, 모든 문제를 재깍 해결하려는 근성이 생겨났을 것이다. 플랜 A를 실현하는 데 시간이 오래 걸린다고? 그렇다면 플랜 B를 동원해 해치우면 되지! 단숨에! 문제의 근본에 흐르는 역사와 문제를 둘러싼 다양한 맥락을 고려하지 않고 무조건 '해결'과 '성과'를 만들어내기를 중시한 국가 전체의 분위기가 국민 개개인에게 스며들어 일상에서도 뭐든지 곧바로 승부를 보려는 습속을 형성하지 않았을까.

글쓰기에는 정답이 있을 수 없다. 글 쓰는 주체의 개인적 특성을 잘 드러냈느냐가 관건일 뿐, 정답 같은 건 꿈에서조차 있을 수 없는 것이 글쓰기라는 장르의 본질이다. 인문학 강연도 마찬가지다. 인문학은 '사람'을 탐구하는 학문이다. 파고들어도 파고들어도 파악되지 않는 사람이라는 피조물의 마음을 파헤치는 데 정답이 있다면, 그것은 단 한 순간도 '인문학'이라 불려선 안 될 것이다. 요컨대 글쓰기와 인문학은 인류가 만들어낸 모든 문화유산 가운데 '정답'과 가장 거리가 먼 장르인 것이다.

글을 쓰는 일은 본래 안정적인 일이 아니다. 사람의 마음은 언어처럼 명료하게 체계화되어 있지 않다. 우리 마음은 수많은 인상과 느낌과 사실과 기억이 소용돌이 치며 만들어내는 복잡한 덩어리들로 이루어져 있다. 우리가 누군가를 만나 특정한 인상을 받을 때, 우리 내면에는 기억나지 않는 신생아 시절의 기억(무의식이 간직하고 있을)에서부터 성장기에 만났던 누군가 혹은 회사 면접장에서 만났던 까다로운 면접관 등 살아오면서 만나온 여러 인물과 상황이 스쳐갈 것이다. 우리 마음의 '생각' 회로에는 시공간의 제한이 없다. 대상의 범주가 정해져 있지도, 일정한 형식이 부여되어 있지도 않다. 그동안 겪어온 모든 시공간과 감각의 기억이 난잡하게 섞여들며 시시각각 생각의 덩어리를 만들어낸다.

글을 쓴다는 것은 이러한 무정형의 복합적인 덩어리를 언어라는 체계적이고 선명한 형태로 코딩해내는 일이다. '마음'과 '언어'라는, 너무나 다른 질료로 이루어진 두 세계 사이에 다리를 놓고 한쪽에서 다른 쪽으로 일정 분량의 덩어리를 이동시키는 일이다. 처음부터 실패가 예정된, 영원히 불가능한 일인 것이다. 더구나 언어는 일부 감각에 대해서는 거의 수용 능력이 없다. 시각 혹은 청각에 대해서는 그나마 일정 부분 반영해내지만, 후각이나 촉각, 미각에 대해서는 인간이 실제로 경험하는 분량의 10만분의 1, 100만분의 1도 담아내지 못한다. 작고 한정된 형태의 언어 그릇에 인간의 마음이라는 어마어마한 덩어리를 옮겨놓아야 하니, 그 작업이 얼마나 난해하겠는가! 글쓰기가 힘든 건 언어를 가진 사피엔스 종 모두에게 해당하는 일이다.

이렇듯 글쓰기란 본질적으로 힘든 작업인데 거기에다 한국인은 사지선다형 교육과 몰아치는 근대화 과정에서 체화한 '성과 중심주의'까지 갖고 있다. 잘 쓴 글(=눈에 띄는 성과)을 뽑아내야 한다는 강박관념에 가득 휩싸인 채 글쓰기 장에 들어서게 되는 것이다. 아마 세계에서 글쓰기를 가장 어렵게 느낄 국민 뽑기 대회를 하면 한국인이 단연코 금메달을 거머쥘 것이다.

왜 자꾸 잘 쓰겠다는 마음을 품게 되는지 이렇게 길게 설명한 것은, 그 마음을 만들어내는 것이 무엇인지를 분해해 보여줌으로써 그 요인을 하나하나 격파하고 싶기 때문이다. 우리 모두는 이런 마음을 품고 있다. 하지만 이런 마음을 극복하고 쓰고 또 쓴 사람은 글쓰기가 주는 효용의 바다에 들어갈 수 있다. 이 바다에 깊이 들어갈수록, '단번에 잘 쓰고 싶은 마음'을 만들어냈던 요인을 하나하나 뜯어보게 된다. 제 내면을 이루는 거대하고 강력한 습속의 대들보들을 인식하고, 만져보고, 종내에는 뽑아낼 수 있다. 그 자리에 다른 대들보를 심어 넣을 수 있다. 일단 써야 그다음 단계로 건너가게 된다는 사실을 깨닫고, 한 번의 시도로 단번에 완성본을 거머쥐겠다는 성급한 마음을 이겨내게 될 것이다. 성급하게 결과물을 손에 쥐려는 마음이 생활의 전반에 스며들어 자신을 불안하고 조급하게 만들었다는 사실을 체감하게 될 것이다. 그렇기에 글쓰기는 혁명이다. 서서히 진행되는 혁명. 내 내면의 지층을 이루는 요소들을 들여다보고 조금씩 바꾸어나가는, 끝내는 지층 위에 세워진 구조물 전체의 성격을 바꾸어나가는 혁명.

도약의 순간

처음 칼럼 청탁이 들어왔던 때를 기억한다. 일간지에 실리는 칼럼이었다. 청탁을 해온 담당 기자는 원고지 10매 분량을 제시했다. 일단 하겠다고 답한 뒤, 쓰게 될 코너의 기존 칼럼들을 읽어보았다. 기자는 부담 없이 아무 주제나 쓰면 된다고 했지만, 그동안 게재된 칼럼들을 보니 정치적 사회적 비판 성격이 강한 글이 대부분이었다. 덜컥 겁이 났다. 내가 이런 글을 쓸 수 있을까. 신변잡기적인 얘기로 시작해 결국에는 그 일화에서 사회적 의미를 찾아내는 글쓰기가 주를 이루었다. 네 명의 필자가 돌아가면서 한 번씩 썼는데, 모든 필자의 글이 전개가 자연스럽고 전달력이 좋았다. 나로서는 까무러쳐도 따라갈 수 없을 급으로 보였다.

그래도 이미 하겠다고 답한 일을 무를 수는 없었다. 다음 날부터 신문이라는 신문의 칼럼을 모두 찾아 읽었다. 짧은 글쓰기에 관한 책도 보이는 대로 사들였다. 다섯 편의 칼럼 초고를 쓴 뒤, 각각 서너 번에 걸쳐 퇴고했다. 마감일이 1주일 앞으로 다가왔을 때, 그중 두 편을 골라 다시 퇴고했다. 마감일, 두 편 중 한 편을 골라 보내려는데, 송신 버튼이 눌러지지 않았다. 마우스에 손을 올린 채 망설이다가, 눈을 감았다. 그리고 눌러버렸다. 송신 버튼을.

돌아온 차례에 원고를 송고하는 횟수가 늘면서 조금씩 칼럼 쓰기에 익숙해졌다. 나는 짧은 글쓰기는 못할 거라고 생각했는데, 하다보니 그럭저럭 칼럼'처럼' 보이는 글이 나왔다. 몇 달 뒤에는 내가 쓴 칼럼이 포털 사이트 메인에 걸리는 일도 일어났다. 간간이 내 칼럼을 캡처해 가는 이들의 블로그와 마주치기도 했다. 그때 이후로 지금까지 크고 작은 '짧은 글'들을 기고해오고 있다. 송고의 순간에는 여전히 긴장되지만, 그래도 첫 순간처럼 떨리고 두렵지는 않다.

칼럼 청탁에 응한 것은 내가 하는 일의 한계를 알고 있었기 때문이었다. 두 번째 책을 출간한 뒤, 혼자서 벽 보고 글을 쓰는 일이 작가의 삶의 가장 큰 부분을 차지한다는 사실을 알았다. 노트북 앞에 앉을 때마다 외로움과 재능에 대한 회의에 시달렸다. 이렇게 혼자 앉아 끝없이 문장을 써내려가는 삶을 행복하다고 할 수 있을까? 사람을 만나는 횟수가 현저히 줄어드는 일, 목과 허리의 디스크들이 호시탐탐 탈출할 기회를 노리게 만드는 이 일을 계속해야 할까? 이렇게 외롭게 산출한 글들이 과연 출판까지 갈 수 있을까?

어느 순간엔 완전히 반대되는 생각에 점령당했다. 기자와 인터뷰를 하거나 특정 행사에 '작가'로서 초청받으면, 자부심이 끝 간 데 없이 치솟아 올랐다. 나 작가 맞나봐! 내가 좀 똑똑한가봐! 오오! 오오! 끝을 알 수 없는 자괴감과 차마 봐주지 못할 자긍심 사이를 롤러코스터처럼 오르내리던 나날을 보내던 어느 날, 나는 내가 왜 극과 극 사이를 오가며 갈팡질팡하는지 알았다. 그것은 내가 혼자서 고립된 생활을 하기 때문이었다. 타인과 섞이지 않고 혼자 하는 일을 하기 때문이었다.

바깥에 나가야 한다. 나가서 낯선 사람을 만나야 한다. 낯선 곳에 가야 한다. 이런 생각을 하기 시작했다. 환기가 되지 않는 곳의 공기는 탁해지는 법, 내 삶에 바람이 들어오도록 해야 했다. 혼자 틀어박혀 읽고 쓰기만 하는 일상에 균열을 내야 했다. 그래야 내가 쓰는 글에도 현실감과 생동감이 들어찰 것이었다.

외부에서 들어오는 요청에 전부 응하자고 결심한 것은 그 때문이었다. 무엇이든 들어오는 제안은 다 받아들이자. 겁나고, 못할 것 같고, 혹은 그다지 하고 싶지 않고, 그런 생각은 모두 사치다. 쓰는 삶을 유지하면서 ① 생계를 유지하고, ② 외부와 접속해 있으면서 계속 자신을 업데이트해가기 위해서는 들어오는 제안을 무릎 꿇고 감사하며 받아들여야 할 것이었다.

그렇게 해서 칼럼 청탁에 응했다. 강연을 하고, 북토크에 가고, 영화 상영회에 게스트로 참여했다. 라디오 게스트로 출연하고, 유튜브 강연도 촬영했다. 청탁 전화를 받는 순간 마음속으로는 '헐, 내가 어떻게 그런 걸 해?'라는 두려움이 솟았지만, 겉으로는 태연하게 하겠노라고 답했다. 마치 날 때부터 강연을 하고, 북토크를 하고, 영화 상영회의 게스트로 참여해온 인사처럼, 침착하고 시원스럽게 예스를 부르짖었다. 전화를 끊고는 방금 들어온 일의 정체를 파악하기 위해 관련 분야의 책을 사들였다. 그 일을 해본 사람을 수소문해 찾아가 노하우를 배웠다. 유튜브에 들어가 관련 영상을 찾아보고, 해당 행사에 쓸 대본을 만들었다. 만든 대본을 외울 때까지 반복해 연습했다. 발을 동동 구르며 조사하고 공부하고 연습했고, 가까스로 청탁받은 행사에 어울리는 모양새를 연출해냈다.

그런 사례가 쌓이면서 차츰 대응 노하우가 생겨났다. 실수를 저지른 뒤 지구 바깥으로 도망가버리고 싶다는 생각으로 가슴을 앓은 적도 있었지만, 좋은 반응을 받아 행복감으로 가슴이 터질 뻔한 적도 있었다. 강연에 참가한 청중 일부는 "시간 가는 줄 몰랐다"며 생생한 감흥을 전달해주기도 했다. 이 과정을 통해 나는 알게 되었다. 진정한 배움은 실전에서 일어난다는 것을. 지식을 전수받기 위해 작정하고 앉아 있었던 학창 시절이나 소설 공모전에 당선되기 위해 앉아서 하루의 대부분을 각 잡고 글을 쓰던 시절과는 비교도 할 수 없는 분량과 강도의 배움이, 발전이, 작가가 되어 맡은 여러 생경한 역할들을 소화하던 때에 일어났다.

글쓰기로 국한해서 본다면, 나의 글쓰기 역량은 공모전에 당선돼 작가로 불리게 된 다음에 기하급수적으로 커졌다. 각종 기고 요청에 응하면서 수없이 많은 글을 썼고, 그 과정에서 강제로 역량이 부풀어 올랐다. 칼럼, 중편소설, 논픽션, 에세이 등, 내가 쓸 거라고 상상도 하지 못했던 다양한 장르의 글쓰기에 발을 들이고, 그 장르의 책을 출판하기까지 했다.

부익부 빈익빈 현상처럼, 글쓰기 또한 쌓일수록 더 많은 글쓰기를 낳는다. 내가 내보낸 글이 쌓일수록 청탁이 더 들어오고, 그 청탁에 맞추어 글을 쓸수록 그에서 파생된 글쓰기 경험이 늘어난다. 그리고 어느 순간 나는 알게 된다.

내가 어떤 궤도에 올라 있음을.

이 과정에서 가장 중요한 것은 역시 '분량'이다. 어떤 경로를 통해서든 내가 엄청나게 많이 썼다는 것. 이건 글쓰기만이 아닌 다른 분야의 일에서도 마찬가지이리라. 뭔가를 10년 동안 주구장창 해대면, 실력이 늘지 않을 수가 없다. 내게 일어난 일은 그것이었다. 소처럼 웅크리고 앉아 많은 분량의 일을 했고, 어느 분량을 넘어서던 순간부터 일이 굴러가는 원리를 파악하게 되었다. 그러니까 아마도 '도약'이라 불릴 만한 찰나를 맞아들였던 것이리라. 물론 이를 내가 엄청나게 뛰어난 결과물을 내는 작가가 되었다고 자화자찬하는 것이라 해석하지는 말아주시기 바란다. 내가 말한 도약이란, 내가 무엇을 쓰고 싶어하는지 알고, 그것을 쓰는 과정을 머릿속으로 그려볼 수 있으며, 어떻게든 써내게 만드는 방법을 본능적으로 파악하고 있다는 의미다. 내가하는 일을 스스로 장악하고 있다는 점에서, 혹은 장악하고 있다고 스스로 확신하고 있다는 점에서, 그것은 분명히 '도약'이라고 칭할 만한 것이었다.

대량 생산의 견인장치들

그렇다면 어떻게, 어떻게 많이 쓸 것인가. 가장 좋은 방법은 외부에 닻을 만들어두는 것이다. 외부에 고정적으로 나의 일부를 묶어놓은 뒤, 그쪽으로 내 몸이 끌려가도록 하는 방법이다. 문학상이나 브런치 스토리텔링 공모전에 응하는 건 가장 흔하게 떠올릴 수 있는 방안이다. 나는 이런 종류의 '상'이 '글'의 본질을 흐릿하게 만드는 측면이 있다고 생각한다. 또한 상을 탄 글이 곧 좋은 글이라고 생각하지 않는다. 기본적으로 '상'은 운이 크게 작용하는 영역이다. 누군가의 개성을 드러내는 글이 누군가의 심사를 받는 일 자체에 대한 물음표도 품고 있다. 그럼에도 내가 문학상에 응했고, 다른 이들에게도 응하라고 권하는 이유는, 공모전에 도전하는 과정에서 자신을 채찍질해 다량의 글을 쓰게 되기 때문이다. 당선될 경우, 앞으로 글을 쓸 수밖에 없는 많은 기회를 부여받게 된다. 당선되지 않을 경우, 응모 과정에서 썼던 글들은 고스란히 남는다. 공모전을 다량의 글을 쓰는 추동 장치로 활용하자.

글쓰기를 막 시작하는 단계라면《좋은 생각》이나《월간 민들레》같은 잡지에 생활글을 기고해보는 것도 좋다. 잡지에 자신의 이름으로 글이 실리고, 그에 대한 반응을 받는 경험은 계속 글을 쓰고 싶어지게 만드는 기폭제가 되어준다. 〈오마이뉴스〉 같은 양방향 소통 매체에 시민기자로서 글을 기고하는 일도 권할 만하다. 일상에 일어났던 일을 주제로 기사를 써도 좋고, 읽었던 책에 관한 서평 기사를 써서 보내도 된다.

나의 경우, 인터넷 서점과 〈오마이뉴스〉에 서평 보내기를 3년 정도 했다. 읽었던 책에 대해 뭔가를 기록해 남기고 싶어 인터넷 서점에 서평을 올렸던 게 발단이었다. 인터넷 서점에 읽은 책에 대한 서평을 써서 올리던 어느 날, 그중 한 편이 우수 서평으로 뽑혔고, 상금으로 5만 원을 받았다. 어느 날은 서평이 좋아서 방송에 인용하고 싶다면서 촬영을 하러 기자가 오기도 했다.

그때의 기분을 잊을 수가 없다. 놀랍고 영광스러운 일이었다. 글을 써서 '돈을 벌었던' 첫 사례였기 때문이다. 30대 초반, 책과 관련된 일을 하고 싶다는 생각으로 출판사 여러 곳에 이력서를 넣던 와중이었다. 출판계 쪽 이력이 전혀 없는 30대 초반 여성의 도전은 1차 서류심사에서 번번이 탈락했다. 경력도 없는 주제에, 그때마다 아쉬워서 어쩔 줄 몰랐다. 돈을 많이 주지 않아도 좋다. 야근을 해도 좋다. 좋아하는 분야에서 일하고 싶다! 이런 생각이었다. 그런 와중에 서평을 써서 돈을 벌었으니 얼마나 기뻤겠는가. 그 이후 여기저기 부지런히 서평을 올렸다. 〈오마이뉴스〉에 서평 기사를 보내서 채택이 되면 편당 만 원을 받았는데, 그 돈이 그렇게 귀할 수가 없었다. 회사에서 받는 월급의 액수와 비교할 수 없는 소액이지만, 글을 써서 번 돈이라는 개념이 주는 기쁨이 그 돈을 액수의 백배로 부풀려 체감하게 했다.

그 후 폭발적으로 많은 서평을 썼다. 인터넷 서점과 〈오마이뉴스〉, 개인 블로그에 시도 때도 없이 책에 대한 소회를 써서 남겼다. 서평이라는 형식을 띠고 있었지만 실은 개인 에세이에 가까운 글이었다. 내 글에 관심을 갖고 댓글을 써주는 사람들이 생겨났고, 나는 그들을 의식하며 열심히 글을 썼다. 아마도 내 인생 최초의 '독자'라 할 수 있을 그 사람들의 존재는 새로운 책을 펼쳐 드는 순간부터 나와 함께했다. 책에서 좋은 구절을 만날 때, 실망스러운 구절을 만날 때, 나는 그에 대한 소회를 어떻게 쓸지를 구상했다. 그 소회를 읽을 내 독자들을 생각했다. 그 사람들에게 칭찬받고, 동의받고, 인정받고 싶었다. 그 마음 때문에 더욱 많은 책을 읽고, 그에 대해 서평을 써서 올렸다.

그런 생활을 한 지 4년째에 접어들었을 때, 그때까지 썼던 것과 조금 다른 성격의 글을 쓰기 시작했다. 나중에 내가 쓴 첫 장편소설이라고 회고하게 될 그런 글을. 많은 책을 읽고 많은 서평을 썼던 그 기간이, 지금 생각하면 내가 독학으로 글쓰기를 공부해가던 시기가 아니었나 싶다. 그리고 당시 내가 쓰는 서평과 에세이, 조각글에 '좋아요'를 달아주거나 〈오마이뉴스〉 기사에 자발적 원고료를 투척해준 이들, 블로그에 찾아와 댓글을 남겨주었던 이들은 내가 계속 글을 쓰도록 유인해주는 강력한 닻이었다.

더 강력하고 직접적인 닻이 있다. 글쓰기 모임이다. 글을 쓰려는 사람들이 모여서 각자 써온 글을 돌아가며 읽고 서로 평해주는 모임은 글을 쓰도록 직접적으로 강제해준다. 다른 사람이 쓴 글을 통해 내가 쓴 글을 반추할 수 있게 해주며, 내 글에 대한 다른 이들의 평을 통해 외부에 내 글이 어떻게 비치는지 감을 잡게 해준다. '타인의 시선'이라는 무기를 손에 쥐여주는 것이다.

월간 잡지에 짧은 글을 기고하거나 각종 매체에 서평

을 실으며 간접적인 경로로 타인과 글쓰기를 나누는 단계에서, 좀 더 본격적인 글쓰기 판으로 나아가게 되는 것이다. 이런 모임에 참여하면 글을 쓰는 이들과 직접 만나서 교유할 수 있다. 다른 이들이 얼마나 열심히 글을 쓰는지 지켜보면서 자신을 채찍질할 수 있다. 또한 독서와 글쓰기에 얼마나 다양한 스타일이 있는지를 체감하며 시야를 넓힐 수 있다.

이런 모임에 참여하는 것의 단점은, 상처를 입을 수 있다는 점이다. 글을 공개하고 타인에게 평을 듣는 시간을 거치면서, 글쓴이의 마음에는 내상이 생긴다. 글쓴이는 자기 글을 객관적으로 볼 수 없다. 그렇기에 타인의 시선을 통해 제 글을 짚어보는 일은 필수다. 하지만 거칠고 뾰족한 혹평을 들으면 감당하기 힘들다. 얼굴이 벌게지고, 아무도 없는 곳으로 도망치고 싶어진다. 혹평을 날린 상대에 대한 분노도 끓어오른다.

그렇다고 이런 모임을 피하기만 할 수도 없다. 내가 아닌 다른 사람의 시선을 빌려야만 내 글을 제대로 평가하고 수선해나갈 수 있을 테니 어떻게든 참아내야 하는 것이다. 그렇다면 어떻게 해야 할까. 혹시 이런 모임을 유지하면서도 상처를 덜 받는 방법은 없을까?

다치지 않고 합평하기 1

특정 글에 대해 누군가가 이렇게 평한다고 가정해보자.

"네가 쓴 소설은 끝까지 읽을 수가 없어. 가독성이 너무 떨어져. 처음부터 끝까지 대체 무슨 이야기를 하는 건지 알 수가 없어. 솔직히 읽다보면 짜증이 나. 어떤 상황인지 알 수가 없고, 등장인물이 하는 말도 이해가 안 가고……"

이번에는 같은 글에 대해 이렇게 평한다고 가정해보자.

"소설 두 번째 페이지에 은진이 화를 내는 장면이 있잖아? 그 부분이 잘 이해가 가지 않았어. 그전까지는 은진의 감정선이 잘 그려져 있었는데, 화를 내는 장면이 납득이 안 되니까 그다음에 나오는 장면들도 이해하기가 어렵더라고. 은진이 왜 화를 내는지 좀 더 상세하게 상황을 제시해주면 그 인물이 느끼는 감정에 공감하기가 더 쉬울 것 같아. 대사를 통해 은진이 화를 내는 이유를 명확하게 알려주어도 좋겠고."

　두 번째 평을 듣는 경우, 작가는 마음이 상하기는 해도 첫 번째 평을 들을 때만큼 불쾌하고 화가 나지는 않을 것이다.

　첫 번째 평과 두 번째 평은 어떤 차이점이 있을까. 두 가지 차이가 있다. 하나는 구체성이다. 첫 번째 평이 글 전체를 싸잡아 잘 안 읽힌다고 단정적으로 평가하는 데 반해, 두 번째 평은 글 일부에 한정해 그 부분에 공감이 가지 않는 이유를 구체적으로 밝힌다. 첫 번째 평이 '네 글은 전체적으로 다 형편없어!'라고 말한다면 두 번째 평은 '글의 일부가 잘 이해되지 않는데 그 부분에 대해 다시 설명해주면 안 될까?'라고 말하는 셈이다.

　또 하나는 사용하는 단어의 차이다. 첫 번째 평은 '가독성이 떨어진다', '알 수가 없다', '짜증이 난다', '이해가 안 간다'와 같이 단정적인 평가의 말들로 이루어져 있다. '짜증이 난다'는 말은 다분히 감정적이기까지 하다. 반면 두 번째 평에 사용된 '잘 이해가 가지 않았다', '좀 더 상세하게 제시해준다면', '쉬울 것 같아', '알려주어도 좋겠고'와 같은 말은 권유나 제안의 어감이 담긴 부드럽고 친밀한 말들이다. 핵심에서는 같은 메시지를 품고 있지만, 첫 번째 평과 두 번째 평은 글을 쓴 작가에게 완전히 다르게 다가가게 된다. 전달하려는 '메시지'보다 메시지를 전달하는 '태도'가 중요하다는 진리가 합평의 순간에도 정확하게 통용되는 셈이다.

글쓰기 모임과 합평은 글을 쓰려는 이가 글쓰기를 포기하지 않도록 이끌어주는 가장 강력한 닻이다. 이런 닻을 활용할 기회를 놓치는 것은 어리석은 일이다. 다만 내상을 줄이기 위해 안전장치를 마련하자. 구성원들과 위에서 열거한 차이점을 숙지하고 모종의 합의를 이루는 것이다. 이를테면 이런 식이 될 수 있겠다.

① 글을 평가할 때는 비하의 뜻이 담기지 않은 중립적인 용어를 사용한다. 가독성이 떨어진다, 재미없다, 허술하다 등과 같이 단어 자체에 강력한 폄하가 내포된 말을 사용하지 않는다.

② 모호하게 뭉뚱그린 평가의 말을 피한다. 누가 무엇을 하는 장면에서 잘 이해가 가지 않았다거나, 그 장면에서 사용한 특정 단어가 앞뒤 맥락상 잘 어울리지 않았다는

식으로, 구체적인 대목으로 한정해 언급한다.

③ 평가하려는 글에 내재된 장점을 한 가지 이상 파악해 쥐고 있자. 파악한 장점을 평을 시작할 때 우선 언급하자. 거짓말을 하라는 뜻이 아니다. 모든 글에는 그 글에만 서린 특유의 장점이 반드시 있다. 성의 있게 들여다보면 이내 발견할 수 있다. 이것을 알아보고 평의 서두에 표현해주면 글쓴이가 합평을 해주는 사람이 이후에 해나가는 발언을 신뢰하고 수용할 확률이 높아질 것이다.

④ 내 입에서 나가는 말이 상대에게 가닿을 때 어떤 반향이 일어날지를 생각해보고 발언한다. 지금부터 하려는 말을 나 자신이 듣는다면 어떨까? 상상해본 뒤 괜찮겠다 싶으면 그대로 말한다. 불쾌하겠다 싶으면 그렇게 말하려 했던 나 자신을 돌아본다. 나는 왜 타인이 쓴 글에 그런 말을 하려 했을까? 상대의 글쓰기에 도움을 주겠다는 의도였을까? 혹시 누군가의 글에 혹평을 내림으로써 우월감을 맛보고 싶었던 건 아닐까? 평가를 내릴 수 있는 힘을 손에 넣은 것 자체를 즐기고 싶었던 건 아닐까?

⑤ 평가의 끝에는 대안을 제시한다. 대안이 꼭 특단의 비결을 담고 있을 필요는 없다. 아이디어를 일러주는 차원이라기보다, 평가를 해주는 내가 평가의 대상이 된 글을 여러 번 읽어보고 글쓴이가 했던 것만큼 공들여 대안을 생각해보았음을 나타내주는 차원이다. 마음을 보여주고 라포를 형성하기 위한 대안 제시라는 말이다.

글쓰기 모임에 합류한 사람은 상당한 양의 독서 내공과 글쓰기 경험을 갖고 있을 확률이 높다. 심심한데 글쓰기 모임에나 한번 가볼까, 정도의 마음으로 정기적으로 글을 쓰고 합평에 참여하는 사람은 거의 없다고 보아도 무방할 것이다. 높은 내공과 실력을 갖춘 이들이 마음속에 그리는 자아상은 얼마나 높을 것이며, 또한 타인의 글에 있는 부족한 점을 볼 수 있는 능력 또한 얼마나 높겠는가. 이런 이들이 모여서 아무 합의 없이 곧바로 서로의 산출물을 평가하는 합평 시간에 돌입하는 것은 대형 인화물질에 불길을 놓는 것과 같다. 합평이라는 폭발성이 높은 장에 들어가기에 앞서 반드시 합의를 이루자. 그 합의를 통해, 서로가 서로를 해치지 않는 범위에서, 강력한 닻이 되어 서로를 이끌어주는 멋있고 고급스러운 장에 들어설 수 있을 것이다.

다치지 않고 합평하기 2

말할 때 입술을 떨게 되는 자리가 있다. 음성이 갈라져 나오고 하려는 말이 잘 생각나지 않는다. 더듬더듬 말을 하다 입을 다물어버린다. 뜸 들이다 다시 말을 꺼내보지만, 이번에도 역시 목소리가 떨려 나온다. 어떤 자리일까? 여러 명이 모여 토론을 벌이는 자리다. 모든 토론 자리가 이에 해당하는 것은 아니다. 서슴없이 남의 말을 끊고 자기 말을 하는 데 혈안이 된 참가자가 한 명 이상 껴 있는 그룹의 토론에서 주로, 이런 일이 일어난다. 입을 여는 순간부터 머릿속에 그 참가자에게 공격당하고 말이 끊기는 장면이 떠오르기 때문이다.

이런 자리에서는 서로 오가는 말이 세고 거칠다. 참가자들은 차이를 인정하고 자신의 의견을 돌아보기보다, 다른 참가자의 말을 반박하고 내가 옳다고 핏대를 올리는 데 주력한다. 발언권이 보장되어 있지 않기에 참가자들은 극단적인 말로 기선을 제압하려 든다. 발언을 오래 이어갈 수 없으리라는 불안감에 더해 내놓은 의견이 흑백논리에 의해 제압당할 거라는 염려가 겹치면, 기가 약한 참가자들은 어느 순간 입을 다물고 관망하게 된다.

반대되는 성격을 띤 자리도 있다. 내가 강연자로 나서는 경우다. 청중 앞에서 두 시간 동안 혼자 발화를 이어가야 하다니! 강연이 있기 며칠 전부터 으스스해지지만, 막상 청중 앞에 서면 떨림이 사라진다. 언제 떨었냐는 듯 내게서 밝고 침착한 음성이 흘러나가는 걸 듣게 된다. 청중과 좋은 합을 이루는 경우엔 내가 강연자라는 사실을 잊고 정신없이 강연에 빠져든다. 어느 순간엔 청중과 내가 커다란 파도에 올라 같이 서핑을 하듯 몰아의 경지에 빠져든다. 깊은 대화를 나누는 기쁨과 감정이입, 서로 간의 공감대와 지지를 확인하며 여럿이 나누는 시공간의 밀도에 흠뻑 젖어드는 것이다.

얼핏 생각하면 토론 자리는 여럿이 발언하는 자리라 부담이 적고, 강연자로 서는 자리는 혼자 처음부터 끝까지 주도적으로 시간을 채워야 하기에 더 떨릴 것 같다. 그런데 현실에서는 반대되는 결과가 나온다. 왜 그럴까?

그것은 확신의 유무 때문이다. 가장 공격적이고 기가 센 참가자에게 발언권이 돌아가는 토론 자리에서는 내가 하는 말이 끝까지 이어지리라는 확신을 가질 수 없다. 어느 순간 내 말이 중단되고 그에 멋쩍어하며 몸을 떨게 되리라는 불안감이 전신을 휩싸고 돈다. 반면 강연 자리에서는 내 말이 끝까지 이어지리라는 확신을 가질 수 있다. 혼자 많은 이들을 이끌고 가야 한다는 부담은, 내가 열심히 하기만 하면 눈앞에 있는 이들이 끝까지 내 말을 들어주리라는 믿음 앞에 어느덧 자취를 감춘다. 물론 강연 자리에는 '네가 얼마나 잘하는지 한번 봐주지!'라는 태도로 삐딱하게 앉아 강사의 말을 툭툭 끊고 공격해오는 특별한 참가자가 등장할 때도 있다. 그러나 그건 극히 예외적인 경우이고, 대부분 청중은 강사가 제 안에 담아온 것들을 펼쳐나갈 수 있도록 호의적으로 강사의 말에 귀를 기울인다.

글쓰기 모임의 합평 자리는 어떨까. 합평은 첫 번째 자리와 두 번째 자리의 성격이 뒤섞인다. 합평을 하기 위해 참가자 간 서로 자기 발언을 하려는 시도가 이어지는 와중에 내가 쓴 원고에 대해 내가 주도적으로 말을 해야 하기 때문이다. 이렇듯 복합적인 성격을 지니는 합평 자리에 임하는 원고 제출자에게, 마음의 상처는 예정되어 있다. 관건은 그 상처를 어떻게 소화할 것인가, 혹은 그 상처를 어떻게 내 발전의 밑거름으로 삼을 것인가이다.

참가자들이 함께 만든 합의 사항을 지키면서 성의 있고 예의 바르게 평을 해주는 사람의 평을 듣는 경우, 글쓴이는 그 말이 다소 받아들이기 힘들더라도 이를 악물고 소화해내야 한다. 진정으로 내게 도움을 주고자 하는 의지가 있는 사람에게는 한마디라도 더 얻어듣는 편이 좋다. 예의와 호의를 유지하면서 합평에 임하는 사람은 생각보다 흔치 않기 때문이다.

반면 합의 사항을 어기거나 교묘하게 폄하하려 드는 사람의 평을 듣는 경우, 글쓴이는 정신을 바짝 차리고 상대를 주시해야 한다. 귀로 날아오는 평가의 말을 액면 그대로 받아들이기보다, 그 말을 하는 인물의 상태를 주의 깊게 살펴야 한다. 내 원고에 거침없는 혹평을 쏟아내고 있는 저 사람, 지금 마음 상태가 어떠한가? 저 말을 하면서 저 인물이 느끼는 감정은 무엇인가? 저 사람이 진정 내가 글을 쓰는 데 도움을 주기 위해 고심 끝에 나온 '삼키기에 쓰지만 반드시 필요한 약'을 주려고 의도하고 있는가?

사람들은 종종 타인을 깎아내림으로써 '자아실현'을 한다. 매우 원론적인 논리를 끌어와 잣대로 들이대며 강팍하게 타인이 행한 일에 대해 옳고 그름을 논한다. 자신은 전혀 지키고 있지 않은 '원칙'을 들이대며 가차 없는 평가를 내린다. 입바른 소리를 통해 너는 모르는 걸 나는 알고 있다는 암시를 주며 우월감을 만끽한다.

허락된 권한을 남용해 타인에게 입바른 소리를 하려 드는 충동은 우리네 인간들 모두의 마음속에 도사리고 있다. 의식 차원에서는 상대를 위해서 해주는 '충고'라고 생각하지만, 찬찬히 마음 밑바닥으로 내려가보면 '자존감 상승 욕구'가 도사리고 있음을 발견할 수 있다. 매 순간 자존감을 유지하며 살아내야 하는 우리는 모두 그때그때 처한 상황에 따라 이런 못난 일을 행하기도 하고, 행하지 않기도 하면서 살아간다.

그러니 가혹한 합평을 받는 입장에 처한 사람, 혹은 정책을 결정하는 토론 자리나 독서 토론 자리처럼 여러 사람과 의견을 주고받는 자리에서 갑자기 공격적인 말의 폭격에 휩싸인 이는, 난데없이 폭격기를 가동시키는 사람을 냉철하게 읽어낼 줄 알아야 한다.

저 사람이 지금 '자존감 높이기 운동 욕구'에 점령당했구나. 낮아진 자존감을 도닥이기 위해 엉뚱한 곳에서 이빨을 드러내고 있구나. 참으로 가엾구나.

이렇게 상대를 고찰한 뒤 맹수로 돌변한 상대를 조련할 방법을 생각해내야 한다.

요는 합평을 당하는 자는 다양한 평가의 언어 세례 앞에서 초점을 자신과 평가자 사이에서 유연하게 옮길 줄 알아야 한다는 말이다. 운이 나쁜 경우, 나무랄 데 없는 빼어난 원고가 상대 맹수의 병든 마음 때문에 쓰레기 같은 원고로 평가절하당하고, 나머지 참가자들도 분위기에 휩쓸려 그 원고에 대해 편견을 갖고 일제히 낮은 평가를 내리는 일이 일어날 수 있다. 집단에 속한 인간들은 대세를 이루는 분위기에 쉽게 휩쓸리고, 또한 '질투심'이라는 복병의 침투에 약하기 때문이다.

그러니 합평에 임하는 자는 사람의 심리를 읽어내는 능력을 길러야 한다. 초점을 '나'에게서 '평가자'에게로 옮기고 냉철하게 상황을 파악하면, 내 원고를 그 사람의 병든 마음에서 떼어내 침착하게 들여다볼 수 있다.

그런 능력을 키우려면 무엇을 해야 하는가. 평소 사람들을 관찰해야 한다. 관심을 갖고 타인의 말과 행동을 지켜보아야 한다. 눈앞에 있는 사람이 하는 말과 실제 행동 사이에 어떤 괴리가 있는지, 밖으로 내보내는 말의 이면에 어떤 마음이 도사리고 있는지 읽어내는 훈련을 해야 한다. 이는 직접적인 관찰을 통해서 이루어지기도 하지만, 독서를 통해 속성으로 이루어지기도 한다. 그러니 타인이 쓴 글(=책)을 많이 읽고, 타인의 말에 주의를 기울이며 듣는(=경청) 경험을 많이 한 사람이 합평이라는 '지뢰가 잔뜩 깔린 대화의 장'을 제 글쓰기에 유용하게 쓰일 밑거름으로 활용할 수 있게 된다. 부단한 노력과 공부로 탄탄한 내공을 갖춘 사람이, 합평이라는 위험천만한 자리에 뚝심 있게 임할 수 있는 것이다. 이런 경지에 이른 이는 다른 이의 글에 평가자로 참가할 때도 제 경험을 반추하며 사려 깊고 진심 어린 언어로 '도움'을 주게 마련이니, 결국 그는 자기 자신을 포함한 합평 참가자 모두에게 빛과 소금의 역할을 하게 되는 셈이다.

많이 쓰는 것과
정확히 쓰는 것 사이에서

글쓰기를 배우러 다니는 동네 친구에게 물은 적이 있다.

"글쓰기 선생님이 어떤 숙제를 내주셔?"

"숙제 주제를 정해주지는 않는데, 형식은 정해주셔."

친구에게 글쓰기를 가르쳐주는 선생님은 내용을 서론, 본론, 결론으로 나누어 정확하게 써오라는 지침을 주었다고 했다. 주제는 자유롭게 정하되 반드시 '사회 문제'로 한정해야 한다는 전제가 있었다. 누구를 만나서, 무얼 먹고, 어디를 가고, 밥상에 무슨 국을 올렸고, 아이 학원을 어디 보냈네, 같은 일상의 시시콜콜한 이야기를 쓰지 말라는 이야기였다. 되도록 단문을 쓰라는 말도 덧붙였다면서, 친구는 글쓰기가 참 어렵다고 말했다.

"사회 문제에 대해 딱히 아는 것도 없고."

조금 놀라운 얘기였다. 80년대, 90년대도 아니고, 2023년인 지금, 일상의 '시시콜콜한' 얘기를 쓰지 말라고 한다고? 그것도 서론 본론 결론의 형식을 갖추어서?

친구의 글쓰기 선생님은 50대 후반의 남자 분이었다. 문학평론가이자 모 대학 국문과 교수로 있는, 인터넷에 치면 바로 얼굴이 뜨는 유명 인사였다.

"그분이 좀 고전적인 스타일로 가르치시는구나."

뭐라고 할지 고심하다가 이렇게 말문을 열었다. 요즘엔 일상에 일어나는 '시시콜콜한' 이야기들이 글쓰기 화두로 각광받는다. '사회 문제'가 일상적 삶과 따로 떨어진 저 멀리 어딘가에 거창하게 존재하는 것이 아니라, 작고 소소한 우리네 일상의 화두들이 사회 문제와 직결된다는 생각이 대세가 된 것이다. 이는 가사노동과 돌봄노동이 가치를 인정받고 평가받는 데 힘입어 일어난 사회 변화다. 글쓰기 강사가 쓰지 말라고 주의를 준 화두들은 주로 여성이 일상에서 행하는 일들이다. 이를 글쓰기 소재로 삼지 말라고 하는 것은 결과적으로 여성의 일상을 폄하하는 것과 마찬가지 효과를 낸다. 그 강사 분이 그런 쪽으로 의식이 트이지 않은 분 같으니, 그분의 말을 절대적으로 받아들이기보다는, 그냥 그렇게 생각하는 사람도 있구나, 정도로 받아들이고 넘어가라. 나는 이런 요지로 말을 맺었다.

친구가 한창 배우는 도중이었기에 더 이상 그 문학평

론가에 대해 왈가왈부하지 않았지만, 아쉬운 마음이 드는 건 어쩔 수 없었다. 친구가 참가한 프로그램은 동네 도서관에서 주관한 글쓰기 수업이었다. 강연 참가자는 대개 누구누구의 '엄마'인 여성들이었다. 그 여성들이 아침에 눈뜰 때부터 잠자리에 들 때까지 매일 행하는 일의 대부분을 '쓰지 못하게' 막는 글쓰기 수업이라니, 그 수업은 대체 누구를 위한 수업이란 말인가?

대학 때 친구 한 명이 글쓰기를 배우러 다닌다고 해서 물은 적이 있다.

"어떤 숙제를 내줘?"

A4 한 장에서 한 장 반 분량의 글을 써오라고 한다고 했다. 주제를 정해주고, 일상에서 소재를 찾되 반드시 사회 문제와 연결시켜 써오라는 지침을 주었다고 했다. 글 초반에 제시한 문제를 일관되게 밀고 나가고 있는지 확인하면서 쓰고, 결론에는 반드시 그 문제를 마무리하며 끝내야 한다고 강조했다고 했다.

합평을 할 때는 강사가 강조한 사항, ① 나의 문제를 사회 문제와 연결시켰는가? 와 ② 글의 내용이 주제와 잘 연결되며 전개되는가? 에 맞추어 서로 평해준다. 합평이 끝난 다음에는 강사가 다시 한번 두 가지 사항에 맞추어 수정해올 부분을 알려주고 수업이 끝난다.

친구는 글쓰기 숙제를 해가는 게 부담스럽긴 하지만, 하고 나면 뿌듯하다고 말했다. 합평의 시간엔 기분이 상할 때도 있지만, 결국 자기에게 좋은 쓴 약이라 생각하고 받아서 먹는다는 것이다. 대체로 만족하며 참가하는 수업인 듯했다.

나의 경우, 글쓰기 수업에서 '많이 쓰기'를 유도한다. 주제 의식과 형식, 글의 일관된 흐름보다는, 자신이 원래 쓰고자 했던 메시지를 얼마만큼 담아냈는가에 초점을 맞춘다. 6회 이상 하는 장기간 수업의 경우, 마지막 두어 번의 회차에는 글의 '형식'과 '논리적 연결'을 강조하기도 하지만, 6회 이하의 경우에는 '형식'과 '논리적 연결'에 대해서는 극히 적은 분량을 할애해 언급한다. 이유는 간단하다. 일단 많이 써야 한다고 생각하기 때문이다.

자전거 타기를 배우려면 우선 자전거에 올라타 비틀거리며 달려보기를 많이 해야 한다. 줄넘기를 배우려면 일단 줄넘기를 들고 뛰면서 양손을 휘휘 돌리기를 많이 해야 한다. 자전거에 올라타 균형을 잡는 법이나 줄넘기할 때 손과

발의 장단을 맞추는 법 같은 건, 처음 시작할 때 간단하게 일러줄 수 있지만, 결국 관건은 얼마나 몸으로 많이 해보느냐이다. 자전거 페달을 밟으려다 몇 번 넘어지고, 줄넘기를 돌리다 발에 줄넘기가 걸려 넘어지는 경험을 계속 반복하면, 어느 순간 자전거 타기와 줄넘기의 기술을 익히게 된다. 일단 자전거를 넘어지지 않게 타게 되고, 발에 걸리지 않고 줄넘기를 할 수 있게 되면, 그다음부터 자전거를 탈 때의 자세나 줄넘기할 때 유의 사항 같은 게 귀에 들어온다. 어느 정도 직접 부딪쳐 해보는 과정을 통해 일정 수준에 오른 뒤에야, 언어로 된 지침, 규칙, 유의 사항이 의미를 지니게 되는 것이다.

글쓰기도 이와 같다. 마음속에 담긴 생각의 덩어리를 언어라는 코드로 바꾸어 내놓는 일을 많이 해보지도 않았는데, 그 전환 과정에 대한 형식을 미리 강조하고 전환할 때의 주의 사항을 못 박아두면, 지침을 받아든 이는 글쓰기를 해보기도 전에 겁을 먹고 뒷걸음치게 될 수 있다. 글쓰기를 많이 해보지 않은 사람이라면 우선 형식에 구애받지 않고 '마음을 토해내듯' 쓰는 경험을 해야 한다. 언제까지 해야 하는가? 마음 덩어리를 언어로 바꿔내는 메커니즘이 몸에 장착될 때까지이다. 여러 번 반복해 마음을 언어화하는 작업을 하다보면 어느 순간 글을 쓸 때 일어나는 내면의 화학작용을 파악하게 된다. 글쓰기와 자신의 내면에서 일어나는 일에 대해 이해하고 파악하는 이 단계는, 자전거를 넘어지지 않고 타게 되는 단계에 해당한다. 수없이 많은 반복으로 그 단계에 이를 때까지는, '직접 덤벼들어 쓰는 과정'을 두려워하게 만드는 방해물, 즉 형식이나 논리적 연결에 대한 지침을 깔아놓지 않아야 한다고 생각한다.

또 한 가지, '성인'에 해당할 이들은 이미 글쓰기에 대한 기본 지침을 넘치도록 갖고 있다. 처음 자전거를 탈 때 주위 사람들이 해주는 몇 가지 기초적인 지침, 허리를 꼿꼿이 세우라거나 앞을 보고 자신감 있게 페달을 밟으라는 말에 해당할 글쓰기 지침은, 이미 공교육 과정을 통해 우리 내면에 들어와 있다. 따로 하지 않아도, 이미 귀에 못이 박히도록 들은 상태인 것이다. 한국의 공교육 체계를 통과한 성인에게 모자란 것은 그런 '지침'보다는 '직접 올라타고 넘어지지 않도록 나아가는 경험'이다. 우리는 글을 어떻게 써야 하는지에 대한 규칙과 주의 사항을 외우고 있지만, 정작 글을 많이 써보지는 않았다.

만일 공교육 과정에서 배웠던(그러나 실행으로 옮기지는 못했던) 글쓰기 기본 지침을 잊어버렸다 해도, 사람들은 성인이 되어 참가하는 각종 글쓰기 코스에서 무수히 그런 말을 듣게 된다. 그래서 나는 적어도 내 수업 시간에는 글을 많이 쓰도록 동기 부여하는 데 초점을 두자고 생각했다. 되도록 형식이나 규칙, 제한 사항을 두지 않으려 했고, 과제로 써 온 글이 본래의 마음을 얼마나 '잘' 쏟아부었는지에 역점을 두었다. 하고 싶은 말을 충분히 했는가? 그것이 핵심이었다.

우리는 형식의 파괴, 권위의 몰락, 몇몇 유명 문인에 의해서만 독점되던 출간의 저변이 확대된 현상에 힘입어, 다양한 사람들의 다양한 글쓰기가 인정받고 평가받는 시대를 살고 있다. 각종 SNS 플랫폼은 다양한 글이 퍼져나가며 읽히는 데 큰 역할을 한다. 형식과 규칙, 논리적 연결은, 글 쓰는 경험이 많이 쌓이고 그와 더불어 폭넓은 독서를 하다보면 자연스럽게 학습하게 된다. 끊임없이 읽고 끊임없이 쓰는 사람은, 그렇게 하지 않으려고 애써 노력해도 결국엔 서론 본론 결론에 해당할 논리의 연결을 이루어내게 된다. 일상에 일어난 소소한 일을 자기도 모르는 새에 사회 문제로 확장해 공공성 있는 글쓰기를 완성해내게 된다. 처음부터 규칙으로 못 박아 '사회 문제와 반드시 연결하라'거나 일정 형식에 맞추어 쓰게 만드는 경우, 글을 쓰는 이는 진심으로 그렇게 생각하지도 않는데 어디선가 들어본 '올바른' 논리에 제 글을 갖다 붙이거나, 쏟아놓고 싶었던 마음의 반도 쏟아붓지 못한 채 서둘러 글을 마무리하게 될 수 있다. 종합하면, 글쓰기 '수업'에서 글을 쓸 때 지침을 제공하는 것은 최소한으로 줄이는 게 좋다고 생각한다.

내가 이렇게 말하며 수업을 진행했을 때, 참가자 한 분이 이렇게 물었다.

"그런데 다른 수업에서 형식과 규칙을 엄격하게 정해주는 선생님을 만나면 어떻게 해야 하나요?"

그에 대한 내 답은 이랬다.

"그 선생님의 방향을 따라가면 됩니다. 그분과 제가 가고자 하는 목적지는 동일합니다. 다만 그분과 내가 그 목적지를 향해 갈 때 동원하는 장비가 다를 뿐이죠."

한정된 짧은 시간에 글쓰기를 배우는 자리다. 형식과 규칙을 정하고 제한 사항을 확실하게 정해주어 긴장감 있게 수업을 이끌고 가면 압축적이고 효과적으로 글쓰기를 배울 수 있을 것이다. 그것 또한 글쓰기의 여정에서 필요한 조각이다. '많이 쓰는 것'은 '정확히 쓰는 것', '논리적으로 연결되게 쓰는 것'과 배치되지 않는다. 그러므로 저와 수업할 때는 제 방법을 최고라 믿고 따르시고, 다른 선생님과 수업할 때는 그분의 방법이 최고라 믿고 따라가서, 양쪽 모두에게서 최고의 것을 건져서 자기 것으로 삼으시면 된다. 이렇게 말

씀드렸더니 그분은 웃으며 고개를 끄덕였다.

　이는 단지 글쓰기에만 국한된 이야기는 아닐 것이다. 우리가 무언가를 배울 때, '앎'에 이르는 데는 여러 갈래의 길이 있다. 앎에 이르는 길을 제시하는 역할을 맡은 이는, 자신의 경험을 바탕으로 길을 설정하기 마련이다. 첫 번째 일화에 나온 문학평론가는 자신이 평생 해온 글쓰기 경험에 바탕해 지침을 만들어 수업했을 것이다. 두 번째 일화에 나온 글쓰기 강사도 마찬가지다. 그는 A4 한 장에서 한 장 반 정도의 분량에 해당하는 글쓰기를 주로 하는 유명 칼럼니스트였다. 그의 글은 생활의 소소한 이야기에서 시작해 사회 문제로 자연스럽게 이어지는 패턴을 띤다. 그 또한 자신의 경험에 바탕해 지침을 마련했을 것이다. 나의 경우도 다르지 않다. 나는 평생에 걸쳐 하고 싶은 말을 쏟아내듯 지면에 담아 상대에게 옮기며 살아왔다. 작가가 된 뒤에도, 형식에 구애받지 않고 다양한 글쓰기를 하고 있다. 내 경험을 통해 누구든 '독서와 글쓰기를 통해 자발적으로 쓸' 가장 좋은 글이 나온다는 사실을 알게 됐고, 글쓰기 강연을 할 때도 그 점을 강조하게 되었다.

　셋 중 누가 옳을까? 당연히, 셋 모두 옳다. 누군가에게 뭔가를 배우려 할 때는 그저 내가 배우려 하는 사람의 특수

한 인생 역사를 들여다보면 된다. 그에 기반해 흘러나온 그 사람만의 정수를 알아보고 그것을 쏙쏙 빼가면 된다. 앎을 전수해주는 사람들 간의 차이는 그들이 걸어온 인생 역사의 차이이다. 배우는 이는 그저 그 '다름'의 조각들을 자신의 인생 역사에 옮겨와 제 고유의 것으로 체화하면 된다.

투입과 산출의 법칙

　문학상을 받고 첫 책을 낸 뒤, 단편소설을 써달라는 청탁이 들어왔다. 요청 메일에 즉시 답신을 보냈다. 열심히 써서 보내드리겠다고. 며칠 구상을 한 뒤 쓰기 시작했다. 원고지 80매라. 한나절이면 해결할 수 있지! 공모전에 투고하길 6년, 몇십 군데 공모전에 넣었다 떨어지길 반복하며 썼던 장편소설만 다섯 편이었다. 원고지 2000매짜리도 몇 편씩 썼는데 몇십 매짜리 단편이 문제겠는가.

　한글 화면을 띄우고 문장을 써나가기 시작했을 때, 상큼한 기분에 휩싸였다. 청탁이라니! 저기에 소설 한 편만 발표해보면 소원이 없겠다고 생각했던 문예지였다. 그런데 이제 내게 '써달라'는 요청이 온 것이다. 나를 작가라고 부르면서. 세상에, '정 작가님'이라니, 이보다 더 달콤한 말이 또 있을까.

　뭔가 이상하다고 느낀 것은 원고지 60매 분량을 넘겼

을 때였다. 분량상 그즈음이면 이야기의 결말에 근접해야 하는데, 내 이야기는 아직 본격적으로 시작도 하지 않은 상태였다. 기계적으로 몇 문장을 더 쓰다가, 멈춰 섰다. 마음 깊숙이에서 이건 아니라는 경고가 울려 퍼졌다. 나는 노트북을 닫고 일어섰다. 일단 오늘은 여기까지만 하자!

다음 날, 백지에 구상 노트를 써내려갔다. 사건의 발단과 전개, 인물의 성격을 구체적으로 스케치했다. 누가 출연해서 몇 페이지 즈음에 어떤 사건을 일으키고 몇 페이지 즈음에 마음을 고쳐먹을지, 주인공과 부주인공이 화해를 이룰 기미를 어느 페이지 즈음부터 보여줄지를 정교하게 짰다. 그리고 본문 쓰기에 돌입했다. 백지 화면을 펼치고 처음부터 다시 써내려갔다.

정신을 차렸을 때, 내가 이미 원고지 80매 분량을 훌쩍 넘겼다는 사실을 깨달았다. 주인공은 제대로 나오지도 않았고, 그 주인공에게 훗날 영향을 미치게 되는 인물과 그 인물이 사는 공간에 대한 이야기가 화면을 가득 채우고 있었다. 분량은 원고지 110매를 훌쩍 넘어가 있었고, 이전 버전보다 이야기 진행이 더 느렸다. 그제야 알았다. 내가 단편을 완성해서 보낼 수 없으리라는 사실을.

청탁을 해온 출판사에 쓸 수 없을 것 같다고 메일을 보낸 뒤에도 몇 번 단편소설 쓰기를 시도했다. 한국에서 소설가로 잘나가려면 단편소설을 많이 써야 했다. 이상문학상, 이효석문학상, 문지문학상, 젊은작가상 등 작가에게 오라를 입혀주는 각종 문학상은 모두 단편소설을 대상으로 하고 있었다. 문예지에 이름이 오르내리고, 문학성에 대한 찬사를 받고, '작가'로서 후광을 갖는 이들은 모두 단편을 많이 발표하는 이들이었다. 가끔 장편을 발표하는 경우도 있었지만 대개 작가들의 주력 분야는 단편이었고, 장편만 발표하면서 문예지에 거론되고 평론가들에게 칭송받는 작가는 드물었다. '문단'에서 잘나가고 싶었던 나는 나름 열심히 연구했고, 단편 쓰기를 시도했다. 그러나 번번이 실패했다. 쓰다보면 모두 긴 이야기로 흘러갔다.

결국 단편 쓰기를 포기했다. 청탁이 들어오면 처음부터 고사했다. 죄송합니다만 저는 단편을 쓰지 않습니다. 쓰겠다고 했다가 몇 번 약속을 지키지 못한 경험으로, 단편 청탁을 처음부터 반려해야겠다는 자각이 들었던 것이다. 하겠다고 하고 시간을 끌다가 못하겠다고 하는 것보다 처음부터 못하겠다고 선을 그어주는 게 훨씬 매너 있는 태도이리라. 단편을 뿅뿅 내고, 무슨 무슨 문학상도 승승 받고, 그 후광으로 매우 매우 유명해지고, 그런 시나리오대로 가지 못하게 되었다는 아쉬움과 함께, 커다란 의문이 남았다. 왜? 왜 내게서는 단편이 안 나오는가?

비슷한 일은 또 있었다. 친구들과 만나 드라마 얘기를 할 때면, 좌중에 있던 한 명이 꼭 내게 물었다. 넌 왜 드라마 안 써? 그러면 함께 있던 이들이 일제히 동조했다. 그러게, 너 드라마 써봐. 잘 쓸 것 같아. 그런 대화를 나눈 날 밤이면 주먹을 꼭 쥐고 드라마 작가가 되겠다 결심했다. 생각해보니 드라마가 이 시대에 가장 핫한 글쓰기인 것 같았다. 돈도 많이 벌겠지? 김수현이나 김은숙처럼 유명해지면 촬영장에도 가보고 그럴 수 있을 거야. 방송국 사람들과 친분도 생기겠지. 아, 얼마나 재밌을까. 혼자 틀어박혀 소설을 쓰는 것보다, 방송국 PD, 촬영감독, 방송작가, 배우, 기획사, 코디들과 밀접하게 소통하는 드라마 작가가 되는 편이 훨씬 다이내믹할 것이다. 외롭지도 않을 테고. 생각해보니 이해가 가지 않았다. 대체 나는 왜 소설 같은 분야를 택했단 말인가!

의기에 차올라 드라마 집필을 결심했다. 여유 시간에는 이런저런 드라마를 구상했다. 드라마를 구상했다기보다는, 주로 출연진이 될 배우들 라인업을 구상했다. 그러나 현실에서 드라마를 쓰기 위해 어떤 절차에 돌입하지는 않았다. 시나리오 아카데미에 등록하거나, 드라마 대본을 구해서 읽어보며 쓰는 법을 연구해야 하는데, 그런 일은 전혀 하지 않았다. 머릿속으로 드라마 작가가 되고 싶다 생각했을 뿐, 예쁘고 잘생긴 배우들을 내가 '낙점'하는 공상을 무궁무진하게 펼칠 뿐, 현실에서는 여전히 소설을 구상했다. 구상한 소설을 쓰기 위해 필요한 책을 사들이고, 읽고, 여기저기 수소문해 등장인물의 직업군에 있는 이들 가운데 인터뷰에 응해줄 사람을 찾아다녔다. 준비를 마치고 소설 쓰기에 착수하던 어느 날 주위 사람들에게서 다시 같은 질문이 날아왔다. 아은아, 넌 왜 드라마를 안 쓰니?

그것은 매우 단순한 원리에 기반해 있었다. 내가 평소에 즐겨 보던 것이 무엇이었느냐의 문제였다. 평소 내가 즐겨 읽는 것은 장편소설과 장편 에세이였다(나는 짧게 짧게 끊어지는 이야기 모음보다 처음부터 끝까지 하나의 주제로 길게 이어지는 에세이를 쓰는 편이다). 단편소설과 드라마는 '싫어'하지는 않았지만, 여유 시간이 나면 자발적으로 보게 되는 '가장 좋아하는' 장르는 아니었다. 돈과 시간의 여유가 생기면 장편소설 혹은 장편 에세이를 사들여서 읽었고, 그렇기에 내게서 나오는 것도 그런 형태의 텍스트들이었다. 평소 내가 머리에 집어넣었던 것들이 결국 손끝으로 흘러나와 글이 되었던 것이다.

이를 알게 된 것은 내가 그토록 쓰고 싶어했던 단편소설을 잘 쓰는 사람 혹은 드라마 작가들을 유심히 관찰했기 때문이다. 단편소설을 주로 쓰는 작가가 했던 인터뷰를 보면 그 사람이 어릴 때부터 단편소설을 많이 읽어왔다는 이야기가 나왔다. 그가 좋아한다고 밝힌 작가들도 단편을 잘 쓰는 작가인 경우가 많았다. 유명 드라마 작가들의 행적을 좇다보면, 어릴 때부터 드라마 마니아였다는 이야기가 나왔다. 그들은 영드, 미드, 일드, 중드 등 전 세계 드라마에 대해서 죽 꿰고 있었다.

사람은 평소 제 안에 집어넣었던 것들을 밖으로 꺼내놓게 된다. 머리에 많이 넣었던 것들이 결국 일정한 화학작용을 거쳐 자신만의 버전으로 나오고, 그것이 창작품이라 불린다. 그런데 나는 집어넣은 적도 없으면서 '잘나가보겠다고' 단편소설을 억지로 뽑아내려 했다. 안에 아무것도 들어 있지 않은데 뭔가를 뽑아내려 했으니 그게 되었겠는가.

글을 쓰기로 결심한 사람이 있다고 가정해보자. 그 사람은 무엇을 쓰게 될까? 간단하다. 자신이 평소 많이 보아왔던 것, 접해왔던 것, 그것을 쓰게 된다. 조금 더 응용해보자. 무언가가 쓰고 싶은가? 그렇다면 그 분야의 창작품들을 많이 보라. 시간을 들여 많은 양을 밀어 넣다보면 어느 날 몸

바깥으로 자신만의 비전이 비어져 나오는 걸 목도할 것이다. 자, 이제 당신은 무엇을, 어떻게 쓸 것인가.

02

어떻게
쓰는가

서평

　서평 쓰기는 다른 글쓰기에 비해 진입 장벽이 낮다. 언급할 대상과 주제가 어느 정도 정해져 있기에, 글 쓰는 이가 막막함을 덜 느낄 수 있다. 글쓰기의 고충이 무에서 유를 창조해내는 데서 비롯된다면, 서평은 반쯤은 뭔가가 '있는' 상태에서 출발하는 셈이라 다소 유리하다. 일반적인 글쓰기가 주관식 문제라면, 서평 쓰기는 예시가 내정된 객관식 문제라 할 수 있다.

　한 권의 책으로 완성된 내용에 대해 평을 하면 되기 때문에, 확보된 권위에 기대어 갈 수 있다는 장점도 있다. 책의 저자가 던져놓은 화두를 손에 들고 독자가 자신의 관점에서 해석해 조물거려 내놓은 서평은, 책의 원저자와 서평 작성자의 세계관의 유사함과 차이점이 병렬하며 독특한 맛을 낸다.

　그렇다면 서평을 어떻게 써야 할까. 서평과 같이 대개 개인적인 의견을 담은 짧은 글의 경우, 처음에는 앞뒤 인과 관계를 생각하거나 전체 글의 짜임새를 생각하지 말고 그냥 생각나는 대로 써나가는 것이 좋다. 마음속에 오갔던 모든 생각들을 죽 화면에 쏟아놓은 뒤, 다시 읽으면서 사족으로 보이는 부분을 쳐낸다. 쓴 글을 반복해 읽다보면, 어떻게 글을 짜야 할지 감이 잡힌다. 그러면 그 감에 따라 문단을 다시 배치한다. 다시 배치하면서 그에 맞게 문장을 다듬고, 그 과정을 마친 뒤 처음부터 끝까지 다시 읽어본다.

글 중간에 책의 글귀를 인용하는 것도 좋다. 인용구를 쓰면서 다시 한번 저자의 생각을 곱씹고, 그에 대한 나의 감상을 덧붙인다. 좋았던 부분을 선택해도 좋고, 마음에 걸렸던 부분을 선택해도 좋다. 양쪽 다 한 문단씩 골라 인용하고 감상을 쓰는 것도 괜찮다. 그 과정을 통해 원저자의 생각과 통찰을 한층 깊게 받아들이거나, 유명 저자가 드러낸 한계를 통해 인간의 유한함에 대해 생각해볼 수 있다.

저자의 출생 연도나 성별, 속한 국가, 사회적 활동 분야, 그동안 출간했던 책들을 참고하며 저자가 해당 책을 내게 된 동기와 과정을 유추해보는 것도 책에 가까이 다가가는 방법이다. 이 과정을 통해 이름난 저자들이 어떠한 환경에서, 어떠한 활동과 노력을 하며 실력을 갈고 닦게 되었는지를 체감하고 전범으로 삼을 수 있다.

그동안 읽어온 책들과 비교해 유사점과 차이점을 찾으며 해당 책을 조명하는 것도 흥미로운 포인트를 만들어낼 수 있다. 본시 지식이란 비교와 대조를 통해 새로 들어온 정보에 제자리를 찾아주는 과정이다. 이러한 서평 작업을 통해 새로 습득한 지식을 정리해 자신의 내면에 나만의 것으로 정착시킬 수 있다.

책을 읽으며 떠오른 내 인생의 장면들을 끼워 넣는 것도 흡인력 있는 글을 만드는 한 가지 방법이다. 한 권의 책을 매개로 글을 쓰면서 내 인생의 한 단면을 살짝 보여주고, 그에 대한 현재의 소고를 들려주면, '나'라는 사람이 독자에게 한결 친근하게 다가가는 현장을 만들어낼 수 있다.

서평 쓰기의 또 한 가지 장점은, 종종 책을 쓴 작가와 연결되는 경우가 있다는 것이다. 작가들마다 다르겠지만 많은 경우, 작가들은 출간한 책에 대한 독자의 반응을 체크하기 위해 서평을 꼼꼼히 찾아본다. 성의 있게 쓴 서평을 읽은 뒤 원작자가 독자에게 말을 걸어 친교를 쌓거나, SNS를 통해 교유하게 되는 경우도 있다. 이런 과정을 통해 책을 낸 작가와 교유하게 되면, 서평 작성자는 글을 쓰고 싶다는 동기가 더욱 강력해진다.

글을 쓰고 싶지만 무엇을 어떻게 써야 할지 모르겠다

는 이들에게, 서평을 써보라고 권유한다. 글쓰기를 하고 싶어하는 이들은 대개 독서량이 풍부하고, 읽었던 책에 대해 할 말을 많이 품고 있다. 다른 사람이 쓴 책을 매개로 자기 얘기를 풀어놓는 경험을 쌓아가다보면, 어느 순간 자기 생각을 큰 줄기로 내세워 독립적으로 글쓰기를 이끌어나가는 순간이 온다.

칼럼

칼럼 쓰기는 난이도가 높다. 공적인 뉘앙스를 유지하면서 한정된 분량에 메시지를 담아내야 한다. 그러면서도 뻔한 윤리 담론이라는 느낌을 주지 않도록 해야 하니 여간 어려운 작업이 아니다. 대체 원고지 8매 분량에 무슨 내용을 담아낼 수 있단 말인가?

한번은 칼럼을 보냈다가 분량을 줄여달라는 수정 요청을 받았다. 그날 밤에 분량을 줄여서 메일로 보냈다. 다음 날 메일함을 여니, 전날 밤에 보낸 분량에서 두 문장 정도의 분량을 더 줄여달라는 요청 메일이 와 있었다. 이걸 뺄까, 저걸 뺄까, 하며 원고를 훑다가 문장 두 개를 삭제했다. 그런데 그 상태로 송고하려니 망설여졌다. 추려낸 문장들이 목에 가시처럼 걸렸다. 절대로 빼면 안 될 것 같았다. 다시 처음으로 돌아가 눈에 불을 켜고 문장들을 훑어내렸다. 군더더기가 눈에 들어왔다. 그전에 볼 때는 안 보이던 게 이제야 보이는 게 무슨 마법 같았다. 이전에 삭제했던 두 문장을 살려낸 뒤 선명하게 눈에 들어오는 군더더기 세 군데를 삭제했다. 오케이! 다시 처음으로 돌아가 죽 훑어내렸다. 좋다! 시원한 마음으로 원고를 송고했다. 그리고 비로소 알게 되었다. 내가 진짜 하고 싶었던 말이 무엇이었는지. 빼려던 문장들은 내가 A4 한 장이 채 되지 않는 분량의 글에서 가장 하고 싶은 말이었다.

퇴고의 기술

칼럼은 퇴고의 예술이다. 짧은 분량에 밀도 있는 내용을 담아내는 일은 한두 번의 퇴고로는 해내기 힘들다. 이제 막 칼럼을 쓰기 시작한 이라면, 수십 번 퇴고를 거치라고 권하고 싶다. 그렇게 빈번하게 퇴고하려면 어떻게 해야 하는가. '가장 빨리' 초고를 써야 한다. 마감 날짜를 받은 순간 바로 쓰는 것이다. 그런 뒤 매일, 혹은 2~3일에 한 번 간격으로 퇴고하자. 중요한 것은 시간 간격을 두어야 한다는 것이다. 앉은자리에서 내리 수십 번씩 고치는 게 아니라 하루에 한 번씩 여러 날에 걸쳐 수정해야 한다. 어제는 근사해 보였던 문장이 오늘은 도저히 봐줄 수 없게 느껴지고, 오늘은 꼭 필요하다 싶었던 부분이 내일 다시 보면 통째로 빼버려도 무방하겠다 싶어진다. 시간에 기대가며 성실하게 퇴고를 거듭하다보면 무엇이 중요한 핵심 줄기이고 무엇이 곁가지인지 선명하게 보이는 순간이 온다.

이런 방식은 일종의 '쪼개기'로, 칼럼 작성 시 내가 즐겨 쓰는 전략이다. 글쓰기 중 가장 밀도가 높은 글을 써야 하니 초고 작성 시 압박감이 너무 컸다. 두려움에 시달리던 어느 날, 칼럼 초고를 '날림'으로 쓰자고 결심했다.

100퍼센트 버릴 글이라 생각하고 무조건 쓴다. 10분 내에.

100개의 알을 낳으면 100번째 나오는 알이 쓸 만할 것이리라 가정하고 처음 낳는 알에는 약간의 에너지만 집어넣기로 했다. 설령 나중에 다 버린다 하더라도 어쨌든 존재하는 초고가 있으니 압박감이 덜할 것이었다.

이러한 쪼개기 전법을 취할지 여부는 사람에 따라 다를 것이다. 초고의 압박감을 버텨낼 수 있는 이라면, 굳이 이렇게 여러 번 쪼개 쓸 필요가 없다. 어떻게 쓸지 서론 본론 결론 구조를 짜놓고, 세부 주장과 근거가 될 예시를 설정한 뒤 써나가면 된다. 초반에 에너지를 많이 써서 다섯 번에 나누어 할 일을 한 번에 해내는 전략이다. 이런 경우 초고가 상당히 완성된 상태로 나오게 된다. 서론을 쓰고 죽 읽어보고 되돌아가 다시 고친 뒤 본론으로 넘어가고, 본론을 마친 뒤 서론으로 돌아가 처음부터 죽 읽어보고, 제대로 쓰여 있지 않은 부분을 고쳐 쓴 뒤 결론으로 넘어가는 방식이다. 이 경우는 초고 작성 단계에 이미 여러 번의 퇴고가 들어가 있는 셈이라 할 수 있다.

결국 압박감의 하중을 잘게 나누어 여러 번에 걸쳐 덜어내느냐, 굵게 나누어 두세 번 만에 덜어내느냐의 차이다. 나는 주로 처음에 제시한 방식, 100번 쪼개어 내놓기 방식을 쓰지만, 주위에 칼럼을 쓰는 이들에게 물어보면 두 번째 방식을 쓰는 이들도 많다. 어떤 길을 택해 가느냐의 차이가 있지만 근본적으로 칼럼 쓰기의 기본은 동일하다. 여러 번 고쳐 쓰는 퇴고의 과정이 핵심적으로 들어간다는 것.

문법상의 퇴고의 기술로는 세 가지 전법이 있다. 첫 번째는 주어 생략 전법이다. 우리 말은 영어와 달리 가급적 주어를 빼는 게 자연스럽다. 도저히 분량을 줄일 수 없겠다 싶을 때는 칼럼에 쓴 모든 주어를 하나하나 의심의 눈으로 주시하자. 빼도 되지 않을까? 그래도 되겠다 싶으면 과감하게 뺀다. 두 번째는 같은 단어 생략 전법이다. 같은 말이 연이은 두 문장 내에서 나오는지 유의해서 보자. 곧바로 이어지는 문장에 쓰였다면 앞 문장이나 뒤 문장에서 그 단어를 생략해도 정황상 이해될 가능성이 높다. 세 번째는 부사나 형용사 같은 보조적인 말 소거 전략이다. 우선 글 전체에서 부사와 형용사를 모두 없애본다. 그런 뒤 소리 내 읽어보면서 진짜 이 부사나 형용사를 안 쓰면 밤에 꿈에 나올 것 같다 싶을 때만 '특별히' 써넣는 전법이다. 이 세 가지 과정을 되풀이하다보면 다른 글쓰기에서도 이 과정이 필요하다는 깨달음이 올 것이다. 칼럼은 '빼기'의 기예가 중요한 글쓰기이고, '빼기'의 기예는 모든 종류의 글쓰기에 세련미를 입혀주는 일급 병기이다.

명료하게 쓰는 법

칼럼은 명료함이 생명이다. 오해를 불러올 만한 내용은 가급적 쓰지 않아야 한다. 본인이 '당연한 가치'라 생각하는 개념이 칼럼을 읽는 누군가에게는 부당하고 어처구니없는 사례일 수 있다. 예를 들어 수도권에 집중된 시설을 지방으로 분산시키자는 주장을 한다고 해보자. 글쓴이는 수도권에 모든 기관과 기업이 집중되어 교통 혼잡과 환경오염을 유발하니 지방으로 분산시키자는 논리를 편다. 이 경우, 자칫하면 수도권의 환경오염을 지방으로 전가하자는 소리냐는 오해를 살 수 있다. 글쓴이는 지방은 교통과 문화 인프라가 부족하니 그걸 채워주고 수도권은 시설 집중으로 인한 혼잡과 오염을 줄여줄 수 있으니 일석이조라고 생각해서 펼친 주장이지만, 그런 설명은 굳이 쓰지 않아도 알아줄 거라 생각하고 생략했다. 하지만 독자는 눈에 보이는 문장, '교통 혼잡과 환경오염'만 보고 수도권만 배려하는 주장이라고 받아들일 수 있다. 이런 경우 그 칼럼은 '수도권 중심주의'에 기반한 편협한 글로 낙인찍히게 된다.

이런 경우를 방지하기 위해 칼럼을 송고하기 전 주위 사람들에게 낭독해주는 것도 좋다. 분량이 적으니 누군가에게 소리 내어 읽어주기 안성맞춤이다. 들었을 때 첫 느낌이 어떤지, 무슨 이야기를 하려는 것 같은지 말해달라고 하자. 상대는 어른이어도 좋지만 어린이여도 좋다. 책이나 계간지 혹은 주간지와 달리 일간지에 실리는 칼럼은 독자 폭이 넓다. 문해력이 있는 누구에게든 곧바로 가닿을 정도로 명료해야 한다. 청자가 10대 청소년일 경우, 또렷한 논리가 잡히지 않은 글에 곧바로 질문을 해올 것이다. 그게 무슨 말이야? 그런 신호를 놓치지 말고 중히 활용하자.

반론에 철통 대비하자

칼럼을 싣는 매체는 선악을 나누어 또렷한 찬반 의견을 드러내는 글을 좋아한다. 시선을 끌고 조회수를 높일 수 있기 때문이다. 바야흐로 정치권의 양당 체제가 극단으로 흐르고 무슨 말을 해도 '너는 어느 쪽 편이냐'고 묻는 풍토가 만연한 시절이다. 언론도 양극단으로 나뉘어 노골적으로 정치색을 드러내고 있다. 이럴 때 칼럼니스트는 좋은 먹잇감이 될 수 있다. 매체에 보낸 칼럼이 인터넷 포털 사이트의 메인 화면에 걸리면 우수수 댓글이 달린다. 그중 주를 이루는 것이 혹평과 악플이다. 칼럼은 글쓰기 중 가장 강력하게 '주장'을 내포하는 장르이기에, 반대하는 이들의 혹독한 반응에 노출되기 마련이다. 이런 상황에서 이름을 걸고 지면에 칼럼을 쓰는 사람이 독자의 반응을 예상하지 않고 글을 쓰기는 힘들 것이다.

그러니 정치적이고 시사적인 칼럼일수록 자신이 잘 아는 화두로 한정하자. 평소 관심을 많이 갖고 연구해온 화두, 그렇기에 글을 쓸 때 건성으로 쓰지 않고 여러 측면을 살필 수 있는 화두, 어떤 논조로 글을 쓰면 어떤 반론이 날아올지 예상할 수 있는 화두를 택해야 한다. 흑백논리를 펴기보다는 흑과 백을 둘러싼 정황을 살피고, 누가 들어도 고개를 끄덕일 만한 보편적인 가치에 기대어 쓰자. 그러지 않으면 자신의 글이 포털 사이트 메인에 걸린 뒤 얼굴 한 번 본 적 없는 수많은 이들에게 분노의 매질을 당하는 장면을 목도하게 될 것이다. 특정 정치 세력을 옹호한다는 굴레를 쓴 뒤 좀처럼 그에서 빠져나오지 못하는 업보를 짊어지게 될 수도 있다.

여기저기서 돌팔매질을 당하더라도 옳고 그름을 논하고 싶은 화두가 있는 경우라면, 주장을 보강할 확실하고 구체적인 근거를 덧붙이자. 철통같은 논리와 근거로 무장하자. 그런 경우, 폭포수처럼 많은 이들에게서 매질이 날아오는 중에도 간간이 당신이 심어둔 철통 논리와 근거를 알아보고 방어해주는 '개념 있는' 논객들의 변론 댓글들을 목도하게 될 것이다. 그 댓글들이 비난 매질의 흐름을 일정 단위로 끊어주는 광경을 보고 심심한 위안을 받게 될 것이다.

분량이 정해진 짧은 글쓰기는 글쓰기의 '테크닉'에 해당하는 부분을 집중적으로 강화해준다. 그러니 글쓰기를 하는 과정에서 어느 순간 칼럼 청탁을 받게 된다면 반드시 수락해서 경험하라고 권하고 싶다. 대개의 경우 칼럼은 '어느 매체에 칼럼을 기고한다'는 명예(?)를 가져다줄 뿐 원고료가 높지 않다. 뿐만 아니라 본인이 원래 주력하는 작업에 방해 요인이 되기도 한다. 내 경우, 가장 중요하게 여기는 일은 장편 작업이다. 당장 장편소설을 써야 하는 상황에서, 몇 주마다 한 번씩 써야 하는 완전히 다른 주제의 짧은 글은 쓰고 있는 긴 호흡의 글의 맥을 끊을 수 있다. 그렇지만 지나치게 자주 기고하지 않는다면, 이따금 하는 짧은 글쓰기는 생각을 다듬고 문장을 경제적으로 추리는 유용한 훈련이 될 수 있다.

거리 두기

에세이는 범위가 넓은 장르다. 시, 소설, 시나리오처럼 또렷이 형식이 정해진 분야가 아닌 글은 모두 에세이로 통칭될 수 있다. 그래서 사람들은 에세이가 만만하고 쉬운 분야라고 생각한다. 형식이 정해져 있지 않고 주제 선택이 자유롭다는 측면에서, 에세이는 분명 접근성이 좋다. 하지만 에세이가 마냥 쉬운 장르인가 곱씹어보면, 또 그렇지만은 않다는 답이 나온다.

왜 그럴까.

에세이는 일기 같은 글처럼 느껴지지만 일기가 아니다. 형식에 구애받지 않고 자유롭게 쓰지만, '독자'를 상정하고 쓰는 글이다. 형식이 정해져 있지 않다는 요인이 접근성을 높이지만, 동시에 어떻게 써야 할지 몰라 막막함을 느끼게 한다. 세상에는 많고 많은 에세이가 하루가 멀다 하고 쏟아져나오기 때문에, 딱히 내가 쓰는 에세이가 기 출판된 에세이와 어떤 점에서 차별화될 수 있을지 확신할 수가 없다.

그렇다면 어떻게 해야 좋은 에세이를 쓸 수 있을까. 나는 그 답이 '거리 두기'에 있다고 생각한다. 자기 얘기를 쓰되 주제에 맞는 일화를 선택해, 자신을 적절히 드러내며 쓴 에세이가 잘 읽히고 감동을 준다. 그러려면 쓰기 전에 일단 구상을 해보는 게 좋다.

① 이 글을 통해 어떤 메시지를 전달하고 싶은가.
② 메시지 전달을 위해 내게 있었던 일을 어디서부터 어디까지 밝힐 것인가.

이 두 가지를 고려하면 어떻게 내용을 전개해야 할지 대강 감을 잡을 수 있다. 두 사항을 생각하되, 너무 깊이, 오래 생각하는 것은 금물이다. 5분 혹은 10분 정도, 큰 선에서 머릿속으로 스케치한 뒤 바로 돌입해 초고를 쓰는 게 좋다. 내가 어떤 메시지를 전달하고 싶었구나, 라는 깨달음은 글을 써가는 도중 불현듯 찾아오는 경우가 많기에, 스케치에 너무 오래 공을 들이면 잠시 뒤면 방문할 아이디어 님을 놓칠 수 있다.

초고를 쓴 다음에는 그 내용이 머릿속에 떠다닌다. 세수할 때, 밥을 먹을 때, 회사에서 상사와 대화를 주고받을 때, 친구와 통화할 때, 써놓은 초고 속의 내용이 둥둥 뜬 상태로 따라다닌다. 그것이 초고의 위력이며, 초고를 이른 시기에 토해놓아야 하는 이유이다. 생각하고 다시 고쳐 쓰기 위해, 우리는 가능한 가장 빠른 시점에 초고를 쏟아놓아야 한다.

내가 하고 싶은 말이 이거였구나! 혹은, 서두를 너무 길게 썼구나!라는 생각이 머릿속에서 뭉게뭉게 피어올라 일상에 둥둥 떠다니는 동안 아이디어는 점점 무르익어간다. 뭉근하게 익었다고 생각했을 때쯤, 컴퓨터를 켜고 초고를 불러온다. 그리고 고쳐 쓴다.

이때 생각해야 하는 두 가지가 있다.

③ 이 에피소드를 이 정도 밝히는 것이 나 자신에게 소화 가능한가
④ 이 에피소드와 관련된 주변 사람들에게 이 내용이 소화 가능한가

중요한 건 ③과 ④를 반드시 초고를 완성한 다음에 생각해야 한다는 것이다. 처음부터 ③과 ④를 염두에 두면, 우리는 어떤 글도 쓰지 못할 것이다. 초고는 초고일 뿐이다. 내가 바깥으로 내보내지 않으면 누구도 보지 못한다. 그러니일단은 내 생각 덩어리를 언어로 코딩하는 작업을 하자. 나만 보고 끝낼 수 있는 글이다. 무엇을 써도 무방하다.

③과 ④를 고려할 때 중요한 것은 구체적이어야 한다는점이다. 예를 들어 어떤 면접에서 떨어졌다는 에피소드를 쓴다고 가정해보자. 그 에피소드를 공개하는 것 자체는 괜찮지만 특정 부분을 감추고 싶을 수 있다. 내가 감추고 싶은 부분은(=내면에서 아직 소화되지 않은 부분은) 면접에서 탈락한 회사의 이름일 수도 있고, 탈락한 이유일 수도 있고, 이게 내가겪은 몇 번째 탈락에 해당하는지일 수도 있고, 응시했던 회사에 얼마나 붙고 싶었는지일 수도 있다. 이 모든 사항을 다공개해도 무방하지만 한 가지, 면접장에서 만났던 면접관이했던 특정 질문과 그에 대해 어쩔 줄 몰라하며 내가 바보 같은 답을 내놓았던 순간만은 감추고 싶을 수도 있다.

이러한 구체화는 초고를 쓸 때보다, 이미 쓴 초고를 불러와 고쳐 쓰는 과정에서 이루어질 가능성이 높다. 다시 고쳐 써가면서 우리는 알게 된다. 아, 내가 몇 번째로 면접을

본 건지를 밝히는 건 아무렇지도 않구나. 그렇지만 나는 인신공격성 질문에 대해 당당하게 대응하지 못했던 일화는 밝히고 싶지 않구나. 그렇게 분류가 이루어진 뒤에는 글쓰기가 한결 쉬워진다.

④에 해당하는 사항도 마찬가지다. 고쳐 쓰는 동안, 내가 쓴 글에 등장하는 인물의 입장이 되어서 생각해본다. 내가 그 사람이라면 이렇게 쓰인 '나'를 봤을 때 기분이 어떨까? 고쳐 쓰는 내내 이입을 시도한다. 그러면 초고를 쓸 때 미처 생각지 못했던 지점이 보이면서, 글을 입체적으로 쓰게 된다. 주의할 점은, 이 사안을 생각할 때 너무 흑백논리에 빠져들지 말아야 한다는 점이다. 에세이는 '나'에 대한 이야기를 쓰는 장르이다. 하지만 세상에 순전한 '나'만의 이야기 같은 건 없다. '나'에 대한 이야기는 곧 나를 둘러싼 타인들에 대한 이야기이다. 그러므로 내가 글을 쓰기로 했다는 건 내가 만나온 타인에 대한 이야기를 하기로 했다는 말이기도 하다. 이 단계에서는 내 글에 등장시킨 타인의 입장이 되어 생각하면서, 그러면서도 전달하고자 하는 메시지에 부합하도록 영리하게 저울질하며 글을 써나가야 한다.

퇴고를 여러 번 반복하면 ③과 ④에 대한 방향성과 한계선이 자연스럽게 생겨난다. ③은 나 혼자 결단할 수 있고,

④도 어느 정도는 한계선을 설정할 수 있다. 나 혼자서는 해결이 안 되겠다 싶은 경우에는 몇 가지 방법을 동원한다. 타인의 이야기를 익명으로 처리하거나, 대상이 되는 인물의 특성을 일부분 변형시키거나, 그 두 가지 방법을 동원해도 여전히 찜찜할 때는 ④의 대상이 되는 인물에게 보여주고 상의하는 것이다. 이 세 가지 방법을 실행하는 과정은 나와 타인 간의 관계, 내가 사람들과 관계 맺는 방법에 대해 숙고하는 기회가 되기도 한다. 이 기회를 통해 나의 이기심과 열망, 타인과 맺은 신뢰와 포용의 정도를 자연스럽게 파악하게 된다.

④에 해당하는 사항은 세상 모든 글쟁이들이 영원히 지고 가게 되는 무거운 숙제이기도 하다. 내가 생각할 때 써도 '괜찮겠다'고 생각하는 정도와, 대상이 되는 당사자가 생각할 때 써도 '괜찮겠다'고 생각하는 정도가 판이하게 다를 수 있다. 또한 내가 생각할 때 많이 변형시켰다 싶어도 당사자가 읽었을 때 '이거 완전 나잖아!'라고 판단할 수 있다. 결국 이 문제는 글쓴이가 세상과 관계 맺는 방식과 태도의 문제일지도 모른다.

대개 사람들이 에세이 쓰기에 겁을 먹고 뒤로 물러서는 이유는 ③과 ④에 있다. 주변에서 두 요인 때문에 (쓰고 싶지만) 에세이는 쓰지 않겠다고 하는 소설가들도 많이 보았다. 그러나 세상 모든 일이 그렇듯, 이 문제도 대응하기에 따라 어느 정도는 풀 수 있다. 사람의 일이라 100퍼센트 장담할 수는 없지만, 대개의 경우, 글쓴이가 자신의 글에 소재를 제공한 이와 어떻게 관계를 맺느냐에 비례해 문제가 해결되거나, 해결되지 않는다.

나는 글쟁이로 살면서 이런 문제 때문에 주변 사람들에게 더 '잘해'주게 되었다. 죄 없이 내 글에 등장해야 하는 주변 사람들에게 미안하고, 미안하다고 느끼면서도 앞으로 계속 등장시켜야 하니 또 미안했다. 그런데 주변 사람들은 내가 진심으로 호소하면 또 의외의 순간에 자기 얘기를 쓰는 걸 선뜻 허락해주었다. 심지어는 세상에 대신 좀 알려달라며 자신의 깊고 내밀한 얘기를 전해오기도 했다. 그럴 때는 한 대 맞은 것처럼 뇌가 얼얼해졌다. 그러니까 내 안에 내 이야기를 하고 싶다는 마음과 감추고 싶다는 마음이 동시에 들어 있듯, 다른 이들에게도 두 가지 상반되는 마음이 동시에 들어 있었던 것이다. 글쟁이는 그 상반되는 마음을 제대로 읽어내고 내게도 상대에게도 윈윈이 되는 방향으로 전략을 짜야 한다. 그를 위해 글쟁이는 사람에 대해 언제나 관심을 갖고 탐구해야 한다. 사람이라는 깊고 복잡한 존재를 진심으로 대하고 사랑해야 한다.

정아은의 경우

내가 출간한 첫 에세이는 《엄마의 독서》였다. 향후 독서 에세이 혹은 육아 에세이로 불리게 되는 이 책을 쓴 계기는 '스트레스 해소'였다. 엄마로 산 지 10년을 넘겼던 시점, '좋은 엄마'가 되어야 한다는 강박관념으로 꾹꾹 눌러왔던 수많은 요소가 내 안에서 폭발하여 어찌할 바를 모르던 나날을 보내던 때, 무작정 글을 쓰기 시작했다. '엄마됨'에 관한 글을.

당시 나는 돈에 관한 소설을 쓰기 위한 예비 작업으로 《자본론》 읽기 모임에 참가하고 있었다. 어려운 책을 집단 지성으로 함께 돌파하는 프로젝트라 읽어야 할 책, 써내야 할 과제가 켜켜이 쌓여 있었다. 출간을 앞둔 다른 소설의 교정 작업도 있었고, 송고해야 할 외부 칼럼이 몇 개 있었다. '반드시 해야 할' 글쓰기가 산더미처럼 쌓인 상황이었던 것이다. 그런데 어느 날 갑자기 전혀 쓸 필요가 없는 글, '엄마됨'에 대한 글이 흘러나왔다. 아이들 아침을 먹여 학교를 보내고 나면, 해야 할 일 중 가장 난이도가 높은 일에(당시에는

《자본론》 읽기 모임의 과제인 에세이 쓰기가 이에 해당했다) 덤벼들었는데, 어느 날 아침, 한글 창에 '새 문서'를 열어 엉뚱한 글을 쓰고 있는 나를 발견했다.

나의 '엄마됨'에 대한 글을 쓰는 나를. 내가 왜 이렇게 나가고 싶어하지? 저녁이면 아이들에게 3대 영양소가 골고루 들어간 밥상을 차려줘야 하는데, 왜 나는 저녁 시간에 자꾸 식탁에 '사다 먹도록 하렴'이라는 메모와 현금을 남기고 바깥에 나가는 거지? 왜 아이들을 위해 요리를 하거나 책을 읽어주지 않고 내가 하고 싶은 공부를 하러 나가지? 메일로 전달해도 되는데 왜 굳이 출판사나 작가 모임에 직접 가서 참가하려 들지? 아이들 돌봄보다 '나'를 우선시하는 나는 '나쁜 엄마'인 건가? 이기적이고 매정한 엄마인 건가?

그때까지 나는 '좋은 엄마'가 되기 위해 나 자신의 다양한 욕망을 모두 억누르고 있었다. 만나고 싶은 친구, 하고 싶은 공부, 적극적으로 일의 영역을 넓히고 싶은 마음을 자동으로 차단했다. 대신 아이들의 몸과 마음의 건강을 '위하는' 작업에 투신했다. 어느 날부터, 그런 선택과 실행 패턴이 흔들리기 시작했다. '이러면 안 된다'고 나를 다잡으면서도, 선택의 순간이 오면 아이들을 위해 집에 있기보다 나 자신이 원하는 바를 이루기 위해 현관문을 열고 밖으로 나갔다. 너무나 갑자기, 너무나 강력하게 찾아온 변화 앞에 나는 당황했다. 내가 왜 이러지? 그 마음을 알아내기 위해 글을 쓰기 시작했다.

그것은 일기처럼 써내려간 글이었다. 아무런 목적성 없이, 그저 나 자신을 알기 위해 쓴 글이었다. 혹은 괴로운 마음을 해소하기 위해 쓴 글이었다. 텅 빈 화면은 이내 나 자신과 주변 세상을 향한 분노로 채워졌다. 키보드 위에 손을 올려놓으면 화면에 빛의 속도로 글자가 들어찼다. 글을 쓰고 있다는 사실조차 잊어버리게 되는 몰입이었다. 정신없이 손가락을 놀리다보면 현관문 열리는 소리가 나면서 아이가 들어왔다. 아이의 목소리가 귓전에 당도할 때에야 자각했다. 아이들을 등교시키고 혼자 남은 집에서 오롯이 내 것으로 쓸 수 있는 시간을 '엉뚱한' 글을 쓰는 데 날려버렸다는 사실을.

쓸데없이 시간을 낭비한다 생각하면서도 멈추지 못하고 아침나절마다 길게 써내려갔던 글이다. 그런 글더미가 책이 될 수도 있겠다 생각한 것은 당시 연락을 주고받던 출판사 편집자의 한마디를 통해서였다. 쓰고 있던 새로운 소설의 방향성을 놓고 의견 대립을 빚던 편집자가 "이 원고 말고 다른 건 없으세요?"라고 물었고, 통화 중인 편집자가 내가 쓰고 있는 장편소설 원고를 결국 출판해주지 않을지도 모르겠다고 생각한 나는 심드렁한 목소리로 말했다.

"없어요."

그렇게 전화를 끊으려다가 문득, 한마디를 덧붙였다.

"애들 키우는 이야기 울고불고하는 거 쓰고 있긴 한데, 일기처럼 막 쓴 거라 별로 출판할 만하지는 않을 거에요."

그냥 끊어버리는 게 뭔가 싸한 느낌이 들어서 무심코 덧붙인 한마디였다. 그런데 전화기 저편에서 반색하는 음성이 날아왔다.

"아, 그거 저 좀 보여주실래요? 재미있을 거 같은데."

결국 그 글더미, 내 '엄마됨'에 대한 기나긴 소고는 그 편집자에게 날아가 '책'이 되었다. 원고를 받아본 편집자는 며칠 만에 '좋다'는 피드백을 보내왔다. 다듬으면 좋은 에세이가 될 것 같다는 평가였다. 에세이 출판의 길은 그렇게 열렸다. 소설이 아닌 글을 써서 출판하겠다는 생각을 한 번도 해본 적이 없던 내게 뜬금없이 열린 낯선 길이었다.

"이런 글도 책이 될까요?"

'엄마됨' 원고를 보낸 뒤 나누었던 통화에서 편집자에게 이렇게 물었다. 감정에 가득 차서 쓴 글이었다. 그런 글이 책이 될 수 있을까? 편집자는 몇 가지 참조점을 알려주면서 끝까지 써보라고 했다.

하나는 '책 이야기'의 분량을 늘리라는 것이었다. 모든 챕터에 책을 한 권씩 등장시켜 독서 에세이로 가자는 콘셉트였다. 또 하나는 감정이 너무 드러나는 부분에 대한 조언이었다. 감정을 드러내는 것 자체는 문제가 아니지만, 같은 말이 반복되거나 심정에 대한 묘사가 너무 긴 분량으로 이어지면 가독성이 떨어질 위험이 있다고 했다. 그리고 내가 생략한 몇몇 부분에 관해 물어왔다. 가까운 이들과의 갈등에 관한 이야기, 나로서는 아직 화가 풀리지 않아서 도저히 글로 옮겨놓을 엄두가 나지 않는 이야기를 나는 아예 공백으로 남겨두었던 터였다. 원래 원고에는 썼다가 편집자에게 보낼 때 그 부분을 삭제했는데, 편집자는 그 부분이 뭔가 빠진 것 같다고 정확하게 꼬집었다.

나는 원래 들어 있던 부분을 구두로 설명했다. 그 대목이 그대로 들어가면 너무 감정적으로 보이고, 그 사건에 등장하는 내 주변 사람들이 기분 나빠할 것 같다고. 그러자 편집자는 이렇게 말했다.

"그 부분을 있는 그대로 모두 다 나열할 필요는 없어요. 구체적으로 보여주기 싫다면 어떤 일이 있었는지 몇 줄로 간단하게 설명하고 넘어가면 됩니다."

드러내기 싫은 부분은 건조하게 일의 전말만 기술하면 된다는 조언이었다. 주변 사람들에게는 원고를 완성한 다음에 미리 보여주고 양해를 구하면 된다 했다.

편집자가 말한 대로 했다. 감정을 억누르고 사건의 자초지종을 최대한 적은 분량으로 담았다. 거짓말처럼 이야기가 연결되었다. 원고를 완성한 뒤 보여주고 양해를 구했을 때, 주변 사람들은 의외로 선선히 답했다. 그 정도면 출판되어도 괜찮겠다고. 놀라운 일이었다. 그리고 이 일을 전범 삼아 나는 '에세이 쓰기'에 대해 감을 잡게 되었다.

결국 에세이는 '거리 두기'의 예술이라는 것. 내게 일어난 일을 기술하되, 그 일을 어느 정도까지 드러낼지, 어떤 톤으로 드러낼지를 저울질하는 기예라는 것. 내 이야기를 공개하되 있었던 일 그대로 주저리주저리 늘어놓는 것이 아니라 전달하고자 하는 메시지에 맞게 정제된 형태로 기술해야 한다는 것. 즉 주제에 봉사하는 선 안에서만 개인사를 드러내는 것이 핵심이었다.

치유와 소통

관록 있는 편집자의 솜씨에 힘입어 초고와 다른 모습

으로 완성된 원고는 《엄마의 독서》라는 책이 되어 세상에 나갔다. 놀랍게도 그 책은 엄마들 사이에서 공감을 얻었다. 그 덕에 나는 여기저기서 강연 요청을 받게 되었다. 강연을 해본 경험이 거의 없기에 두려웠지만 독자를 만나는 기회라는 생각에 응했고, 시간이 지나면서 강연을 나의 '일'로 여기게 되었다.

강연장에서는 주로 '엄마'인 분들을 만났다. 이분들은 내게 '고맙다'고 말했다. 자기가 느꼈지만 표현하지 못하고 있던 부분을 말로 표현해줘서 감사하다고, 책을 읽으면서 속이 후련했다고 말하며 내 손을 잡았다. 자기가 쓴 글인 줄 알았다면서 눈물을 글썽이는 분도 있었다. 왜 그렇게 괴로운지 몰랐는데 내 책을 읽으며 그 원인을 알게 되었다고, 자기가 '이상하고 못된' 사람이 아니고, '작가'라 불리는 사람도 그렇다는 걸 알고 위안을 받았다고 소감을 표한 분도 있었다.

어안이 벙벙해지는 일이었다. 고맙다니. 내 책을 사서 읽어주고, 내 강연을 들으러 와주었으니 내가 고마워할 일이 아닌가. 강연장에서 '엄마들'과 대거로 만나면서 나는 글쓰기의 효용을 깨달았다. 내 안에 있던 마음을 언어라는 코드로 변환시켜 세상에 내보내자 내 마음이 치유되는 일이 일어났던 것이다. 그것은 두 공간에서 동시에 진행되는 변화였다. 하나는 내 안에서 일어난 변화였다. 일어난 일을 글로 써나가는 과정에서 나는 내 '문제'와 거리를 두게 되었다. 언어로 차곡차곡 마음을 정리하면서 무엇이 문제인지, 무엇이 문제가 아닌지를 구분하게 되었다. 그 과정에서 내가 조목조목 정리된 이 '문제'를 통제할 수 있겠다는 자신감이 생겼다. 또 하나는 바깥세상에서 일어난 변화였다. 타인이 다가와 위안 받았음을 표하고 내가 그에 응답하면서 일어난 화학작용이었다. 내가 써낸 문장이 누군가에게 힘이 되고 위로가 되었다니. 그래도 내가 세상에 뭔가 쓸모 있는 일을 하고 있구나! 하는 생각이 들었다. 바깥에서 일어난 일이 들어와 내면에 자존감을 심어주었던 것이다.

소설을 발표했을 때는 강연 요청이 들어오지도, 소모임에 초대받지도 않았다. 에세이를 썼을 때, '독자'를 만났다. 독자들이 다가와 내 글을 읽고 내면에 어떤 변화가 일어났는지를 토로했다. 내 손을 잡아주고, 공감의 마음을 전해주었다.

에세이는 사람과 사람을 이어주는 힘이 강한 장르다. 자신을 열어 보여주고, 그렇게 세계를 열어 보여준 작가에게 독자가 다가갈 수 있게 해준다. 에세이의 출간 과정에서 내 내면에서 일어난 일을 '치유'라고 한다면, 에세이 출간 뒤 독자들과 나 사이에 일어난 일을 '소통'이라 할 수 있을 것이다. 치유와 소통은 어느 부분에서 연결점을 가진 친척 같은 개념이기도 하니, 에세이를 치유와 소통을 불러오는 글쓰기라 해도 좋으리라.

《엄마의 독서》를 낸 이후로 내 머릿속에는 다양한 종류의 에세이 초안이 펼쳐졌다. 사회에서 일어나는 사건을 접할 때, 새로운 사람을 만날 때, 내 인생에 일어났던 일들에 대한 새로운 깨달음을 얻을 때, 특정한 주제로 에세이를 쓰는 상상을 했다. 에세이라는 장르는 품이 넓다. 무엇이든 쓸 수 있고, 어떤 형식이든 취할 수 있다. 그렇기에 뭐든지 쓸 수 있겠다는 포부를 품을 수 있다. 구상했던 내용 중 실제로 책으로 나온 것은 극히 일부였지만, 이런저런 주제로 글을 전개해 책을 내는 상상은 즐거움을 주었다. 상상하는 것은 전적으로 자유가 아니겠는가. 비용이 드는 것도, 불법적인 것도 아닌 상상을 즐기며 나는 매우 행복해했다. 뭔가를 써낼 수 있으리라 생각하며 흐뭇하게 혼자 웃음 짓는 데에는 에세이만 한 장르가 없는 것이다.

솔직함과 디테일

중·고등학교 때 박완서의 소설을 즐겨 읽었다. 여럿이 있는 자리에 어울리기 힘들거나, 화나는 일이 있을 때 박완서의 소설을 들고 구석에 틀어박혔다.《그해 겨울은 따뜻했네》,《미망》 같은 소설을 잡으면 금세 현실을 잊을 수 있었다. 사교적이지 못한 나, 억울한 일을 당하고도 말 한마디 못하고 눈물을 글썽이는 나가 순식간에 사라지고 다른 세상이 펼쳐졌다. 옆집에 살고 있을 것처럼 생생한 등장인물들이 나와 펼치는 이야기가 어찌나 현실감 있는지, 책을 덮고 나면 현실 세계가 오히려 비현실적으로 느껴졌다.

작가 박완서에 대한 '문학 전문가'들의 평은 그리 좋지 않았다. 나를 잊고 다른 세상으로 빨려 들어가게 해주는 마법사 같은 작가가, 평론가들 사이에서는 '사소설'을 쓰는 '여류 작가'로 취급되었다. 사회적 인식이 부족하다, 여성지에 나오면 어울릴 소소한 이야기다, 와 같은 평가가 따라붙었다. 어렸던 나는 그 말을 액면 그대로 받아들였다. 시간 때우기 위해 읽는 이야기이니, 사소설이라 불리든 뭐라 불리든 크게 상관없다고 생각했다. 나라를 구하거나 대의를 위해 목숨을 바치는 이야기야말로 중요하고 가치 있는 문학일 거라 생각했다.

　박완서 소설의 존재 의미를 다시 곱씹은 것은 마흔을 한 해 앞두고 장편소설로 문학상을 받게 되었을 때였다. 수상작인 《모던 하트》에 대한 인터뷰에서 기자가 물었다.

　"칙릿 소설이라는 평가가 있는데 어떻게 생각하나요?"

　나는 기자에게 되물었다.

　"칙릿 소설이 뭘 말하는 건가요?"

　숨소리가 두어 번 들려온 뒤, 젊은 여성이 쓴 젊은 여성들의 이야기라는 대답이 돌아왔다. 나는 다시 물었다.

　"그럼 젊은 남성이 쓴 젊은 남성들에 대한 이야기는 뭐라고 부르나요?"

　기자는 대답을 하지 못했다. 어색한 침묵이 흐른 뒤 화제가 넘어갔고, 그 뒤로는 무난하게 인터뷰가 진행되었다.

　《모던 하트》는 30대 후반의 여성이 헤드헌터로 일하면서 세상의 부조리와 대면해나가는 이야기이다. 한 여성의 직업 세계를 통해 학벌, 외모, 부가 사람들 사이에 차별을 만들어내는 양상이 드러난다. 이 소설을 놓고 '칙릿 소설' 운운하는 평가는 그 후로도 종종 들려왔다. 그로부터 몇 년 뒤, 30대 남성이 쓴 30대 남성 직업인에 대한 소설이 내가 받았던 것과 같은 문학상을 수상했다. 작가의 경험을 바탕으로 쓴 치밀하고 멋있는 소설이었고, 나는 흥미롭게 그 소설을 둘러싼 평가를 지켜보았다. 내게는 너무나 흥미로운 현상이었다. 30대 여성인 내가 쓴 30대 여성 회사원에 대한 소설을 두고는 칙릿이네 아니네 하는 논쟁이 벌어졌는데, 30대 남성이 쓴 30대 남성 회사원에 대한 소설에 대해서는 그런 논의가 오가지 않았다. 그 소설은 그저 한국에서 보기 드문 '회사 소설'일 뿐이었다. 수상자가 속한 성별이 쓰는 문학 장르에 대한 별칭(여성 작가에게는 '칙릿'에 해당할)이 아예 존재하지 않기에, 논란 자체가 성립이 불가능했다.

내가 쓴 소설이 특별한 범주로 묶여서 특별하게 평가받는 일은 의미심장한 경험이었다. 이 사건을 지나면서 비로소, 박완서를 비롯한 기존 여성 작가들의 서사를 하나로 꿰어서 사고할 수 있게 되었다. 박완서, 공지영, 신경숙 등 당대를 주름잡았던 작가들은 많은 독자들의 심금을 울리고 영향력을 행사했음에도 언제나 '문학성'에 대해서는 엄격하고 제한적인 평가를 받았다. '소소하고 사적인 이야기'라는 게 이유였다.

이는 그대로 공과 사에 대한 질문으로 이어진다. 무엇이 공이고 무엇이 사인가? 공과 사를 구분하는 기준은 무엇인가? 그 기준을 정하는 사람은 누구인가? 공동체에서 중요한 것은 무엇이고 사소한 것은 무엇인가? 직함을 가지고 정치를 하는 사람은 공적이고 중요한 일을 하는 것이고, 집에서 아이를 낳아 키우고 돌보고 가족들에게 밥을 지어 먹이는 일은 사적이고 사소한 일인가? 전통적으로 분류된 기준에 의거해 공사를 나눈다면, 돌보고 살림을 해온 여성 대부분의 삶은 사소하고 중요하지 않은 취급을 받게 된다. 전통적으로 여성의 것으로 여겨온 영역을 다룬 박완서의 작품이 '평론가'들 사이에서 쉽게 폄하된 것은 그런 연유 때문이다. 공사에 대한 구분이 여성이 주로 하는 일에 대한 폄하로 이어졌고, 여성이 하는 일에 대한 폄하는 다시 여성에 대한 폄하로, 급기야는 여성이 쓴 모든 것에 대한 폄하로 연결되었다.

사피엔스 종이 살아온 30만여 년 동안, 역사는 영웅, 지배층, 남성, 부자들의 것이었다. 결정권을 갖고 사람의 생사를 좌지우지하는 소수 몇몇 남성의 서사만이 공적이고 중요한 화두로 취급되었다. 그러나 이제 그런 영웅은 찾아보기 힘들다. 혼자서 대륙을 누비며 싸움을 평정하고, 어마어마한 리더십으로 군을 이끌어 다른 국가를 집어삼키거나, 그런 침략자들에 맞서 나라를 방어하고 구해내는 거대 영웅은 현실에 존재하지 않는다.

왜 그럴까. 왜 이 시대에는 영웅적인 지도자가 존재하

지 않을까. 사회가 민주화되었기 때문이다. 한 명의 영웅이 탄생하기 위해서는 그가 비인간적으로 대했던 아랫사람들, 함부로 대했던 여성들의 이름이 지워져야 하는데, 이제 이 세상에는 그렇게 '지워버려도 되는' 이름이 없기 때문이다. 이제야 인류는 한 명의 영웅을 세우기 위해 많은 이들의 존재를 지워버리기보다 살아 숨 쉬는 모든 인간의 존엄성을 지키는 데에 심혈을 기울이게 되었다.

이는 이 시대에 더 이상 거대 서사가 범람하지 않는 이유이기도 하다. 나라를 구하기 위해 비범한 영웅이 종횡무진 활약하는 이야기보다 소시민 한 사람 한 사람이 매일 무엇을 하며 하루를 살아내는지를 핍진하게 그려내는 이야기가 공감을 받고 베스트셀러 자리에 오르는 것은, '가치'가 소수의 힘 있는 이들에게서 인간의 얼굴을 한 모든 이들에게로 고르게 배분되었기 때문이다.

이러한 시대 상황에서, 사람을 낳고, 기르고, 보살피고, 사랑하는 '여성'의 서사가 각광 받는 것은 너무나 자연스러운 일이다. 박완서의 작품은 그러한 서사를 대표하는 작품이다. 이제 우리 인류는 천문학적인 돈을 놓고 벌이는 금융가의 쟁탈전이나 핵무기를 놓고 벌이는 소수 열강의 기싸움이 아닌, 김이 모락모락 피어오르는 내 앞의 밥 한 공기, 내

곁에 살아 숨 쉬는 한 명의 사람, 볕 좋은 베란다에 가지런히 널린 빨래의 중요성을 인지하고 살아낼 수 있는 수준에 이르렀다. 작은 사물, 작은 관계가 '인간'이라는 우주를 이루는 가장 치명적인 입자라는 사실을 알게 된 것이다.

이런 시대에 베스트셀러 순위에 에세이가 자주 오르는 것은 자연스러운 일이다. 이제 독자는 자신과 비슷한 사람의 특별할 것 없는 일상의 이야기를 보고 싶어한다. 이런 독자에게 공감받는 에세이를 쓰려면 어떻게 해야 할까. '있는 그대로' 쓰면 된다. 진솔하게, 구체적으로, 내 앞에 펼쳐진 삶을 쓰면 된다. 내가 부여받은 하루하루에 내가 어떻게 대응하는지를 진솔하게, 구체적으로, 써내려가면 된다. 솔직함과 디테일, 이 두 가지가 핵심이다.

장강명과 김현진의 경우

소설가 장강명은 《소설가라는 이상한 직업》(유유히, 2023)에서 자신의 일상을 이렇게 그린다.

전업작가 생활 22개월여 만에 청소가 거의 운전이나 산책처럼 편한 경지에 이르렀다. 팔다리가 자동적으로 걸레질을 할 때 머리로는 다른 생각을 한다. 보통은 휴대전화기를 와인 잔에 넣어서 들고 다니며 영어 회화 교재를 들으며 청소를 한다. 가끔은 음악을 들으며 할 때도 있다.

장강명은 전업작가가 된 뒤 청소 실력이 늘었다. 배우자가 "당신이 도우미 아주머니들보다 청소를 더 잘한다는 사실이 안 믿긴다"고 말할 정도로 발군의 경지에 이르렀다. 장강명은 그런 경지에 이르게 된 과정을 꼼꼼하게 설명한 뒤 이렇게 덧붙인다.

내게는 특히 청소야말로 매우 폭력적인 작업으로 느껴지며, 이 일을 하면 할수록 나의 남성성이 강화되는 것 같다. 청소는 예술보다는 공학에, 이해나 교감보다는 정복과 통치에 가깝다.

청소가 여성성보다 남성성을 띤 작업이라고 설파하며 일상의 가사노동에 정교하게 의미를 부여하는 이 에세이는 현대 사회에서 어떤 에세이가 사랑받는지를 보여주는 전범과도 같다. 시대정신을 반영했다고도 볼 수 있는 이 에세이에는 ① 전통적인 남성성과 여성성의 붕괴 현상과 ② 평범한 이들의 일상을 채우는 작은 행위에 가치를 부여하는 방식이 깔끔하고 유머러스하게 담겨 있다.

힘겨운 일상과 가난을 있는 그대로 담아낸 생생한 에세이도 있다. 소설가이자 에세이스트인 김현진은 살면서 몸 담았던 장소와 그곳에서 있었던 사람과의 마주침을 이렇게 그려낸다.

이 조그마한 중국 음식점의 문을 열고 들어간 약 30분 후, 나는 아주머니에게 옆 테이블에서 남기고 간 꿔바로우를 내가 먹어도 되냐고 구걸하고 있는 자신을 발견했다. 남이 남기고 간 것도 주워 먹으면서 부끄러운 것도 모르고 맛있다 맛있다 이거 왜 이렇게 맛있어요, 를 연발하며 옆 테이블에서 남긴 음식을 주워 먹었다. 아주머니가 이것도 조금 먹어볼 테냐며 내오는 음식도 뭐든 게 눈 감추듯 먹어치우며 다른 곳의 절반 가격밖에 안 되는 공부가주를 벌컥벌컥 마셔댔다. (《뜨겁게 안녕》, 다산책방, 2011)

도처에 색색의 음식이 쌓여 있는 시대다. 음식점과 카페에 가면 누군가 남긴 음식이 식기 반납대에 남아 있는 모양을 보게 된다. 한입거리가 남겨진 접시도 있고, 절반 이상이 잔반으로 남은 접시도 있다. 종종 거의 손대지 않은 채 음식이 고스란히 담겨 있는 접시도 보인다. 《뜨겁게 안녕》에서 김현진이 "비계고 기름기고 뭐고 죄다 주워 먹게 되는 중국 식당"인 미미 식당에서 옆 테이블에서 남기고 간 꿔바로우를 먹는 장면을 보며 나는 그동안 스쳐갔던 수많은 '남은 음식'들을 생각했다. 그런 음식들을 볼 때면 가져다가 내가 먹거나 포장해 가고 싶었더랬다. 혼밥을 할 때는 그런 유혹이 더 크게 들었다. 하지만 그렇게 하면 너무 '없어' 보일 것 같아서 실행에 옮기지 못했다. 이런 내 충동을 발설하면 사람들은 대부분 경악했다. "어우, 남이 먹던 게 먹고 싶니? 나는 굶어 죽어도 그런 건 안 먹어."

누군가 먹다 남긴 음식을 가져다 먹는 것이 '아무도 하지 않는' 행위가 된 건 언제부터일까? 텔레비전과 식당과 카페에서는 '남은 음식'이 빨리 버려야 할 무엇이다. 하지만 텔레비전과 식당과 카페가 아닌 곳에서, 우리 중 많은 이들은 배가 고프다. 의식주를 해결할 돈이 부족하다. 도처에 분명히 가난이 있는데, 가시적으로 가난은 없다. 그런 시대를 살면서 김현진 같은 에세이스트가 쓴 글을 읽는 것은 진한 쾌감을 안겨준다. 그가 방문했던 골짝 골짝의 허름한 음식점과 그곳에서 만난 음식, 그 음식을 만들어 내놓은 사람들 이야기를 읽으면서, 우리가 통신과 매체와 상술에 휩싸여 차마 내놓지 못했던 인간으로서의 근원적 감정과 욕망을 들여다보게 된다. 원래 있었던 것을 있었다 말하고, 인간의 허기진 육신과 영혼에 단비처럼 '사랑'을 내려주는 존재로서의 타인을 귀하게 대면하게 된다.

에세이라는 장르에는 탄력성과 융통성, 무제한의 소재를 운용할 수 있다는 장점이 있다. 첫 에세이 《엄마의 독서》를 내면서, 나는 쓰는 사람의 입장에서 그런 에세이의 특성을 진하게 실감했다. 《엄마의 독서》 3교 작업을 할 때였다. 곧 책이 나온다고 생각하니 이런저런 부분이 마음에 걸렸다. 그중 가장 마음에 걸린 건 저녁을 차리면서 술을 한 잔씩 마셨다고 써넣은 부분이었다.

유치원에 다니는 큰아이와 이제 걸음마를 떼고·왕성한 호기심으로 온 집 안을 헤집고 다니는 작은아이 둘을 허덕이며 건사하고 어깨가 축 처질 즈음이면 황혼이 왔고 황혼이 왔다는 건 이제 그날의 가장 크고 무거운 과제인 '저녁밥 차리기'에 돌입해야 한다는 소리였다. 아침과 점심은 시간이 없다는 핑계로 대충 차려주고 지나갈 수 있어도 저녁은 반드시 제대로 영양가가 들어간 밥상을 차려내야 한다는 강박관념을 갖고 있었기 때문에, 저녁 할 시간이 돌아오는 건 어마어마한 스트레스였다. 쳇바퀴 돌 듯 반복되는 일과를 보낸 뒤 저녁을 하려다 말고 부엌에 서서 냉장고에 남아 있던 매취순을 컵에 따라 마신 게 발단이었다. 빈속에 달큰하고 새콤한 술이 들어가자 싸하게 위장이 불타올랐다. 술기운이 저릿하게 몸으로 퍼져나가자 저녁을 짓는 일이 갑자기 별거 아닌 일처럼 느껴졌다.

저녁을 차릴 때마다 잘 차려내야 한다는 생각으로 스트레스를 받았는데 한 잔씩 홀짝거린 술을 통해 그런 중압감을 약화시키고 저녁 차리기 의무를 해낼 수 있었다는 요지의 내용이었다. 그 정도는 써도 괜찮을 줄 알았다. 출간이 코앞으로 다가오자, 갑자기 '술'이라는 글자가 커다랗게 부각되었다. 저녁을 차리면서 술을 마셨다고 쓰는 게 괜찮을까? '엄마'라는 사람이?

망설이다가, 그대로 두는 편을 택했다. 어떤 반응을 받을지 알 수 없어 불안감에 시달리는 책 출간 후 초기 몇 주 동안, 술 언급 부분은 항상 마음에 걸려 있었다. 몇 달 뒤 있었던 《엄마의 독서》 출간 행사와 강연에서, 놀랍게도 '술 마셨다'는 부분이 좋았다는 피드백을 들었다. 참가자들은 '나도 저녁 차릴 때마다 한 잔씩 마셨는데 작가님도 그랬다니 깜짝 놀랐고, 위안을 받았다'고 했다. 알고 보니 저녁상을 차리면서 한 잔씩 마시는 주부들이 상당히 많았다. 인터넷 서점에 올라오는 서평이나 한 줄 평에도 그런 반응이 가끔 올라왔다. 저녁 차리면서 한 잔씩 마시는 거 진짜 실감 났다고. 자기가 쓴 글인 줄 알았다고.

저녁을 차릴 때 술을 마셨다는 것이 자랑스럽거나 권장할 만한 일이라 할 수는 없을 것이다. 문제에 당면했을 때 정신을 흐릿하게 만드는 물질을 몸에 넣는 것은 근시안적인 행위다. 효용이 오래가지 못하고, 점점 행위의 강도가 세지면서 큰 문제로 번질 가능성이 높다. 저녁을 차릴 때마다 술을 마셨던 버릇은 점점 저녁 식사 후에 이어서 와인이나 맥주를 마시는 더 심각한 습관으로 연결되었고, 나는 몸에 큰 탈이 생긴 뒤에야 압도적인 크기로 자라난 '음주 습관'을 도려낼 수 있었다. 이 글을 쓰는 지금도, 아이들의 밥상을 차려야 하는 이들에게 '저녁 차리기의 중압감은 술 한 잔이면 말끔하게 해결된답니다. 그러니 한 잔씩 드시면서 저녁상 준비하세요'라고 권장할 마음은 추호도 없다. 술에 기대지 않고 다른 방법으로 해결하는 편이 백배 낫다고 생각한다.

하지만 두 아이의 엄마로 사는 것이 버거웠던 그 시기, 나는 더 현명하게 대처하지 못했다. 중독성 물질에 기대는 못난 선택을 했다. 창피하지만 사실이었고, 에세이에 그 시절 일을 그대로 드러냈다. 치부를 고스란히 드러낸 것이다. 독자들이 공감한 것은 그런 나의 '못남'이었다. 어리석은 줄 알면서도 빠져들고, 그렇게 빠져든 일정 분량의 일탈을 통해 사회가 얹어준 무거운 임무를 어물어물하게나마 해냈던 나에 대한 연민과 공감이었다. 내가 책에서 한 잔의 술을 언급하고 그 책을 읽은 엄마들과 만나 '너도 그랬니? 나도 그랬어!'라며 서로를 보듬었던 시간은 '엄마'라는 한 개인에게 너무 많은 의무를 지우는 불합리한 공동체에서 도망가버리지 않고 자리를 지켜낸 '동료 엄마들'과 나누었던 지지와 위로의 의례였다.

이제 영웅담이나 호기, 객기는 '센 척', '허세', '일부러 만들어낸 판타지'로 보이는 시대에 접어들었다. 우리 시대에 진정으로 '있어 보이는' 서사는 '없는 것을 없다고 담백하게 드러내는' 서사이다. 인간의 못남을 정확하게 드러내는 서사, 가까이 있는 사람, 밥 한 공기, 청소하는 행위, 빨래하는 행위에 정성을 들이는 모습을 구체적으로 드러내는 서사이다. 인간이 가진 한계와 애정에 대한 끝없는 갈구를 인정하고 담담하게 조명하는 서사이다. 조국을 위해 목숨을 바치고 대의를 위해 가족을 버리는 모습은 이제 판타지나 풍자의 대상일 뿐이다. 조국, 대의라는 개념 자체에 의문을 품기 시작한 시대를 맞아, 진정으로 소중한 것에 대한 기준이 바뀌었기 때문이다. 그런 시대에 에세이를 쓰는 이들이 중요한 무기로 사용해야 할 개념을 꼽으라면 나는 두 가지, '솔직함'과 '디테일'을 들겠다.

논픽션

논픽션이란

논픽션의 사전적 의미는 "허구가 아닌 사실에 근거하여 쓴 산문 작품"이다. 에세이의 사전적 의미는 "일정한 형식을 따르지 않고 인생이나 자연 또는 일상생활에서의 체험과 감상을 생각나는 대로 쓴 산문 작품"이다. 시나 소설이 아닌 산문을 일컫는다는 점에서 논픽션과 에세이는 한 갈래로 묶일 수 있다. 당대 한국 사회에서, 허구가 아닌 산문 중 비교적 일상생활에 근접해 개인의 삶과 사랑, 애환을 다룬 산문은 대개 '에세이'로, 보다 사회적이고 시사적인 화두를 묵직하게 다룬 산문은 대개 '논픽션'으로 불린다. 내가 썼던 비소설 단행본 중 《높은 자존감의 사랑법》은 에세이로, 《전두환의 마지막 33년》은 논픽션으로 불린다.

이러한 암묵적 분류에 따라 사회 문제를 추적해 보고

하는 형식, 르포르타주의 느낌이 나는 글을 논픽션으로 정의한다면, 논픽션은 특정 화두에 대한 개인의 생각과 주장, 가치를 진지하게 풀어내기에 맞춤한 장르다.

　한국 사회의 논픽션 단행본은 어떤 경로로 나올까. 가장 먼저 떠올릴 수 있는 건 기자들이 쓴 논픽션이다. 기자는 평소 기사 작성 시 분량의 한계 때문에 약식으로 다루었던, 하지만 제대로 써보고 싶다고 생각했던 화두를 택해 본격적으로 풀어쓴 뒤 책으로 낸다. 손병관의 《노무현 트라우마》, 김기태·하어영 공저 《은밀한 호황》, 고나무의 《아직 살아있는 자, 전두환》이 이 경우에 해당한다.

　두 번째로는 사회적 갈등을 빚은 사건의 원인과 결과를 르포 형식으로 써낸 책이다. 사건 발발 이전 시기의 전조 현상부터 사건 중에 일어난 여러 일들, 사후 후과를 다양한 사실관계와 숫자, 실제 관여했던 이들의 인터뷰를 동원해 추적하는 이런 종류에는 공지영의 《의자 뺏기》, 이문영의 《노랑의 미로》가 있다.

　세 번째로, 자신이 몸담았던 세계에 대한 비판적인 견해를 책으로 내는 경우가 있다. 이연주의 《내가 검찰을 떠난 이유》와 박창진의 《플라이백》이 이 경우에 해당한다. 이런 유에는 내부고발자의 수기 성격이 포함된다.

네 번째는 강연이나 세미나에서 공부했던 내용을 심화시켜 책으로 출간하는 경우다. 이 경우 작가는 타인에게 지식을 전달하거나 타인과 함께 공부하고 토론하면서 품었던 화두를 본격적으로 파고들어 연구한 뒤 저서로 만들어낸다. 이진경의 《노마디즘》, 고병권의 《자본》 시리즈가 이에 해당한다. 주로 교수나 강연자, 연구자가 저자인 이런 유에는 학술서의 오라가 덧입혀진다.

내가 쓴 논픽션 《전두환의 마지막 33년》은 두 번째와 네 번째 유형에 해당한다. 사회적 갈등을 빚은 사건의 인과관계를 추적하는 성격과, 확대된 시공간에서 역사적 연원을 캐내는 학문적 성격을 동시에 품고 있다. 우리 사회는 왜 권좌에서 내려온 학살자를 단죄하지 못했는가. 책은 퇴임한 학살자가 33년 동안 물질적 풍요를 누리며 자유롭게 살다가도록 내버려둔 한국 사회구조의 문제를 전두환이라는 인물의 생애를 추적하며 풀어나간다. 관련 인물의 회고와 인터뷰를 반영하고, 저작과 연구도 다수 인용한다.

밑작업

논픽션 집필의 최초 단계는 관심을 갖고 지켜보는 사

회현상이 있을 때 시작된다. 당신에게 수많은 사건 사고 중 유독 신경이 가닿는 분야가 생겨난다고 가정해보자. 당신은 관련된 소식을 귀 기울여 듣고, 관련 서적을 찾아보게 된다. 관련 인물을 수소문해 만나거나, 관련된 분야의 책을 읽고 공부하는 모임에 가고 싶어진다. 뉴스와 자료와 공부 모임을 통해, 같은 관심사를 가진 사람들과의 대화를 통해, 당신의 시선은 차츰 뜨거워진다. 몰랐던 것을 알게 되면서 서서히, 최초에 가졌던 사고가 변한다. 교정된 새로운 사고를 통해 다시 새로운 의문이 생겨난다. 이 의문을 따라가면서 다시 다른 종류의 뉴스와 자료와 사람을 만나게 되고, 그와 함께 해당 화두에 대한 사고가 깊어지고 넓어진다. 이것이 어느 시점에 다다르면 어느 순간 이런 생각을 하게 된다.

여기에 대해 써야겠구나.

내부로 밀어 넣은 정보량이 일정 임계치를 넘어가면, 밀어 넣은 정보의 일부가 특정 순간에 비어져 나오기 시작한다. 잉여분이 흘러나오는 현상은 대개 주위 사람과의 대화 혹은 SNS 같은 비공식적 글쓰기 루트를 통한다. 차고 넘치는 정보로 가득 찬 내면을 지닌 이는 포화 상태에 이른 정보의 일부를 이렇듯 자신이 소화한 특유의 버전으로 조각조각 내보내다가, 어느 순간 '쓰겠다'는 결심을 하게 된다. 대학원생이거나 논문을 쓰는 교수인 경우, 이를 처음부터 의식적으로 행할 것이다. 그렇지 않은 경우, 처음에는 자각하지 못한다. 자신이 이 내용을 향후 한 권의 책으로 내게 되리라는 사실을.

그러니 만일 당신에게 지금 당장 해야 하는 본업에 방해가 되지만 자꾸만 알고 싶고 궁금해지는 화두가 있다면, 그 화두를 적극적으로 따라가야 한다. 시간과 노력을 들여 그 화두에 몸을 담가야 한다. 몸을 담그는 과정에서 만나는 자료와 사람들의 말, 내 입에서 나가는 말들 중 의미 있게 여겨지는 조각들을 기록해야 한다. 자신만의 문제의식과 사유를 담은 이 조각들이, 향후 집필하게 될 논픽션 단행본의 대들보가 되어줄 것이다.

집필을 마음먹은 다음부터는 '근거 수집'을 해야 한다. 역사적 사실, 뉴스 기사, 실존 인물이 남긴 기록, 관련 인물의 증언, 각종 사료를 폭넓게 섭렵한 뒤, 그에서 내 주장에 뒷받침이 되어줄 부분을 오려낸다. 그리고 주장의 앞이나 뒤에 모자이크해 붙여 넣는다. 이 작업이 논픽션 집필에서 가장 주가 되는, 또한 가장 힘겨운 작업이다.

주석의 예술

내가 엉성하게 쌓아 올린 성긴 가건물 같은 초고를 들고 찾아갔을 때, 몇 개월 뒤에 《전두환의 마지막 33년》을 출판해주게 되는 출판사의 대표는 원고에 대해 '흥미로운 내용이지만 출판까지 가려면 많이 보강해야 한다'고 의견을 주었다. 그리고 이렇게 덧붙였다.

"저와 책을 내시려면 모든 문장에 주석을 달겠다는 마음으로 다시 작업해야 합니다."

그 말을 듣고 속으로 혀를 찼더랬다. 말도 안 되는 소리! 어떻게 모든 문장에 주석을 단단 말인가? 그랬다가는 읽다가 지겨워진 독자들이 책을 던져버릴 것이다! 대표가 한 말의 의미를 이해한 것은, 그가 내민 빼곡한 수정 의견이 담긴 수정안에 따라 초고를 뒤엎고 다시 쓰는 작업을 해나가던 중반이었다.

논픽션은 그때껏 내가 해왔던 글쓰기와는 성격이 판이했다. 그때껏 내가 해온 것이 문학적·감성적 글쓰기였다면, 이제부터 내가 해나가야 하는 글쓰기는 논리적·합리적 글쓰기였다.* 문학적 글쓰기에서 논술 글쓰기로 옮겨간 것이

---

* 물론 전자에도 합리적 글쓰기가 일정 부분 섞이고 후자에도 문학적 글쓰기의 성격이 어느 정도 섞이지만, 주를 이루는 방식에 초점을 맞추어 이렇게 정의했다.

다. 그리고 나의 논술 글쓰기 스승인 출판사 대표(이자 편집자)의 말은 옳았다. 매우 옳았다. 모든 문장에 근거를 댈 수 있어야 했다. 글자 그대로 모든 문장에 주석을 일일이 다는 것이 아니라, 주석을 달 수 있을 정도로 근거가 확실한 경우에만 문장을 존속시켜야 했다. 즉 근거를 일일이 파악해 확보하든가(그 근거를 실제 단행본 편집 과정에서 주석으로 다느냐 마느냐는 선택 사항이라 할지라도), 근거 확보가 안 된 문장은 폐기하든가, 둘 중 하나였다. 왜 그래야 하는가? 신뢰를 형성하기 위해서다. 독자에게 주장을 그럴싸한 것으로 받아들이게 하기 위해서다.

논픽션은 기본적으로 한 개인의 '주관'의 산물이다. '나는 이렇게 생각한다. 그 이유는……'이라는 메시지를 보내는 글더미이다. 세상에 '나는 이렇게 생각한다. 그 이유는……'으로 시작하는 글은 많다. 그러나 그중 어떤 글도 100퍼센트 객관적으로 쓰였다고 할 수 없다. 본시 모든 책은 작가의 주관을 담고 있기에, 한 권의 책이 100퍼센트 객관성을 띠는 것은 처음부터 불가능하다. 관건은 '작가의 주관적인 생각을 설득력 있게 만들기 위해 어떤 근거를 달았는가'이다. 이것이 호소력 있는 논픽션과 그렇지 않은 논픽션을 가른다.

네가 하는 주장에 사람들이 고개를 끄덕일 수 있게 만들어라.

대표의 말은 이런 의미였다. 100퍼센트 확실하다고 주장할 수 없겠지만, 정황상 네가 기술한 것이 진실일 가능성이 높다고 동조하게끔 '힘을 가진' 주장으로 만들어라. 그런 힘을 만들어내는 것은 첫째도 근거, 둘째도 근거, 셋째도 근거였다. 근거란 무엇인가. 팩트와 구체적인 예시이다. 대표가 한 말을 이해하고 수긍한다는 것은 내가 수많은 문서 더미와 책과 영상 자료의 바다에 들어가 퍼덕거리며 무엇이 내 먹이이고 무엇이 아닌지를 판별해 건져 올려야 한다는 의미였다. 그것은 장시간 책상에 앉아 있으면서 파열음을 내기 시작한 목뼈와 허리뼈를 혹사시키고, 선명하게 퇴화의 징조를 드러내기 시작한 중년 뇌의 단기 기억력과 사투를 벌여야 한다는 의미였다. 논픽션 《전두환의 마지막 33년》을 쓰는 동안 나는 늘 생각했다. 내가 그걸 어디서 읽었더라? 책의 어느 부분에 나오는 거였더라? 영상 속 어느 부분에서 들었던 말이더라? 오대양을 방불케 하는 정보가 밀려들었지만, 접하는 모든 정보를 기억할 수는 없었다. 의미 있게 쓰일 근거를 분류하고 선택해 내 글더미에 갖다 붙이는 일은 어렵고 어렵고 어려웠다. 순간순간 기억력의 감퇴와 노화를 실감하며 버둥거려야 했다.

근거를 대야 한다는 당위 없이 초고를 썼더랬다. 논픽션의 대가인 스승을 만나 근거를 보강해야 함을 배운다는 것은 원고를 총체적으로 다시 쓰는 것을 의미했다. 가건물처럼 올린 엉성한 초고의 뼈대를 하나씩 빼낸 뒤 새로운 뼈대를 놓았다. '근거'라는 탄탄한 콘크리트로 감싸인 뼈대를. 주석도 부지런히 달았다. 익숙지 않은 과정이었다. 세 줄짜리 주석을 달기 위해 한 권의 책 전체를 읽다보면 어느 세월에 이 원고를 완성할까 싶어 불안해졌다. 이런 식으로 근거를 대는 게 논리적 정합성이 있는가? 하는 의심도 가슴 한구석에서 부글거렸다.

하지만 근거에 목을 매는 이런 종류의 글쓰기에는 특유의 보상이 있었다. '뿌린 만큼 거둔다'는 느낌이다. 자료를 찾아 부지런히 근거를 붙이는 만큼 뼈대를 이루는 주장에 근육이 탄탄하게 들러붙는 게 눈에 보였다. 원인과 결과를 선명하게 제시하고 구체적인 예시를 들면, 1+1=2라는 수식을 계산해낼 때와 같은 쾌감이 들었다. 이전에 주로 했던 문학적 글쓰기에서는 맛보지 못했던 느낌이었다. 내게 논픽션이라는 장르는 마치 문과 내의 이과 과목처럼 여겨졌다. 시,

소설, 에세이가 문과 중의 문과 장르라면 논픽션은 문과 내의 이과적인 장르였다. 반드시 근거로 보강해야 하는 막중한 임무가, 정확히 그 하중에 해당하는 분량의 보람을 안겨주었다. 그동안 주로 썼던 것과 다른 부위의 뇌를 쓰는 동안, '나'라는 인물의 우주가 번쩍이며 확장되어가는 광경이 머릿속에서 펼쳐졌다. 우와, 정아은, 이런 것도 할 줄 아네? 기특하구나!

논픽션의 동료들

새로운 분야의 글쓰기에 도전하면서 아쉬웠던 점은 동료가 없다는 점이었다. 그동안 소설과 에세이를 주로 썼기에, 조언을 구하고 애환을 나눌 논픽션 작가가 주위에 없었다. 세미나나 공부 모임에 들어가면 만들 수 있을 것 같았지만, 초고를 쓰는 기간에는 모임에 가입해 활동할 짬을 낼 수가 없었다. 어느 날부터, 나는 읽은 책에 대한 감상을 SNS에 올리기 시작했다. 정치·사회·역사서를 읽은 소감과 궁금한 점을 페이스북에 짤막하게 올렸다. 특별한 의도가 있었던 건 아니다. 새롭게 얻은 지식에 대한 소회를 나눌 길이 없어 혼잣말처럼 SNS에 올렸을 뿐이다. 그렇게 올린 글에 하나둘 댓글이 달렸다. 《김종필 회고록》 서평을 올리면 김종필에 대해 빼곡하게 알고 있는 분들이 댓글을 달았다. 김종필과 관련된 (내가 몰랐던) 사실을 알려주거나, 김종필 관련 참고서적 혹은 만나서 인터뷰하면 좋을 만한 사람 혹은 단체를 알려주었다. 《노태우 시대의 재인식》을 읽은 감상을 올리면 북방정책에 관심을 가진 이들 혹은 민주화 과정에 대해 조예가 깊은 이들이 나타나 댓글을 달아주었다.

　　SNS 책 서평을 통한 이러한 댓글 교유는 적잖은 도움이 되었다. 나보다 앞서 관련 분야에서 내공을 쌓은 이들은 지식과 혜안을 나누어주는 데 거침이 없었다. 내가 추가로 질문하면 상세하게 답변해주었고, 때로는 묻지 않은 것까지 먼저 알려주었다. 한 번도 만난 적이 없는 이들과의 화면상 문답 과정을 통해, 인식하지 못했던 내 안의 생각을 발견하고 사고를 확장할 수 있었다. 상대의 의견을 들으며 내가 미처 생각하지 못했던 지점으로 가 다른 각도에서 한 시대와 인물을 조망할 수 있었다. 어느 순간, 지금 내가 하는 게 '대체 세미나'로구나, 하는 자각이 왔다. 시간을 내서 모임에 나갈 수 없었던 초보 논픽션 집필 지망생이, 랜선을 통해 미니 공부 모임을 열고 있었다. 그리고 댓글을 통해 교유를 나눈 이들은 나의 '동료'들, 내 곁에 와준 나의 새로운 '친구들'이었다.

친분을 맺은 이들 가운데는 나처럼 '생전 처음 써보는 분야'에 도전하기 위해 프랑스어를 기초부터 공부하는 이도 있었다. 프랑스 현대사의 특정 사건을 책으로 써내기 위해 언어를 기초부터 배우는 그는 평일 낮시간을 공부에 할애할 수 없는 회사원이었다. 일상의 주어진 시간의 대부분을 본업에 할애하면서, 그는 틈틈이 외국어를 배우고, 프랑스 역사 관련 책을 읽었다. 최근에는 그렇게 배운 언어로 원서를 읽기 시작했다. 그가 올린 글에 힘내시라는 댓글을 달면 나도 불끈 힘이 솟았다. 할 수 있다! 새로운 분야에 도전하는 이들이 교유하며 서로를 북돋워주는 것은 고무적인 일이었다. 우리는 논픽션 작가가 될 미래 동료이자, 각자 펴낼 논픽션을 읽어줄 미래 독자였다.

SNS는 전공자가 아닌 이들이 특정 분야에 뛰어들어 집필에 도전할 때 활용할 수 있는 가성비 높은 무기이다. 덤벼들어 이것저것 시도해보는 데 꽤 단단한 디딤돌이 되어준다. 읽었던 책에 대한 소회를 풀어놓겠다는 욕망을 해소하는 차원에서 SNS에 올렸던 글이 내게 유용한 정보와 동료들을 데려다주는 효과로 이어졌던 이 사례를 통해, SNS의 효용을 알았다. 어떻게 활용하느냐에 따라 SNS는 대단히 유용하거나, 대단히 파괴적인 효과를 낼 수 있는 물건이었다.

　　이번 논픽션 챕터에서는 주로 내 경험을 담았다. 경험이 전혀 없는 비전공자가 새로운 글쓰기에 발을 들여 나아갔던 과정을 공유하고 싶었기 때문이다. 이제 막 도전해 한 권을 펴낸 자의 경험담으로서 이 챕터를 짧게 요약한다면 다음과 같다. 논픽션, 누구나 쓸 수 있다. 세상에 전하고 싶은 말이 있다면 지금 덤벼들자. 누구나 작가가 되는 시대라고 하지만, 일부 장르는 나와야 할 책이 채 10퍼센트도 나오지 않은 채 텅 비어 있다. 논픽션은 이곳저곳 뚫린 공백이 많은 블루오션 같은 분야다. 마음속에 이글거리는 메시지를 세상 사람들에게 언어로 코딩해 전달하겠다는 의지만 있다면 세상에 자료는 널려 있다. 손 뻗으면 도와줄 사람도 지천에 포진해 있다.

소설

'말'보다 '삶'

"책 보는 건 좋은데 소설책은 절대 보지 마라."

살면서 이렇게 말하는 사람을 만났더랬다. 자주는 아니지만, 잊을 만하면 마주쳤다. 주로 어릴 때 만났고, 커서도 종종 만났다. 내가 소설 쓰기를 업으로 하는 인간이라는 걸 모르는 경우, 아직도 내게 이런 말을 건네는 사람들이 있다.

지금보다 젊었을 때, 이런 말을 들으면 불쾌했다. 중년의 나이에 접어든 이후에는, 이런 말을 들으면 애틋함에 휩싸인다. 소설 읽기를 시간 낭비로 생각하며 살아온 상대가 지나왔을 인생이, 그가 사람들을 평가할 때 들이댔을 기준이, 자기 자신에게 내렸을 평가가, 사람을 대했을 방식이, 한꺼번에 패키지를 이루어 건너오며 뭉클한 감정을 자아내기 때문이다.

소설책을 보지 말라고 충고하는 이들이 선호하는 책은 실용서나 과학서, 자기계발서 혹은 사회과학서이다. 읽는 사람에게 직접적으로 정보를 건네주는 책, 자신이 새롭게 획득한 정보를 즉각 체감하고 뿌듯해할 수 있는 책을 좋은 책이라 생각하는 것이다.

이런 종류의 사람들을 만나면 궁금해진다. 이 사람에게 '앎'은 어떤 경로를 통해 오는가? 이들은 누군가가 건넨 직설적인 한마디 말에서 뭔가를 퍼뜩 깨닫는가? 인생의 변화를 일으킬 만한 동력을 전달받는가? 습득한 정보를 곧바로 활용해 제 인생을 비옥하게 만드는가?

이는 인간에 대한 근본적인 질문과 연결된다. 사람은 어떤 경우에 변하는가? 사람이 변하는 것은, 무엇인가를 통해 '앎'을 얻을 때이다. 인생의 특정 순간을 통해 우리는 '아, 그렇구나!' 하고 무릎을 친 뒤, 생각을 바꾼다. 그리고 바뀐 생각을 제 인생에 투여해 나아가던 항로를 조정한다. 그렇다면 '앎'은, 다른 말로는 '깨달음'이라 할 수 있는 이 진한 변곡점은 언제 발생하는가? 마음에 큰 파동이 일 때다. 외부에서 무언가를 통해 마음에 충격이 가해지고 그로 인해 마음에 가지런히 정렬돼 있던 기존 사고의 질서에 균열이 생길 때다.

그런 균열이 오는 것은, 높은 확률로, 추상적인 개념보다는 구체적인 예시를 접할 때다. 우리는 발화자의 가치관이 가득 담긴 직설적인 '말'보다는 그 말을 한 사람의 표정과 눈빛, 제스처, 실제 행한 행동에 영향을 받는다. 발화자가 하는 말의 내용보다, 그가 걸어온 인생 행로를 눈여겨본다. 거짓말을 밥 먹듯 하며 살아온 부모가 자식에게 '사람은 거짓말을 하면 안 된다'라고 하면 자식이 마음속으로 코웃음을 치는 이유다. 동양 격언에 언행일치를 강조하는 수많은 격언이 있는 것은 이 때문이다. 입으로는 무슨 말인들 못하겠는가. 중요한 건 무엇을 '말하느냐'가 아니라 무엇을 '하느냐'이다.

그러니 이렇게 말할 수 있으리라. 우리는 누군가의 '말'보다는 누군가의 '삶'을 통해 배운다고. 우리는 교과서와 책과 각종 강연을 통해 들었던 지혜의 샘물 같은 말보다, 누군가가 살아가는 모습을 통해 교훈을 얻는다. 교과서와 책과 강연을 통해 '깨달음'을 얻는 드문 순간도 역시 다른 이들의 인생을 지켜보며 쌓아온 직감과 체감이 충분히 퇴적되어 있을 때만 가능하다. 세 살짜리 어린아이가 수많은 어른들의 가슴을 찡하게 만든 이름난 명사의 강연에 가서 아무런 감화도 받지 못하는 것은 그 어린아이가 살아온 날이 아직 많지 않기 때문이다. 다른 이들이 살아가는 모습을 지켜보며

'인생'을 총체적으로 만져보고 체감했던 경험이 쌓이지 않았기 때문이다.

그러나 타인의 인생을 접하고 깨달음의 원천으로 삼는 데는 한계가 있다. 인간은 한정된 공간에서 한정된 시간 동안만 살다 가기 때문이다. 우리가 책이나 영화, 드라마를 보는 데는 여러 이유가 있겠지만, 그중 큰 비중을 차지하는 이유가 바로 이것, 짧은 시간에 다양한 많은 이들의 삶을 지켜보고 싶다는 마음일 것이다.

타인의 삶을 엿보고 내 삶의 밑거름으로 삼는 데 소설은 가장 손쉽게 활용할 수 있는 도구이다. 작은 소설책 한 권을 손에 쥔다면, 우리는 어디서든 타인의 삶에 빠져들 수 있다. 비소설이 우리에게 '말'로써 방향성을 제시해준다면, 소설은 '삶'으로써 방향성을 제시해준다. '인간은 착하게 살아야 한다'고 직설적인 교훈을 꽂아주는 것이 비소설이라면, '흥부와 놀부가 있었는데 흥부는 제비를 치료해준 뒤 부자가 되었고 놀부는 억지로 제비 다리를 부러뜨렸다가 어느 날……'이라고 이야기를 늘어놓는 게 소설이다. 그리고 사람들은 대개 전자보다는 후자에 마음의 감화를 받는다. '착하게 살아야 한다'는 건조한 엑기스형 한마디보다 '착한 삶'이라는 개념을 형제인 두 인물의 삶을 통해 보여주는 이야기가 더 큰 효과를 발휘하는 것이다. 개념을 둘러싼 맥락이 소거된 짧은 말 몇 마디보다, 표정과 말투와 생김새와 습관 등 인간으로서 가진 체취가 생생하게 체감되는 인물들의 삶의 이야기가 훨씬 가깝게 다가오기 때문이다.

소설을 읽지 말라는 이들은 궁금할 것이다. 대체 그 쓸데없는 걸 왜 읽는단 말인가? 이런 물음에 소설을 읽는 이들은 간단히 응수할 수 있다. '다른 사람이 되어보고 싶어서.' 우리는 저마다 자기 몸 안에 갇혀 있기에 다른 사람이 될 수 없다. 하지만 잘 쓰인 소설을 읽으면, 다른 사람이 되어보는 경험에 매우 가깝게 다가갈 수 있다. 소설을 읽지 않았으면 알지 못했을 타인의 내면을 엿볼 수 있다. 그리고 소설을 통해 체험한 타인의 인생은 알 수 없고 두려운 내 인생 행로에 환한 가로등 불빛이 되어준다.

설명하기와 보여주기

소설을 쓰는 방법은 크게 두 가지로 나뉜다. 설명하기와 보여주다. 설명하기는 이야기의 진행 방향이나 인물의 마음, 혹은 과거에 있었던 일을 직접 말해주는 기술 방식이고, 보여주기는 인물의 말과 행동을 통해 우회적으로 드러내는 기술 방식이다.

다음의 두 예시를 보자. 유명 '셀럽'인 남성 지식인이 갑자기 아기를 혼자 돌보아야 하는 상황에 처한 뒤 아기를 씻기는 장면이다.

지성은 아기를 씻긴 뒤 수건에 감싸 안아 올렸다. 아기의 체온을 느끼자 갑자기 울음이 터져나왔다.

서툰 손길로 아기의 하체를 씻긴 뒤 지성은 샤워 타월을 들고 나왔다. 커다란 타월에 눕히고 몸을 감싸기 위해 옆으로 굴리자 아기가 또다시 웃기 시작했다. 아까보다 더 커다랗게, 자지러질 것처럼, 숨넘어가는 소리를 내며 웃어댔다. 타월로 하체를 돌돌 말아 감싼 뒤 안아 올리자 아기가 양손으로 그의 목을 두르며 포옥 안겨왔다. 아기의 머리가 그의 어깨 위로 떨어지는 것을 느꼈을 때, 그의 가슴속에서 뭔가가 폭발했다. 그는 울기 시작했다. 아기를 안은 채 좌우로 몸을 흔들면서 엉엉 울었다. (정아은,《그 남자의 집으로 들어갔다》, 문예출판사, 2021)

첫 번째 예시와 두 번째 예시 중 어느 편을 읽을 때 더 실감이 나는가? 두 번째일 것이다. 첫 번째는 설명하기, 두 번째는 보여주기다. 두 번째 예시가 더 실감 나는 것은 인물들의 행동과 상황이 다양한 감각을 통해 구체적으로 묘사되었기 때문이다.

이처럼 사람의 외양과 말, 행동을 구체적으로 보여주는 것이 소설이 가진 힘이다. 구체적으로 묘사된 인물의 인생을 들여다보면서 독자는 하루하루를 살아내면서도 총체적으로 파악하지 못했던 자신과 주변 사람들의 삶을 거울에 비추듯 들여다보게 된다. 만나보지 못했던 종류의 사람의 내면에 들어가본다. 낯설기만 했던 타인의 감정에 이입해 들어가면서 그 사람의 말과 행동을 이해하게 된다. '이야기'를 따라가면서 나의 심정, 주변 사람의 심정, 한 번도 만나보지 못했던 타인의 심정에 공감하게 되는 것이다.

소설의 표현 기법에서 '보여주기'가 '설명하기'보다 더 큰 영향력을 발휘하는 이유를 인간이 선천적으로 갖고 태어나는 '자유의지' 차원에서도 찾을 수 있다. 우리는 모두 내 몸과 내 몸 안에 깃든 생명, 즉 영혼 혹은 정신이라 불릴 진한 덩어리의 주인이다. 내게 부여된 한정된 시간인 '인생'도 내 것이다. 그렇기에 내가 아닌 타인이 이래라저래라 하며 나와 내 인생을 조종하려 들면 반감을 갖는다. 내가 부여받은 육신과 삶을 내 의지대로 살고 싶기 때문이다.

　'설명하기'는 은연중에 독자에게 나아갈 바를 정해준다는 인상을 준다. 이런 이런 주인공이 있는데 그 주인공이 저런 저런 운명에 빠진 것은 바로 그런 그런 이유 때문이야!라고 말해줄 때, 독자는 무의식중에 거부감을 느낀다. 그래? 꼭 그 이유 때문일까? 하지만 이런 이런 주인공이 있는데 그 주인공이 저렇게 저렇게 말하고 그렇게 그렇게 행동했단다, 라고 담담하게 보여주면 독자는 그 주인공의 언행을 따라가면서 조금씩 주인공에게 이입된다. 그리고 어느 순간 스스로 주인공이 되어 판단을 내린다. 이 과정은 자발적으로 일어나며, 판단이 내려지는 곳도 독자의 내면이다. 외부에 있는 '작가'가 정해주는 것이 아니라 독자가 주체적으로 소설 속 인물의 내면에 이입해 스스로 판단하게 되는 것이다. 사람들이 '보여주기' 기법이 잘 들어간 소설에 감화를 받는 것은 이 때문이다. 그 모든 마음의 작용이 내 안에서 일어났다는 느낌, 독서의 경험이 '나'에 의해 주관되었다는 뿌듯함 때문이다.

　그러니 설명하기보다는 보여주기가 더 '독자 친화적'인 소설 작법이라 할 수 있다. 소설을 쓰는 입장에서는, 보여주기보다 설명하기가 몇 배는 더 쉽다. 소설가들이 종종 단번에 설명해버리고 싶은 충동에 휩싸이는 이유다. 무엇 하러 샤워 타월에 아기를 눕히고 옆으로 굴렸다느니, 아기의 웃음소리가 "자지러질 것처럼" 컸다느니 구구절절한 표현들을 만들어내야 한단 말인가. '아기를 씻기는 데 그의 입에서 갑자기 울음이 터져나왔다' 이 한 문장이면 끝날 것을!

그러나 시종일관 설명만으로 일관하면 독자에게 가독성도, 재미도 주지 못하고, 감정이입도 유발하지 못하리란 사실을 알기에, 소설가는 가급적 보여주기를 많이 하려고 노력한다. '고전'으로 회자되며 몇백 년 동안 끈덕지게 읽히는 소설들에 유독 몇 장씩 이어지는 공간 묘사나 기후 묘사, 인물의 외양 묘사가 많은 것은 이 때문이다. 공간과 기후와 인물의 외양을 구체적으로 그려 보여줄수록, 소설가가 내세운 장소와 기후와 인물이 '진짜'처럼 체감될 가능성이 높아진다.

소설을 즐겨 읽지 않는 이들이 강제로(필독서 혹은 수업 과제라서) 고전을 읽으면서 가장 질색하는 부분이 이 부분이다. '대체 왜 이렇게 장소를 길게 묘사하는 거야? 지겨워 죽겠어.' 그러나 소설을 즐겨 읽는 이들은 이런 묘사를 즐기거나, 즐기지 않더라도 시간을 들여 읽기를 기꺼이 감내한다. 그것은 소설이라는 장르가 지름길을 놓아두고 굽이굽이 돌아가기로 작정한 분과라는 사실을 알기 때문이다. 소설가는

'착하게 살아야 한다'는 한마디 교훈을 던져주는 대신 오랜 시간을 들여 특정한 장소와 특정한 기후와 특정한 인물을 통해 보여주겠다고 작심하고, 독자는 소설가의 진지한 작심을 기꺼이 받아들인다. 그렇기에 시간과 지력을 투자해 무슨 무슨 언덕 위에 어떤 어떤 모양의 잎사귀가 달린 나무가 있고, 그 흔들리는 나뭇잎 사이로 보이는 석양에 무슨 무슨 색감이 섞여 있는지, 등장인물이 입은 옷이 어떤 질감의 천으로 만들어져 있고 다림질 상태가 어떠한지, 원래 어떤 색감의 옷이었던 것 같은데 지금은 어떻게 그 색감이 바랬는지를, 한 문장 한 문장 따라가며 열심히 상상한다.

이는 소설가와 독자가 만들어가는 한 판의 축제와도 같다. 초반에는 양쪽 참가자 모두 일부러 노력을 해야 하는, 현실에 있지 않은 무언가를 머릿속에서 그려낸 뒤 진짜라고 믿으려 안간힘을 써야 하는 그런 축제. 그러나 초반의 몇 코스를 통과하고 나면, 어느 순간 작가와 독자는 등장인물에 완전히 이입해 들어가게 된다. 그때부터는 노력을 요하는 투박한 순간들이 더 이상 노력하지 않아도 되는 성대하고 흥미로운 축제로 바뀐다. 낯선 인물 혹은 장소와 친해지는 초반의 일정 부분을 지나가면 그 이후부터는 머리를 쓰는 것도, (작가의 경우) 인상을 쓰며 묘사를 해나가거나 (독자의 경우) '묘사'라고 느끼는 것도, 더 이상 할 필요가 없다. 자신이 등장인물이 되어 죽죽 그 인물의 세상을 유영하게 되기 때문이다. 이는 '몰입'이라 불리는 순간이며, 이 순간을 위해 소설가와 독자는 그토록 '보여주기'와 '작가가 보여주는 것을 믿기'에 몰두한다.

이 축제에 참가한 경험이 많은 독자는 등장인물과 합체가 되던 순간의 쾌감을 잊지 못하고 다시 소설책을 찾아 손에 쥐게 된다. 소설가가 보여주는 가상 세계에 입장할 때 들이는 시간과 노력을 즐거운 것으로 감각하게 된다. 이런 부류의 독자가 그렇지 않은 다른 편의 독자에게 그토록 지루하고 쓸데없게 느껴지는 '묘사'를 설레며 환영하는 이유다.

그러나 소설이 처음부터 끝까지 모두 보여주기만으로 채워질 수는 없다. 모든 장소와 모든 기후와 모든 등장인물의 언행을 보여주기로 채운다면 그 소설은 터무니없이 길어질 것이다. 이야기의 강약이 살지 않아 밋밋해질 것이다. 소설가는 전체 이야기를 염두에 두고 장면의 비중과 특성에 따라 설명하기와 보여주기를 선택적으로 적용해야 한다. 이 비율을 잘 조정해 반영한 소설이 가독성과 개연성을 확보하게 된다. 물론 이 과정은 쉽지 않다. 대체 어디까지 묘사하고 어디까지 설명해야 한단 말인가?

톨스토이와 도스토옙스키의 경우

러시아의 대문호로 불리는 톨스토이와 도스토옙스키는 이에 대한 흥미로운 사례를 제공한다. 톨스토이는 '보여주기' 테크닉을 탁월하게 발휘한 소설가였다. 작품들에서 드러난 그의 보여주기 신공은 지구상에 존재한 어떤 소설가도 따라가기 힘든 경지에 올라 있었다. 그러나 그의 소설도 보여주기로만 가득 차 있었던 것은 아니다. 그의 대표작 중 하나인 《안나 카레니나》의 경우, 불륜 커플인 안나와 브론스키가 나오는 장면들은 대부분 진짜 그런 인물이 옆에 살아 숨 쉬고 있는 듯 느껴지는 소름 끼치는 묘사들로 가득 차 있다. 그러나 적법 커플인 레빈과 키티가 나오는 장면에서는 작가 자신의 목소리로 추정되는 관념과 가치관이 직설적으로 흘러나온다. 그 결과 안나와 브론스키는 진짜 있었던 인물처럼 생생하게 남고, 레빈과 키티는 현실 속 인물이라기보다 작가의 목소리를 대변하는 애매한 추상적 존재처럼 느껴진다. 그러나 전체 스토리와 주요 등장인물인 안나와 브론스키 커플에 대한 묘사가 독보적이기 때문에, 이 이야기는 독자에게 깊은 감동을 안기는 고전으로 남았다.

톨스토이와 비교할 때 도스토옙스키의 소설은 보여주기보다 설명하기의 비중이 더 높다. 도스토옙스키는 특히 등장인물의 대사를 통해 작가가 하고 싶은 말을 직접적으로 건네는 방식을 택한다. 도스토옙스키 소설을 읽고 나면 얼얼할 정도로 생생한 인물이 남기보다 깊은 사유와 문제의식이 남는 이유다. 그럼에도 도스토옙스키 소설이 고전 '소설'로 남은 것은 설명하기의 비중이 높아도 소설의 플롯과 상황 설정이 극적이고 치명적이기 때문이다. 이야기로서의 윤곽을 분명하게 유지하는 선에서 설명하기가 이루어지지 않았다면 그의 작품들은 우리에게 '소설'로서 전해 내려오지 않았을 것이다. 도스토옙스키 소설은 문제가 되는 상황 설정과 시대를 관통하는 질문, 등장인물의 긴 대사를 통해 펼쳐지는 깊고 넓은 세계관 때문에 고전으로 남았다.

재미있는 것은 작품에서 보여주기 기법을 더 높은 비율로 사용했던 톨스토이가 작품 활동의 어느 시점부터 아예 설명하기를 주로 삼는 장르를 써나갔다는 점이다. 개종 이후, 그는 길게 설명을 늘어놓는 책들을 펴냈다. 사회비평서 혹은 사상서에 속할, 하지만 딱히 제대로 된 사상서라고 보기는 힘든, 애매한 책들이었다. 굳이 이름 붙이자면 '윤리서'

라고 해야 할까. 소설도 쓰긴 했지만 작품 목록에서 차지하는 비중이 이전보다 줄었고, 소설에서도 작가가 불쑥 끼어들어 자신의 가치관을 그대로 드러내는 경우가 많았다. 반면 도스토옙스키는 생애 내내 주로 소설을 발표했다.

두 작가의 글쓰기 행로를 따라가다보면, 이 러시아 문호들이 일정량의 '설명' 욕망을 갖고 있었고, 그것을 해소하기 위해 안간힘을 썼다는 생각이 든다. 도스토옙스키는 소설을 통한 설명하기로써 그것을 어느 정도 해소한 반면, 톨스토이는 소설에서 미처 설명 욕망을 충분히 해소하지 못한 나머지 다른 장르를 택해 원 없이 풀어낸 것이 아닐까? 톨스토이가 펴낸 몇몇 저작은 '설명하기'를 넘어서 거의 '연설하기'의 경지에 접어들어 있었다. 톨스토이 자신이 갖고 있었던 재능은 '보여주기'였는데, 정작 작가 자신은 소설가로서의 재능을 펼치기보다는 사상가로서 우뚝 서겠다는 야심이 있었던 것이다.

이쯤 되면 아마 이런 질문이 날아올 것 같다. 그럼 너는? 너도 소설을 쓰는 인간이 아니었더냐? 너는 보여주기를 얼마나 많이 하느냐? 솔직히 고백해야겠다. 보여주기를 많이 하려 노력하지만 소설을 마치고 나면 언제나 설명하기를 너무 많이 했다는 아쉬움이 남는다. 내가 쓴 소설에 대한 비판 글들을 보면 대부분 내가 '설명하기'로 메꾸었던 부분에 대한 것인 경우가 많다. 발표한 소설에서 설명하기로 채웠던 부분은 언제나 아쉬움이 되어 따라다닌다. 보여주었어야 하는데! 게으르게 설명하기로 때웠구나! 하지만 하나의 총체적인 세계를 완성해서 보여주어야 하는 장편소설의 세계에서 모든 장면을 보여주기로 해결할 수는 없는 노릇이다. 분량이 짧고 인생의 찰나를 함축해 보여주는 단편소설, 혹은 단막극으로 올리는 희곡이라면 보여주기의 비중을 압도적으로 높게 조정할 수 있을 것이다.

　보여주기와 설명하기는 소설가가 영원히 짊어지고 가야 하는 숙제다. 어느 정도의 비율을 택하는 게 좋은지, 어느 부분에서 보여주기(혹은 설명하기)를 택하는 게 알맞은 선택이었는지는, 그 소설의 생산자인 소설가도, 독자도, 세상 누구도 알 수 없는 난제이다. 다만 이야기 전체로서 소설이 매력적으로 다가갔다면 그 소설은 성공작이라 할 수 있을 것이다. 어떤 표현 기법을 어떤 비율로 동원했든 독자를 잡아끄는 매력적인 이야기를 산출해내는 것, 진짜 현실에 존재하는 듯한 생생한 인물을 주조해내는 것, 소설 쓰기의 핵심은 그에 있을 것이다.

구도와 등장인물 잡기

소설의 구도를 잡는 데는 크게 두 가지 방법이 있다. 하나는 미리 설계도를 그리는 것이다. 우선 어느 연령대의 어떤 인물이 나와서 어떤 사건을 겪으며 어떤 변화를 겪어나간다는 커다란 이야기의 뼈대를 잡는다. 다음에는 등장인물을 스케치한다. 생김새, 출생 연도, 성별, 직업, 살아온 이력, 성격적 특성, 장점과 약점, 주된 콤플렉스, 주된 욕망 등 사람을 이루는 외면적·내면적 요소를 중심으로 등장인물들을 스케치한다. 필요하면 관련 직업군 종사자에 대한 인터뷰를 병행한다. 인물들 간 관계와 결정적인 내면 변화가 일어나는 시점도 명시하면서 기술해나간다. 다음에는 한 챕터한 챕터 장면을 설정한다. 각 챕터의 계절, 날씨, 시간대, 장소, 등장인물들이 처한 상황을 정한다. 진행되는 사건을 인과관계를 중심으로 구성해 써넣는다. 챕터가 전체 스토리에서 어떤 의미를 갖는지, 이전 챕터와 다음 챕터 사이에서 어떤 역할을 맡는지에 대한 언급도 섞어 넣는다.

이 작업을 해나가다보면 대사나 구체적인 사건의 정황이 불쑥불쑥 튀어나올 때가 있다. 그때는 그대로 받아적으면 된다. 이 단계에서 본문을 쓰듯 자세하게 써나가게 될 때도 있다. 그럴 때는 앞뒤 생각하지 말고 푹 빠져들어 그냥 쓰면 된다. 그렇게 나온 내용을 실제로 소설에 쓰느냐 마느냐는 나중에 생각하자. 쏟아져나오는 내용이 많을 경우, 설계도는 매우 길어진다. 이렇게 각 챕터의 개요가 끝나면 그다음부터 본문을 써나간다.

소설의 구도를 잡는 또 하나의 방법은 생각나는 대로 죽 쓰는 것이다. 떠오른 장면 하나를 붙잡고 연이어 이야기를 이어나간다. 써나가다보면 처음에 떠오른 장면이 맨 앞 장면일 수도, 클라이맥스일 수도, 마지막 장면일 수도 있다. 직감에 따라 써나가면서 이야기와 등장인물도 즉석에서 만들어낸다.

나는 문학상 수상작이었던 《모던 하트》를 떠오르는 대로 쓰는 두 번째 방식으로, 두 번째 출간작이었던 《잠실동 사람들》을 설계도를 먼저 치밀하게 작성한 뒤 본문을 써나가는 첫 번째 방식으로 썼다. 세 번째 장편소설 《맨얼굴의 사랑》은 다시 두 번째 방식, 떠오르는 대로 써나가는 방식으로 썼다.

《모던 하트》는 헤드헌터로 일했던 내 경험이 많이 반영된 이야기이다. 인물들을 허구로 만들어냈지만, 기본적으로 내 안에 있는 세계를 화면에 뭉텅이로 쏟아내듯 썼다. 이야기의 뼈대나 전개 방법에 대한 개념 없이 그저 떠오르는 이야기를 죽죽 따라가면서 썼다.《모던 하트》는 내 안에 한 세계에 대한 배경지식과 그 세계 사람들의 특징에 대한 정보가 차고 넘치게 담겨 있었기에 자료조사나 인터뷰 같은 별도의 준비 없이 직감에 따라 죽죽 써나갈 수 있었다. 한 명의 주인공이 '나'의 이야기를 해나가는 단순하고 명확한 구도의 소설이었다는 점도 떠오르는 대로 죽 써서 완성하는 데 큰 도움이 되었다.

《잠실동 사람들》을 쓸 때는 전체 스토리, 챕터별 스토리, 인물의 초상, 인물들 간 관계를 미리 정했다. 15명이 모두 주인공으로 나오는 소설이었다. 설계도를 치밀하게 그려놓지 않으면 소설이 진행되면서 인물들 간 관계가 엉킬 위험이 있었다. 《잠실동 사람들》은 두 아이의 엄마로 살아온 내가 이미 체화하고 있었던 정보를 바탕으로 쓴 소설이지만, 등장인물이 많은 옴니버스식 소설이기에 가진 정보를 체계적으로 다듬는 작업이 필요했다. 또한 몇몇 직업군 종사자에 대한 인터뷰도 필요했다.

소설에서 잠실이라는 공간이 차지하는 비중이 컸기 때문에 장소를 묘사하는 데도 공을 들였다. 잠실동 일대를 돌아다니며 직접 지도를 그리고 거리와 도로, 건물의 모양새를 언어로 스케치했다. 본문을 전개할 때, 설계도에 따라 그대로 쓰지는 못했다. 쓰다보면 장소와 시간, 상황을 조금씩 변경하게 되었다. 쓰던 도중 생각지 않던 인물이 불쑥 튀어나올 때도 있었다. 그럴 때면 냉큼 그 인물을 받아서 썼다. 불쑥 튀어나온 인물은 40대 외국 남성 한 명, 20대 한국 여성 한 명으로 총 두 명이었다. 총 등장인물이 15명에서 17명으로 바뀌면서, 원고를 총체적으로 뒤집어야 하는 상황에 처했다.

잠실동에 사는 다수의 인물 모두가 서로 알게 모르게 얽혀 있도록 설정한 원고였다. 새로운 인물이 한 명 출현하면 새로운 상황이 펼쳐졌고, 새로운 상황 설정에 맞추려면 나머지 16명의 나이와 과거, 성격적 특성을 모두 바꾸어야 했다. 이미 써놓은 원고를 들추며 주먹구구식으로 고쳐나가다가, 어느 순간 한글 파일을 닫고 엑셀 시트를 펼쳤다. 17명 등장인물의 인적 사항을 엑셀 시트에 일목요연하게 담았다. 각 인물마다 50여 개의 문답을 만들어 표로 정리한 것이다. 이렇게 만든 표를 출력해서 벽에 붙인 뒤, 전체 원고를 처음부터 차근차근 고쳐나갔다. 새로운 인물과 만난 다른 인물의 나이를 한 살 낮추면 한 살 젊어진 인물의 아이 나이를 바꾸어야 했다. 한 아이의 나이를 바꾸면 그 아이의 친구로 등장하는 아이들의 나이를 바꾸거나, 나이를 바꾼 아이가 1년 일찍 학교에 들어간 것으로 설정을 바꾸어주어야 했다. 17명의 인물이 같은 강도의 비중으로 등장하는 소설이었기에, 작은 사항 하나를 바꾸면 그에 수반해 바꾸어야 하는 다른 사항이 수십 가지가 되었다.

　세 번째 소설인《맨얼굴의 사랑》은 갑자기 떠오른 한 장면에서 시작되었다. 주차장에서 조금 전 건물 고층에서 만났던 남자가 내려오기를 기다리는 한 여성의 모습이었다. 낯선 남자에게 말을 걸 궁리를 하며 주상복합 건물의 주차장을 배회하는 여성의 모습이 어디서 보기라도 한 것처럼 선명하게 떠올랐고, 그 장면을 붙잡고 무작정 소설을 써나갔다. 내가 떠올린 장면은 결국《맨얼굴의 사랑》의 도입부가 되었다. 직감으로 죽죽 써나가다 중간에 멈추고 여기저기 인터뷰를 다녔다. 지하 주차장을 서성이며 조금 전 만났던 낯선 인물에게 말 걸 궁리를 하는 여성의 내면으로 시작한 이야기는 그즈음 성형외과를 배경으로 한 연애 이야기로 무르익었다. 이 이야기를 완성하려면 ① 성형외과에 대한 지식, ② 인간의 몸에 대한 지식, ③ 돈에 대한 지식, ④ 연예계에 대한 지식이 있어야 한다는 사실을 깨달았다. 성형, 몸, 돈, 연예계를 키워드로 관련 책을 읽고 수소문해 인터뷰를 다녔다.

《맨얼굴의 사랑》은 생각나는 대로 쑥쑥 쓰는 것으로 시작했지만, 자료조사와 인터뷰를 거치면서 이야기의 구도를 다시 잡았다. 도입부의 몇 챕터를 쓴 뒤 뒤늦게 '사전조사'에 해당하는 작업을 시작한 셈이다. 그러니 세 번째 장편이었던 《맨얼굴의 사랑》은 첫 번째 방법과 두 번째 방법을 혼합해 완성한 셈이다.

네 번째 장편소설과 그 속편 격인 《그 남자의 집으로 들어갔다》와 《어느 날 몸 밖으로 나간 여자는》을 쓸 때는 설계도 작성에 대한 감이 잡혀 있는 상태였다. 《모던 하트》를 쓸 때 순전히 감에 의지해 쓸 수 있었던 것은 모든 자료가 이미 내 안에 들어 있기 때문이라는 사실, 그런 방식으로 이야기를 완성할 수 있었던 것은 굉장한 행운에 해당한다는 사실을 의식하고 있었다. 무작정 쑥쑥 써나간다면 결국 써놓은 내용을 뒤집고 다시 쓰게 된다는 사실을 인식했기에, 미리 설계도를 그렸다.

그러나 《그 남자의 집으로 들어갔다》 또한 최초의 구상은 갑자기 떠오른 한 장면에서 비롯되었더랬다. 어느 날 불쑥 떠오른 장면 하나를 허겁지겁 써내려갔다가, 몇 개월 뒤 그 장면을 씨앗으로 발전시킨 이야기의 설계도를 짰다.

그러니 《그 남자의 집으로 들어갔다》 또한 완전히 설계도를 짠 뒤 썼다고 할 수는 없는 셈이다.

내가 쓴 장편 다섯 편의 완성 과정을 따라가다보면 이러한 결론을 내리게 된다. 이야기의 구도를 잡는 것은 미리 설계도를 짜는 것과 떠오르는 대로 쑥쑥 써나가는 것, 양쪽의 방법을 다 동원해 이루어진다는 결론을. 즉 설계도는 설계도대로 짜면서, 특정 장면이 떠오르면 떠오른 대로 쑥쑥 써나가야 한다는 것이다. 양쪽 방법을 병행하면서 계속 내가 써내는 장면의 구체성을 확보해나가야 한다.

어차피 변형될 텐데 설계도를 왜 짜야 하는가? 혹자는 이렇게 물을지도 모르겠다. '변형시키기 위해 써야 한다'는 것이 그에 대한 답이 될 것이다. 설계도는 일종의 가건물에 해당하는 셈이다. 가건물을 세우고 그 건물에 채워 넣을 내용물을 마련하다보면, 차츰 보인다. 건물이 최종적으로 어떤 모습이 되어야 하는지가. 그런데 최종 건물의 모습은 가건물을 세워놓지 않은 상태에서는 잘 보이지 않거나, 극히 일부만 보인다. 그러니 설계도를 한마디로 정의한다면, 가장 이상적인 건물의 모습을 발견하기 위해 미리 짜는 가건물, 건축 과정 도중에 부분적으로 무너뜨리고 설계를 변경해 다시 세워야 하는 가건물이라 하겠다.

인물 구상도 마찬가지다. 아주 극적인 경우에는, 40대 여성으로 설정했던 주인공을 써나가는 도중에 50대 남성으로 바꾸어야 하기도 한다. 물질적으로 풍요로운 것으로 설정했던 인물을 다른 풍요에 휩싸인 인물로 바꾸어야 하기도 한다. 이 또한 인물에 가까이 다가가 들여다보아야만 알게 된다.

이야기와 인물을 구체화해나가는 과정에서 중요한 것은 끊임없이 의문을 던지는 작업이다. 예를 들어 50대 남성이 20대 여성을 사랑하게 되었다면, 혹은 50대 여성이 20대 남성을 사랑하게 되었다면, 그 환경에 처한 남성 혹은 여성이 실제 상황에서 과연 상대에게 사랑을 느꼈을지를 반추해보아야 한다. 나이 든 쪽이 자기와 나이 차가 크게 나는 젊은 상대에게 사랑을 느끼는 것은 흔하고, 그럴싸하게 느껴지는 일이다. 하지만 소설 속 내가 만들어놓은 구체적 두 인물 사이에 정말 그런 감정이 오갔을지는 다른 문제다. 정말? 정말 이 남자가 이 여자에게 반했을까? 왜? 이 여자의 어떤 점이 매력적이어서?

주인공을 50대 남성으로 삼았던 《그 남자의 집으로 들어갔다》의 경우를 보자. 50대 남성은 그냥 50대 남성이 아니었다. 내가 설정한 상황 속 50대 남성은 지적이고, 예민하며, 남들에게 어떻게 보이는지에 목숨을 거는 인물이었다. 이런 인물이 여성에게 빠져들 경우, 어떤 여성을 택하게 될까? 이를 파악하기 위해서는 이 인물의 욕망이 가닿은 곳을 들여다보아야 한다. 이 인물의 욕망은 주로 어디에 집중되어 있는가? 언제나 애달파하며 갖지 못해 안달하는 것은 무엇인가? 《그 남자의 집으로 들어갔다》를 쓰던 중반까지, 위선적인 남성 지식인의 최초 상대 여성은 20대였다. 그러나 이러한 의심의 틀을 여러 번 거친 결과, 상대 여성이 너무 젊을 경우 이 남성 지식인은 여성에게 빠져들 수 없는 것으로 판명되었다. 다시 여성의 나이대를 바꾸고, 생김새와 자란 환경을 바꾸었다. 그리고 그 여성의 입장이 되어 상대 남성을 보려고 애썼다. 여성의 내면에 이입해 남성을 보려 했다.

원래 설정했던 사건의 인과관계와 인물의 인적 사항, 성격적 특성이 바뀌는 것은 이러한 의심의 틀을 거칠 때 주로 일어난다.

정말?

정말 주인공이 그 여자에게 반했을까?

혹시 거리감을 느끼고 데면데면하게 굴지는 않았을까?

이런 의문을 던지는 것은 상투성과 전형성에서 벗어나 등장인물들이 실제로 현실에 '있는' 인물처럼 느껴지게 만드는 데 큰 공헌을 한다. 의심을 품고 의문을 던지는 이 의례는 소설을 쓰는 내내 반복해야 한다. 소설에 '개연성'과 '연결성'을 불어넣어주는 데 그보다 더 중요한 키는 없기 때문이다.

인간사에 대한 관심

나는 만났던 사람을 두고두고 생각하는 편이다. 헤어져 집에 돌아온 뒤에도 계속 그날 만났던 인물을 떠올린다. 그러다 내가 접한 그 사람의 몇몇 특성을 가지고 그 사람과 얽힌 이야기를 만들어낸다. 주로 그 사람이 겉으로 내보이지 않는 이면을 상상하며 그에 얽힌 이야기를 주조한다. 만났던 상대가 법 없이도 살 것처럼 보이는 모범적인 사람일 경우, 아무도 없는 곳에서 그 사람이 도둑질을 하거나 누군가를 교묘하게 속이는 이야기를 생각해낸다. 상대가 차갑고 냉정한 사람일 경우, 그가 과거에 사랑했던 사람에게 지극정성으로 잘해주다가 혹독하게 차인 과거가 있을 거라는 이야기를 만들어낸다. 상대가 돈을 쓰지 않기 위해 살아가는 것처럼 보이는 인물일 경우, 그 사람이 가까운 미래에 너무나 사랑하는 사람을 만나 갑자기 돈을 뿌리고 다니는 장면을 생각해낸다. 복수의 인물들을 놓고 이야기를 만들어내기도 한다. 회사 동료 중 사이가 좋지 않은 두 사람이 있으면, 이들을 나란히 놓고 두 사람이 사랑에 빠져 결혼하고 아이를 낳는 상상을 하기도 한다. 일부러 그렇게 한다기보다, 나도 모르는 새 그런 상상의 나래가 뻗어나간다. 이는 어릴 때부터 습관처럼 해온 소소한 놀이로, 아무도 몰래 나 혼자 벌이는 상상의 게임 같은 것이다.

이렇게 '사람'에 관심을 갖고 해오던 다양한 상상들이 어느 순간 화면으로 옮겨졌고, 그것이 내가 쓴 첫 소설이 되었다. 평소 해오던 수많은 상상 속 이야기들 중 하나가 언어라는 형체를 입어 세상에 나오게 된 것이다.

그 이야기들 중 어떤 이야기가 언어의 형체를 입어 소설이 되었는가. 한두 번 떠올리고 지나가는 이야기가 있는가 하면, 며칠 혹은 몇 개월, 때로는 몇 년 동안 계속 버전을 달리하며 떠오르는 이야기가 있는데, 그중 가장 자주 떠오르는 이야기, 오래도록 끈질기게 되풀이되며 소소하게 형태를 바꾸어가는 이야기가 소설이 되었다.

내면에 떠돌던 이야기를 처음 언어로 형상화한 것은

2009년이었다. 둘째 아이 출산을 얼마 남겨놓지 않았던 시점, 바깥에 나가기 힘들 정도로 부른 배를 안고 집에서 큰 아이를 돌보는 나날을 보내던 중이었다. 임신 중반기를 넘기면서 악화한 요통 때문에 잠 못 이루기를 며칠 이어가던 어느 날 밤, 벌떡 일어나 컴퓨터를 켰다. 그리고 글을 쓰기 시작했다. 내 몸을 내 의지로 자유롭게 움직여 뭔가를 할 수 없었던 시기, 갇혀 있다는 느낌으로 괴로워하던 그 시기에, 키보드에 손을 올리자 글이 나왔다. 문장이 죽죽 흘러나와 빈 화면을 채워나갔다. 불면증으로 괴로워하던 그 시기, 밤을 지새워 글을 쓰다 아침을 맞는 나날이 이어졌다. 그렇게 몇 주를 보낸 뒤 어느 시점에 알게 되었다. 내가 그때껏 써온 글더미가 소설이라는 사실을. 내게 10여 년 전에 일어났던 일을 모티브로 한 깊고 아픈 내용의 장편소설이라는 사실을. 이야기를 다 쓰지 못한 상태에서 둘째 아이를 출산했다. 병원에서 퇴원해 산후조리원에 들어간 뒤 나는 이야기를 완성했고, 그렇게 완성한 소설을 한 문예지의 공모전에 보냈다. 결과는 낙방이었다.

당선되지 못했지만, 이후로 주구장창 소설을 썼다. 6년 동안 다섯 편의 장편소설을 썼다. 공모전에 보내고 낙선하기를 수십 번 반복했다. 이번에 떨어지면 다시는 소설을 쓰지 않겠다 결심하고 써서 투고했던 다섯 번째 장편으로 문학상을 받았다.

2009년, 둘째 아이 출산을 얼마 남겨두지 않고 쓰기 시작했던 첫 장편의 소재로 삼은 이야기는 내가 젊은 시절 고통스럽게 지나갔던 특정 사건이었다. 나는 10년이 지나도록 그 사건을 앓고 있었다. 그렇게 끙끙 앓으며 품고 다니던 그 이야기가 결국 소설이 되어 나왔다. 그 소설은 한 문예지의 공모전 본심에 올랐다가 마지막에 탈락했다. 비록 출간되어 세상에 나오지 못했지만 그 첫 소설을 통해 나는 알게 되었다. 내가 품고 있는 수많은 이야기 중 가장 간절한 이야기, 가장 '하고 싶은 이야기'가 소설이 되어 나온다는 사실을.

그것은 내가 나를 해소하는 방식이었다. 소설 쓰기는 사람들과 만나면서 내 안에 일었던 설렘, 타인과 친밀감을 형성하면서 경험했던 가슴 벅참, 누군가에게 버림받던 때의 고통, 면접시험에서 떨어졌을 때의 열패감, 한 무리의 사람들에게서 배척받았을 때의 절망감, 주위 사람들과 나를 비교하며 아프게 곱씹었던 열등감처럼, 살면서 필연적으로 맞게 되는 인생의 희로애락을 소화하는 나만의 방식이었다. 춤에 재능이 있는 사람이라면 춤을 통해, 프로그래밍에 재능이 있는 사람이라면 컴퓨터 프로그래밍을 통해, 고통스러운 인생을 살아내야 하는 자신을 해소했으리라. 성장 과정에서 아픈 일을 겪을 때마다 소설의 세계로 도망쳤던 나는, 만나는 사람들의 특성과 인상을 일일이 언어로 바꾸어 내놓는 데서 뿌듯함을 느꼈던 나는, 성인이 되어 내 몸을 내 마음대로 할 수 없는 극한의 구속 상태에 처했을 때, 컴퓨터 화면에 내가 만들어낸 이야기를 주저리주저리 써나가기에 이르렀다.

소설가들은 대부분 '남의 얘기'에 관심이 많다. 자신과 특별하게 연결되지 않은 사람의 사연에도 지대하게 관심을 갖고 귀를 기울인다. 그래서 '오지랖이 넓다'는 말을 많이 듣는다. 카페에서 옆 테이블에 앉은 이들의 이야기에 관심을 기울이거나, 친구의 먼 친척에 관한 이야기에도 흥미를 보인다. 수많은 타인들이 살아가는 이야기에 언제나 민감한 귀를 갖고 있다.

첫 소설을 쓰려거든

소설가가 되고 싶어하는 A에게 상담을 해준 적이 있다. 그는 첫 장편의 초고를 마친 뒤 몇 달 뒤에 있을 공모전에 대비해 퇴고를 하고 있었다. 첫 만남 자리에서 그는 프린트한 원고를 건네주며 구체적이고 냉정하게 조언해달라고 부탁했다. 자기가 가고자 하는 분야의 '선배'를 수소문해 만나러 올 정도의 적극성을 지닌 이의 작품인 만큼, 원고는 상당한 수준에 올라 있었다. 내용도, 장면 전환도, 문장도, 주제를 드러내는 방식도, 능숙하고 깔끔했다. 대체 누가 누구에게 조언을 해준단 말인가? 하고 '조언자'인 나 자신을 돌아보게 될 정도로 잘 쓴 원고였다.

그런데 한 가지, 읽고 나면 감응이 일지 않았다. 흠잡을 데 없이 매끄럽게 잘 썼는데, 건너오는 메시지가 없었다. '잘 썼다'는 생각이 들 뿐, 원고를 읽기 전과 후의 마음에 아무런 변화가 일지 않았다.

두 번째 만남에서 A에게 물었다. 소설을 통해 어떤 얘기를 하고 싶었냐고. 금융 컨설턴트의 세계에 대해 쓰고 싶었다는 대답이 돌아왔다. 다시 물었다. 금융 컨설턴트를 통해 무엇을 말하고 싶었냐고. 자본주의의 최전선인 금융의 세계를 통해 자본주의의 모순을 드러내고 싶었다는 대답이 돌아왔다.

"왜 하시는 일에 대해 쓰지 않죠?"

나는 다시 물었다. 40대인 A는 국회에서 보좌관으로 일하고 있었다. 보좌관으로 일하기 전에 쌓았던 경력도 모두 정치와 관련된 일들이었다.

"그 얘기는 좀······"

그는 자칫 잘못 썼다가 주위 사람들에게 원망을 들을 것이 걱정된다고 했다. 또한 몸담은 판이 너무 '지저분'해서 굳이 글로 쓰기까지 할 생각이 없다고 했다. 질린 표정을 지으며 말을 마친 그는 들고 있던 커피잔을 단호하게 내려놓았다. 나는 한동안 그를 쳐다보다가 입을 열었다.

"그런 얘기를 써야 합니다. 내가 잘 알고 있는 세계, 속속들이 치부를 알고 있는 징글징글한 세계, 잘못 썼다가 호되게 질책을 받을까봐 무서운 세계, 밤이나 낮이나 내 머리를 점령하고 있는 골치 아픈 세계. 그런 세계에 대해 써야 합니다."

나는 길게 연설을 늘어놓았다. 그는 놀랍다는 듯 경청한 뒤, 자신이 몸담은 세계의 이야기를 써보겠다고 말했다.

그 후 그가 그 이야기를 썼는지는 모른다. 연락이 닿지 않았기에.

요즘 종종 A와 같은 사람을 만난다. 탄탄한 독서 내공과 수준급에 이른 글쓰기 능력을 갖고 있는 이들. 하지만 '자기가 속한 세계'에 대해 쓰기를 꺼리는 이들을. 대개 자신과 아무런 관련이 없는 세계를 그린 그들의 소설은 구성도 좋고 문장도 매끄럽다. 하지만 이야기가 확 감겨오거나 강력한 파장을 일으키지 못한다. 인물들도 어디서 본 것 같은 전형성을 띠고 있어, 읽고 나면 기억에 남지 않는다. 이야기가 하고 싶어 미칠 것 같은 절절한 심정으로 쓰지 않았기에 웰메이드 조립식 같은 이야기가 나온 것이다. 끈적거리지 않고 쿨하게 썼기에, 시원하게 겉도는 이야기가 나온 것이다.

그들이 무엇을 두려워하는지는 나도 잘 안다. 최근 들어 작가가 모티브로 삼은 타인과 작가 사이에 갈등이 일고 인권침해 논쟁으로 번지는 사례가 종종 일어난다. 이런 사례를 지켜본 이들은 이에 겁을 먹고 아예 다른 세계의 이야기를 써야겠다고 생각하게 된다. 하지만 그것은 지름길을 두고 멀리 돌아가는 것과 다름없다. 나와 아무런 관련이 없는 세계의 이야기를 제대로 쓰려면 대단히 많은 분량의 조사와 인터뷰를 해야 한다. 그 세계에 직접 발을 담가보거나, 관련된 이들을 무수히 만나 인터뷰해 그 세계에 속한 이들의 마음에 이입해 들어가야 한다. 그러나 직접 발을 담그는 경우엔 자기가 원래 피하고자 했던 경로(내가 속한 세계의 이야기는 피하겠다!)로 되돌아가는 것이며, 관련된 이들을 만나 인터뷰해 그 사람들의 마음에 이입하는 것은 엄청난 시간과 노력을 투하해도 될까 말까 한 고난도의 일이다.

그러니 펜대를 손에 든 당신이 할 일은 그저 자신의 내면에 있는 그 인물, 모든 준비를 마친 채 밖으로 나갈 기회만 노리고 있는 그 인물을 끄집어내 언어로 형상화해주는 것이다. 그 인물과 관련된 인물들을 함께 내보내주며, 세상에 나갔을 때 당신의 펜대를 거쳐간 인물들이 타인의 삶을 공격하거나 상처를 주지 않도록 적절한 장치를 마련해주는 것이다(그 방법, 즉 주위 사람들과 조율을 거쳐 원고를 고쳐 써나가는 퇴고의 과정은 앞에서 자세히 기술해두었다. 90페이지 '거리 두기' 챕터를 참고하기 바란다).

이 과정이 두려운가? 두려울 것이다. 가까운 이들을 내 이야기에 투영함으로써 내가 그들의 삶을 대상화하고 이용하는 것이라는 죄책감이 들 것이다. 그러나 명심할 것은, 세상에 '온전한 나만의 이야기'는 존재하지 않는다는 사실이다. '나의 이야기'는 모두 '남의 이야기'이다. 무인도에 떨어져 혼자 살지 않는 한, 나를 모티브로 한 이야기는 남을 모티브로 한 이야기와 다름없다. 이는 '내가 속하지 않은 낯선 세계의 이야기'를 쓴다 해도 마찬가지이다. 나를 모티브로 한 이야기를 쓸 때보다 더 서툴고 역량이 떨어진다는 차이가 있을 뿐, 결국 내가 써나가는 이야기에는 나와 내 주변 사람들의 일부가 담기게 된다. 내가 속하지 않은 낯선 세계를 써나가는 옵션을 택해도, 결국엔 제 주변 사람들을 투영하게 된다는 말이다.

데뷔 초반에 자전적 이야기를 담은 두어 편의 수작을 발표한 작가들 중 자기와 관련 없는 타인의 얘기를 쓰는 순간부터 이전보다 현격히 급이 떨어지는 작품을 내놓는 경우가 많다. 이들은 어느 순간부터 작품을 발표하지 않는다. 내가 아닌 타인에게 이입해 들어가 그의 이야기를 제대로 써내는 것은 그만큼 어려운 일이다. 내가 남이 되어, 남의 인생을 살아내는 정도의 이입을 거쳐 써내야 하는데, 그 일이 쉬이 일어나겠는가? 본시 사람이란 제 몸뚱이 안에 갇힌 우물 안의 개구리인데? 물론 두 번째 혹은 세 번째 작품으로 자신이 아닌 타인의 얘기를 '진짜처럼' 써내는 작가도 있다. 그런 작가는 동서고금을 통틀어 매우 드물며, 그 작가야말로 진정한 '고수' 반열에 올려야 할 글쟁이일 것이다. 그런 반열에 오른 작가들은, 수많은 타인을 자신의 일부로 만드는 지난한 과정을 통과하며 자기도 모르는 새 제 인격의 상당 부분을 '공적 인격화'한다. 그런 작가가 뿜어내는 개방성과 관용, 인류애는 보통 사람의 그것과는 확연히 달라서, 일종의 영성을 뿜어내기까지 한다.

그러니 이렇게 정리하기로 하자. 소설을 처음 쓰는 당

신이 감응을 주는 '진짜 같은 이야기'를 만들어내고 싶다면, 자기 자신을 모티브로 한 이야기를 쓰는 편을 택하는 게 최선이라고. 그것은 당신 내부에 당신이 조사해야 할 세계에 대한 방대한 자료가 이미 넘치도록 쌓여 있고, 이입해 들어가야 할 인물이 떡하니 자리 잡고 있기 때문이라고. 똬리를 틀고 자리 잡은 그 인물은 언제든 세상으로 튀어나가려 호시탐탐 기회를 노리고 있다고. 그러니 당신이 첫 소설을 쓰려 고심하고 있다면 '나'의 이야기를 쓰라.

03

쓰는
마음

수상의 기억

나는 2013년에 제18회 한겨레문학상을 받았다. 그해 여름, 마포구 한겨레신문사 사옥에서 시상식이 열렸다. 미리 도착해 기다리고 있는데, '작가님'들이 한두 명씩 등장하기 시작했다. 책날개나 신문, 잡지에서 보았던 인물들이 내게 다가와 인사를 건넸다. 와우. 나는 눈을 동그랗게 뜨고 그 놀라운 생명체들을 맞이했다. 동경했던 작가님이 눈앞에서 움직이며 내게 말을 걸다니, 게다가 그 작가님이 나를 '작가님'이라 부르다니, 어안이 벙벙해서 그저 눈을 크게 뜨는 것 외엔 아무것도 할 수 없었다.

스틸컷으로만 보았던 이들이 생명체로 화해 말을 걸어오는 상황에 익숙해지지 않은 나와 달리, '작가님들'은 태곳적부터 친하게 지내온 사이인 듯 내게 친근하게 말을 걸어왔다. 처음엔 주로 어느 대학 어느 과를 나왔냐, 누구한테 배웠냐, 심사위원 누구누구와 아는 사이냐 등등, 수상과 심사,

습작 생활에 관련된 이야기들이었다. 건네는 질문 내용이 바뀐 것은 시상식이 끝난 뒤 이어진 뒤풀이 자리부터였다. 술자리에 모인 소설가, 시인, 평론가, 편집자, 출판사 대표, 기자, 신문사 대표 등 평소에 만나보지 못했던 저명한 인사들이 궁금해한 것은 내 '전력'이었다. 과거에 너는 무엇을 하는 사람이었느냐? 어쩌다 그 길을 접고 이 길로 접어들게 되었느냐?

은행원이었고, 영상번역가였고, 학원 강사였고, 헤드헌터였다고, 전력을 읊었다. 그러면 한결같은 대답이 돌아왔다.

"어머, 괜찮게 버는 직업이었네!"

놀라는 표정으로 말한 뒤엔 이런 말을 내놓았다.

"아직 안 늦었네. 이번 문학상 상금 잘 챙기고 얼른 그 길로 돌아가면 되겠다!"

각기 다른 스타일의 언어를 써서 말했지만 요지는 모두 같았다. 괜히 글 쓰겠다고 이 동네에서 얼쩡대지 말고 '멀쩡한' 직업 세계로 다시 돌아가라는 것.

작가가 되겠다는 일념으로 다섯 편의 장편소설을 썼던 나로서는 쉽게 납득할 수 없는 말이었다. 혼자 벽 보고 앉아 산더미 같은 문장을 써서 문학상 공모전에 넣었다 떨어지고, 넣었다 떨어지길 수십 번 반복했던 6년을 지나온 직후였다. 그런데 이 '판'에서 빠져나가라고? 상금만 챙기고 도망치라고?

　이 판에서 '탈출'하라는 이유도 모두 같았다. 이 일로는 돈을 못 번다는 것. 어떤 작가는 아예 노골적으로 "오늘 받는 상금(5천만 원)이 앞으로 정 작가가 남은 평생 소설을 써서 받는 인세를 다 합친 것보다 더 많을 것"이라고 확언했다. 공지영이나 신경숙 같은 베스트셀러 작가들을 제외하면 '작가'라는 이름을 단 사람들은 모두 1년에 천만 원도 안 되는 수입을 올리며 전전긍긍하고 있다고 했다. 옆에서 그 이야기를 듣던 다른 작가가 "천만 원이라니! 천만 원이면 작가 수입 상위 10프로 안에 들걸"이라는 말을 덧붙였고, 이 말에 같은 테이블에 앉아 있던 작가들이 일제히 폭소를 터뜨렸다. 1년에 천만 원을 벌면 소원이 없겠다고 한숨 쉬듯 말하는 이도 있었다. 어떻게 반응해야 할지 몰라 눈을 깜빡이면서 나는 생각했다. 저는 다른걸요? 저는 천재 작가랍니다! 쓰는 족족 베스트셀러에 오를 거랍니다! 엄밀히 말하면 천재 작가와 베스트셀러 작가를 같은 범주로 묶을 수 없을 터였지만, 6년간의 습작 끝에 문학상을 타게 된 나라는 인간의 마음에 스며든 어처구니없는 자만심은 그런 걸 가리지 못했다. 그리고 나는 이렇게 결론지었다. 이분들이 아직 내 작품을 안 읽으셨구나! 나는 달라. 나는 그냥 작가가 아니라 '매우 뛰어난' 작가라고.

한 시라도 바삐 이 판에서 빠져나가 '멀쩡하게' 살아가라는 충고를 수도 없이 들었던 그 술자리 이후 오늘에 이르기까지의 나날은, 그날 들었던 말들이 매우 정확하고 유용한 예언자적 충고임을 깨닫는 순간의 연속이었다. 그게 진실이었다는 사실을 통째로 인식하고 받아들이기까지는 상당한 시간이 걸렸지만, 그 도중에도 나는 어렴풋이 알았다. 작가로 산다는 것이 내가 예상하고 기대했던 바와 그리 많이 닮아 있지 않다는 사실을. 닮아 있지 않은 정도가 아니라 유사한 구석이 거의 한 군데도 없다는 사실을.

재능을 의심하고, 절망하고, 그러면서도 떠오른 이야기를 쓰고 싶은 욕망을 못 이겨 다시 쓰고, 문학상 공모전에 응모하고, 당선자를 발표하는 신문 기사를 통해 내 원고는 예선도 통과하지 못했음을 확인하는 수순을 끝없이 반복하며 살아온 6년 동안, 내 머릿속에서 '작가'는 '이미 이룬 사람'이었다. '작가=문학상 수상자'라고 못 박은 뒤, 문학상을 수상한 '작가'가 되기만 하면 그다음부터는 명성과 수입, 영예를 누리며 살 거라고 생각했다. 내 안에서는 일정 간격으로 좋은 작품이 뿅뿅뿅 나올 것이고, 그렇게 나온 작품을 출판해주겠다는 출판사들이 끝없이 줄지어 서 있을 것이며, 그중 내가 특별히 간택한 출판사를 통해 출간된 작품들은 상당한 판매 부수를 자랑할 거라고 상상했다. 그런 상상을 하며 작고 초라해 보이는 '소설가 지망생'의 나날을 견뎠다.

수상 소식을 들었던 5월 말부터 시상식이 열렸던 7월 중순까지, 한 달 반 동안은 이 환상이 빳빳이 유지됐다. 시상식에 맞추어 나오기로 돼 있는 책이 발간되면 그 후부터 내 앞에는 '작가의 삶'이 기다리고 있을 것이었다. 그때까지 나는 책날개에 나올 사진을 보기 좋게 만들기 위한 외모 개선 작업에 매진하기만 하면 될 일이었다.

시상식이 끝난 뒤 그 환상이 깨지는 데는, 채 한 달도 걸리지 않았다. 문학상 시상과 첫 책 출간의 열기가 식어갈 때 즈음, 나는 예전에 써놓았던 원고들을 뒤적이기 시작했다. 내 이름 석 자가 새겨진 책의 출간이라는 달콤한 과실을 다시 한번 맛보고 싶었던 것이다. 쓰윽 훑어보니 가장 처음에 썼던 장편이 좋을 것 같았다. 품고 있는 원고가 있음을 알렸을 때, 이 책을 내 두 번째 책으로 삼았으면 한다고 폼 나게 말했을 때, 문학상을 수여해준 신문사와 연계된 출판사의 담당 편집자는 반색을 했다. 재미있을 것 같아요, 작가님! 기대에 가득 찬 편집자의 음성을 듣고 의기양양해진 나는 곧바로 원고를 송고했다. 제대로 한번 읽어보지도 않고 가벼운 마음으로 메일 보내기를 완료했다. 그와 동시에 뇌리에서 솜사탕 같은 상상이 모락모락 부풀어 올랐다. 두 번째 책 출간에 따른 환호성, 첫 책을 미처 알아보지 못했던 독자들의 열화와 같은 성원, 쏟아지는 찬사, 거침없이 범람해 오는 인세의 강물, 그리고 아마도 TV 출연 같은 걸로 이어질 '유명인'의 면모가.

편집자에게서 반응이 온 것은 2주가 지난 다음이었다. 내가 영리한 인간이었다면 원고에 대해서 한마디도 하지 않은 채 같이 먹을 점심의 메뉴만 언급했던 통화에서 이미 눈치챘을 것이다. 상대가 내가 보낸 원고를 책이 될 만한 품질이 아니라고 판단했다는 걸. 그러나 나는 영리한 인간이 아니었고, 오랜 기다림 끝에 당도한 문학상 수상이라는 이벤트로 자아가 터질 듯 비대해져 있었기 때문에 조금도 눈치채지 못했다. 지하철을 타고 약속 장소로 가는 길, 향후에 다가올 두 번째 영광을 떠올리며 혼자 피식피식 웃음을 터뜨리기까지 했다. 온 세상이 장밋빛으로 보이는, 가히 사랑과 연애의 나날에 필적할 만한 그런 한때였다.

약속 장소는 한정식집이었다. 편집자는 코스의 반이

나오도록 원고에 대한 얘기를 꺼내지 않았다. 코스가 다 끝나고 차가 나올 즈음에야, 영리하지 못하나 눈치는 조금 있는 편인 나는 알았다. 내가 건넨 원고가 책이 되지 않을 운명임을. 내가 눈치챘다는 사실을 상대가 눈치챈 순간 차가 나왔고, 찻잔을 앞에 두고 편집자와 나 사이로 어색한 침묵이 흘렀다.

"별로군요?"

불쑥 내가 말을 던진 것으로 시작한 '직면'의 시간들은 빠르게 펼쳐졌다. 당신이 쓴 원고 자체는 재미있었다, 그러나 시류에 많이 뒤떨어져 있고, 주인공이 수상작 《모던 하트》에 나왔던 인물과 캐릭터가 너무 유사하다, 아깝지만 다시 개작하거나 새로 썼으면 좋겠다…… 나는 가만히 앉아서 귀에 들어오는 말들을 주워 모으려 애썼다. 그러니까…… 별로라는 거지? 내 원고를 책으로 출판해주고 싶지 않다는 거지? 뭘 그렇게 길게 말해! 그냥 출판해주지 않겠다는 거잖아! 마음속에서 원망의 말들이 아우성치며 상대의 말에 귀 기울이는 작업의 맥을 끊어놓았지만, 애써 그 시간을 감내했다. 그것이 이후 이어질 기나긴 질곡의 서막이 될 줄은 모른 채. 그때 맞은 순간이 앞으로 끝없이 맞게 될 '타인의 평가와 거절에 적절하게 대응할 방법을 모색하며 아등바등 시간 견디기 미션'의 전형이었다는 걸 예감하지 못한 채.

　집으로 돌아오는 길, 지하철에 앉아 입술 안쪽 살을 씹어 먹었다. 괜찮아. 새로 쓰면 되지. 내 안쪽 어딘가에 있는 뭔가가 무너진 것 같았지만, 정확히 무엇이, 어느 정도로 무너진 건지는 알 수 없었다. 확실한 것은 당장 출판의 기쁨을 누리지 못하게 됐다는 사실에 내 안의 허영심이 혀를 차며 매우 아쉬워했다는 것이었다.

거절 메일 1

　기존 원고로 손쉽게 출판의 기쁨을 맛보려 했던 시도가 좌절된 사건을 통해 내 새로운 직업의 본질을 알아차렸다면 얼마나 좋았을까. 그러나 살아오면서 필요한 시기에 딱 맞추어 적절하게 깨달았던 적이 한 번도 없던 나는 그때에도 그렇게 하지 못했다. 습작 시절에 썼던 원고들을 출판할 수 없다고? 그렇다면 다시 쓰지 뭐. 가열차게 새로운 원고를 쓰기 시작했고, 그렇게 두 번째 책을 출간했다. 《잠실동 사람들》이라는 제목으로 세상에 나가게 된 그 원고는 첫 번째 책 《모던 하트》보다 훨씬 큰 반향을 일으켰다. 각종 신문사와 인터넷 서점 인터뷰, 라디오 채널 출연 요청이 밀려들었다. 바쁘게 이곳저곳을 다니며 나는 흐뭇해했다. 그렇지. 이거였지. 괜히 예전에 써놓았던 원고를 내밀어서 창피를 당했구나. 이렇게 새로 쓰면 될 것을! 빵빵하게 부풀어 오른 자만심이 춤을 추며 날아올랐고, 나는 작가가 되기 이

전에 꾸었던 꿈을 다시 한번 꾸었다. 이대로 죽, 죽 유명해지는 거다! 베스트셀러 작가가 되는 거다! 그렇게 해서 세 번째 소설까지 출간했다. 세 번째 소설 《맨얼굴의 사랑》은 《잠실동 사람들》만큼 세간에 큰 반향을 일으키지 못했지만, 원고를 검토한 편집자들에게 넘치도록 사랑받았다. 소설이 나오자마자 드라마화될 거라거나, 판권 수출이 될 거라는 장밋빛 전망까지 얹어주며, 편집자들은 내 세 번째 소설을 높이 평가해주었다.

막상 출간되었을 때는 장밋빛 전망대로 일이 흘러가지 않아 실망했지만, 내 머릿속에 자리 잡은 자아상, 즉 앞으로 세계적인 명성을 누리게 될 위대한 작가라는 형상은 끄떡도 하지 않았다. 이번에 대중적으로 반응을 얻지 못했지만 다음 작품은 분명 사랑받을 것이다. 《잠실동 사람들》보다 훨씬 더 사랑받을 것이다. 각국에서 판권 문의가 쇄도할 것이고, 드라마로 제작되어 전 국민의 가슴을 울렁이게 만들 것이다! 운이 좋지 않아 대중의 눈에 뜨이지 않았을 뿐 《맨얼굴의 사랑》도 충분히 히트 칠 만한 작품이었으며, 내가 쓰는 다음 작품은 이 모든 실망스러운 기억을 일거에 날려줄 것이었다.

그리고 드디어, 그날이 왔다. 내 오랜 망상이 일거에 무너쪄내리는 날, 내 머릿속에 몇 년 동안 굳건하게 서 있던 '세계 최고 작가 정아은' 동상이 산산이 부서지는 날이. 운명의 그날은 네 번째 소설을 송고하고 그에 대한 편집자의 답신을 받는 형태로 완성되었다. 원고에 대한 편집자의 답장은 생각보다 빨리 날아왔다. 송고한 지 1주일 뒤였던가. 2주혹은 한 달까지 기다려야 할 것으로 생각했던 나는 때 이르게 당도한 메일을 보고 빙그레 웃었다. 어우, 편집자 선생님, 성미도 급하시지. 얼마나 마음에 들었으면 이렇게 빨리 답을 하셨을까.

부푼 기대감으로 열었던 메일은 그러나, 내 예상과 닮은 구석이라곤 깃털만큼도 찾아볼 수 없는 말들로 가득 차 있었다. 지금 돌아보면 아리송하다. 걱정 없이 메일을 열어 충격을 받은 것이 차라리 더 신속하고 나은 결과였을까. 아니면 혹평이리라 조금이라도 예상을 하는 편이 충격의 강도를 줄이는 방안이었을까. 이메일을 열던 순간 내 원고가 '별로'라는 반응을 받을 수 있다고 예상했다면 이후 내 정신건강은 조금 더 나은 상태를 유지했을까.

모르겠다. 어쨌든 현실에서 나는 설레는 마음으로 메일을 열었다. 부정적인 반응을 담고 있으리라는 생각은 거의 품지 않은 채. 그리고 30초도 채 지나지 않아 알게 되었다. 내가 보낸 원고가 걷게 될 운명을. 너무나 예의 바르게, 너무나 섬세하게 '죄송한' 마음을 표하는 도입부 문장들을 본 순간, 얼굴이 불에 덴 듯 홧홧거렸다. 원고가 생각했던 내용과 너무 달라서 당황했으며, 죄송하지만 자기네 출판사는 이 원고를 출간할 수 없겠다는 문장이 이어졌다. 나는 입을 앙다물고 화면을 응시했다.

앞으로 작가님이 출간하시는 책들을 제일 먼저 챙겨 읽는 독자가 될 것 같습니다.

메일의 마지막 문장이 불타오르며 눈을 가격해 들어왔다. 거절당하는 작가의 마음을 예상하고 편집자가 안간힘을 써서 둥글리려 한 문장이, 편집자의 넓고 깊은 인류애와 선량한 마음에도 불구하고 도저히 받아줄 수 없을 정도인 원고의 '형편없음'을 대조적으로 강렬하게 웅변해주는 듯했다.

고심 끝에 만들어낸 것이 틀림없는, 메일 수신자에게 주는 상처를 최소화하려는 기색이 역력한 메일이었다. 그럼에도 핵심 메시지를 또렷하게, 성공적으로 전달하고 있는 메일이었다. '거절'이라는 메시지. 너무나 미안하지만 나는 너의 원고를 출간해주지 않겠다는 메시지가 그 메일 안에 확고하게, 간결하면서도 힘 있게 담겨 있었다.

그날 하루를 어떻게 보냈는지는 기억나지 않는다. 소소한 일상의 일들을 해치우며 보냈을 것이다. 미칠 듯한 의문에 휩싸였던 것만 기억에 남는다.

다른 작가들은 어떻게 이 순간을 감당했을까?

다들 이런 순간을 맞았겠지. 거절에 전신을 관통당하던 순간. 영혼에 화상을 입는 듯한 순간, 그들도 이렇게 휘청였을까. 이렇게 형편없이 무너졌을까. 아니면 나만 이러는 걸까. 나만 나이브한 허영심에 가득 차 있어서, 너무 자신을 과대평가해서, 근거 없이 오만방자해서, 말도 안 되는 푸른 꿈을 꾸었기에, 이토록 이 순간을 아프게 맞고 있는 것일까. 다른 작가들은 끊임없는 성찰을 통해 자신을 잘 알고, 자신이 쓴 작품을 잘 파악하고 있으며, 그렇기에 이런 메일을 받아도 그다지 큰 충격을 받지 않았을까. 아니면 혹시, 다른 작가들은 애초에 나와 같은 일을 아예 당하지 않았던 것일까. 내가 원래부터 실력 없고 멍청한 작가라서 형편없는 원고를 내민 뒤 이토록 선명하게 일거에 내쳐짐을 당하는 것이고, 나를 제외한 나머지 다른 작가들은 처음부터 정제되고 훌륭한 원고를 완성해서 송고하기에 이런 일 같은 건 꿈에서조차 겪지 않는 걸까.

그것은 기나긴 슬럼프의 시작이었다. 그 후 한동안, 내 눈에 비친 세상은 오직 두 종류의 사람으로 가득 차 있었다. 제 분야에서 재능이 없어서 쫓겨난 자 vs. 재능이 있어서 제 일을 유지하는 자. 뉴스를 볼 때, 친구를 만나 이야기할 때, 아이들 식사를 준비할 때, 내 눈앞에는 언제나 내 모습이 떠다녔다. 뉴스를 진행하는 아나운서는 고용되어 자기 일을 잘해내는 멀쩡한 인물이고, 친구는 다니는 회사에서 상당 규모의 예산안에 사인하고 부서의 신입 직원을 선발하는 인사권을 거머쥔 경력자였으며, 이웃에 거주하는 언니는 자기 사업을 성공적으로 운영하며 경제적 윤택함을 누리고 있는 주류 중의 주류였다. 세상 모든 이들이 제가 있어야 할 자리에서 능력을 발휘하며 행복하게 살아가는데 오직 한 사람, 좋아하고 잘하는 일이라 생각했던 일에서 추방당해 이제 더는 그 일을 할 수 없게 된 멍청이 하나가, 꼴사납게 눈앞에 떠다니고 있었다. 초라한 행색을 한 그 괴물을 향해, 내 안의 또 다른 내가 쉴 새 없이 조롱의 말을 날려댔다. 푸하하하, 정아은, 세상에서 제일 잘난 것처럼 떠들고 다니더니 꼴 아주 볼 만하구나. 푸하하하, 푸하하하.

문제는 마음이 그런 상태인데도, 내가 대외적으로 '작가' 행세를 하고 다녀야 한다는 것이었다. 내 마음속에서 나는 단 하나의 정체성, '출판사에서 원고를 거절당한 인간'으로만 존재하고 있었다. 보기 좋게 원고를 거절당한 이 인간은 이제 작가도 그 무엇도 아니었다. 정신이 있다면 하루라도 빨리 다른 직업을 찾아 나서야 할 것이었다. 그런데 그 기간에도 특정 매체와 인터뷰를 하거나 강연을 가는 등 '작가' 정체성으로 해야 할 일들이 있었다. 나는 자아상과 괴리되는 그 일들을 억지로 꾸역꾸역 소화했다.

그 '일'에서 나의 상대역을 맡은 이들, 기자 혹은 도서관 사서처럼 실체가 있는 자리에서 멋지게 능력 발휘를 하고 있는 이들이 나를 '작가님'이라고 칭할 때마다, 가슴이 뜨끔했다. 아무것도 모르는 상대에게 내가 사기를 치는 듯한 느낌이었다. 이미 출판된 책에 대해 그럴싸한 소회를 늘어놓거나, 일정 규모의 청중 앞에서 매우 지적이고 훌륭한 인물인 양 강연을 펼치고 집에 돌아올 때면, 양심의 가책과 스스로에 대한 모멸감으로 정신이 나갈 것 같았다. 생각 같아선 만나는 모든 이들에게 외치고 싶었다. 나는 더 이상 작가가 아니랍니다. 나의 소설은 며칠 전에 거절당했답니다. 절대 출판해줄 수 없다고 선고받았답니다. 그러니 나를 작가라 부르지 마세요. 저는 이제 작가가 아니랍니다.

작가 생활을 종료하고 다른 직업을 찾아가야 한다고 생각했다. 그러려면 약속된 일들을 모두 취소해야 할 것이었다. 그러나 차마, 잡혀 있던 인터뷰나 대담 같은 일정들을 취소할 수 없었다. 결국 잡혀 있는 일정만 소화하고 새로 일정을 잡지 않는 것으로 스스로와 타협했다. 그리고 몇 개월 뒤, 나는 집에 틀어박혔다. '작가'라는 정체성은 공적 영역이 아닌 사적인 관계에도 깊게 침투해 있어서, 사적으로 사람들을 만날 때에도 '다음 작품은 언제 나오느냐'는 말이 사뿐히 날아와 나를 가격했다. 초반에는 그렇게 묻는 이들을 붙잡고 곧이곧대로 말했다. 출판사에서 원고를 거절당해서 미칠 지경이라고, 더 이상 나를 작가로 생각하지 말아달라고, 격정적으로 괴로움을 토로했다.

몇 번 상대에게서 놀란 눈빛과 부담스러워하는 기색을 받은 뒤, 그런 말을 마구 던지지 않게 되었다. 원고를 거절당했다는 절체절명의 사건이, 타인에게는 그다지 큰 사건이 아니었다. 타인들에게 나는 '어쨌든 자기 이름으로 책을 발간한 너무 부러운 능력자'로 자리매김되어 있었다. 그런 이들을 붙잡고 아니야! 나는 불행해! 미칠 것 같아!라고 토로하는 것은 아무 의미도 없을 것이었다. 나는 어느 순간부터 사람들과의 만남을 회피했다. 공적으로든 사적으로든, 바깥에 나가 타인을 만나는 경우를 만들지 않으려 노력했다. 그리고 어느 날부터, 아무도 만나지 않고 집에 틀어박혔다. 무기력하게 집에 눌어붙어 만신창이가 된 자신을 뚫어지게 응시했다.

거절 메일 2

아이들 식사 준비 같은 필수적인 일을 제외하면 아무 것도 하지 않는 나날이 이어졌다. 책은 물론 읽지 않았고(책 장을 넘기면 곧바로 눈물이 나왔다), 몇 주에 한 번 기고하는 칼 럼 외에는 어떠한 글쓰기도 하지 않았다. 그러나 마음은 언 제나 읽고 쓰는 일에 머물러 있었다. 인터넷 서점에 뜬 신간 광고를 보면 클릭해 들어가 목차를 확인하며 군침을 흘렸 고, 책을 보고 싶어하는 내 어처구니없는 마음을 머릿속에 서 언어로 써나갔다. 경험하는 모든 순간을 뇌리에서 언어 화하는 버릇은 질기게 살아남아 나를 괴롭혔다. 애써 누르 는데도 자꾸만 문장이 떠올라 머릿속을 유영했다. 이런 내 모습을 '패배자가 되어 식물처럼 살아가는 지질한 인물'로 형상화하고 싶다는 충동이 불쑥불쑥 일었다. 사람이 뭔가 에 실패하고 열등감에 찌들면 얼마나 작아지고, 못나게 변 하고, 남 탓을 하게 되는지를, 세상에 나처럼 잘 드러내 그릴 수 있는 사람은 없을 것이었다. 나만 묘사할 수 있는 생생한 패배자의 모습을 머릿속으로 끝없이 써댔고, 한번은 노트북을 켜고 그 모습을 언어로 옮기기까지 했다.

미쳤구나!

그날은 출판사에서 거절 메일이 두 통이나 당도한 날이었다. 계약한 출판사에서 최초의 거절 메일을 받은 뒤, 나는 거절당한 원고를 고쳐 써서 다른 출판사에 송고했더랬다. 3분의 2 정도 써놓았던 에세이도 완성해 또 다른 출판사에 투고했더랬다. 그리고 두 출판사는 약속이라도 한 듯, 같은 날 비슷한 시간대에 답신을 보내왔다.

보내준 귀한 원고를 잘 읽어보았지만 우리 출판사와는 성격이 맞지 않는 원고라 채택할 수 없다는, 그래서 송구하게 생각한다는, 세 줄짜리 거절 메일이었다. 받는 이의 마음을 다독이기 위해 특별히 고안해낸 문장들이 들어가지 않은 전형적인 거절 문구들을 보며 생각했다. 어때? 이런 문구가 더 나아? 지난번에 받았던 배려심으로 점철된 메일보다 이런 스타일의 메일이 더 좋아? 친분이 전혀 없는 출판사에서 보내온, 내용까지 짜고 작성한 듯 유사한 두 통의 메일을 찬찬히 다시 읽어보았다. 30분 정도 뒤에 당도한 두 번째 출판사의 메일은 소리 내어 읽어보기도 했다. 용건만 적힌 상투적인 메일이 수신하는 이의 정신건강에는 더 나은 것 같기도 한데, 다시 생각해보면 또 그렇지 않은 것 같았다. 확실하게 잘라준다는 면에서는 차라리 시원스럽게 느껴졌지만, 그런 시원함이 또 다른 미련으로 이어졌던 것이다. '친분이 없는 사람이 보낸 원고라 제대로 안 읽어봤을 거야', '제대로 읽어봤다면 제발 자기네 출판사에 원고를 넘기라고 부탁했을 텐데' 같은 말도 안 되는 공상으로.

그 두 통의 메일을 통해 나는 원래 알고 있었던 사실을 다시 한번, 확실하고 강력하고 완벽하게 뼈에 새겨 넣게 되었다. 내 원고는 세상 어느 출판사에서도 출판해주지 않으리라는 사실, 작가로서 이제 나는 완전히 끝장났다는 사실을. 그러니 나는 정말이지 미련을 떨치고 하루빨리 다른 직업을 구해야 할 것이었다. 마흔을 넘긴 나이, 할 수 있는 일이 많지 않겠지만 지금이라도 어떻게든 다른 일을 찾아 나서야 할 것이었다.

사람이 이렇게 못나질 수 있구나. 이렇게 어리석어질 수 있구나. 버려야 한다는 걸 알면서도 못 버리고 이렇게 질척거릴 수 있구나. 쓴웃음을 지으며 연체동물처럼 흐느적거리는 나를 바라보았다. 그 순간 글을 쓰고 싶다는 강렬한 충동이 샘솟아 올랐다. 너무나, 너무나 쓰고 싶은 모습이었다.

열등감과 저급함과 비관에 전 한 인간에게서 나오는 오라가, 못나기 그지없는 내 모습이, 강렬하다 못해 성스럽기까지 했다. 참지 못하고 노트북을 켰다. 다다다다 미친 듯이 키보드를 쳤다. 폭포수처럼 문장이 쏟아져나왔다. 몇 시간 동안 정신없이 쳐내려간 뒤, 죽 읽어보았다. 그려놓은 인물이 금방이라도 화면 밖으로 튀어나올 듯한, 생생하고 멋진 묘사였다. 잘 썼잖아! 너무 잘 썼는데! 생각하는데 코끝이 얼큰해져왔다. 어리석은 미물이, 누구도 요청하지 않은 글을 써내고 있었다. 누구도 출간해주지 않을 글을 써놓고, 잘 썼다고 혼자 히죽이고 있었다. 그 미물은 이제 방금 토해낸 내용을 모티브로 한 소설까지 구상하고 있었다. 나는 노트북을 닫고 자리에서 일어섰다. 볼 위로 흘러내리는 더운 액체가 경고음을 보내고 있었다. 더 이상 이렇게 살면 안 된다, 정아은! 정신 차려!

꿈

　운동을 시작하고, 식물을 사들였다. 사이버대학 상담
심리학과에 편입학 신청서를 냈다. 시간대를 정해 매일 피
아노를 쳤다. 사람들을 만나기가 꺼려진다면 혼자 할 수 있
는 무엇이라도 해야 했다. 그렇게 하지 않으면 정말이지 큰
일을 저지를 것 같았다. 툭하면 울면서 주저앉는 현상이 빈
번해지고 있었다. 죽음을 키워드로 인터넷을 서핑하는 시간
이 늘어나고 있었다. 생명체로서 내가 경계선에 서 있다는
자각이 시퍼렇게 덮쳐왔다. 나는 운동과 식물과 심리학 공
부에 매달렸다. 피아노 건반을 두드리며 울음을 토해냈다.

　운동, 식물, 심리학 공부, 피아노가 언제나 위로가 되었
던 것은 아니다. 일말의 위안을 주는 종목들이기에 시작했
지만, 하다보면 어느 순간 에잇, 다 싫다, 다 필요 없다는 생
각이 폭풍처럼 밀려왔다. 다 때려치우고 누워만 있고 싶었
다. 하지만 꾹 참고 하기로 마음먹은 활동들에 매달렸다. 저

녁마다 나가서 산책을 하고, 들인 식물의 분갈이를 해주었다. 인터넷에 접속해 대학 강의를 듣고, 정한 횟수만큼 피아노를 쳤다. 생명의 동아줄이기라도 한 양 네 가지 활동에 매달렸다.

그렇게 나날을 버티던 중, 꿈이 찾아왔다. 며칠 연속 잠을 이루지 못하다 모처럼 잠이 들었던 밤이었다. 꿈속에서 나는 걷고 있었다. 숨을 헉헉거릴 정도로 빠르게, 어딘가로 걸어가고 있었다. 어딘가로 간다기보다, 뭔가를 피해 도망치는 발걸음이었다. 이 골목 저 골목으로 불쑥불쑥 걸어 들어갔다. 골목의 끝에 이르면 다시 여러 갈래의 길이 펼쳐졌는데, 그럴 때마다 한 갈래를 골라 다시 걸었다. 길은 끝없이 나왔다. 어느 순간, 눈앞에 헤아릴 수 없이 많은 갈래길이 펼쳐졌다. 그것은 길이라고 부르기엔 너무 기괴한, 수천 개의 가느다란 벌레처럼 보이는 무엇이었다. 그중 한 갈래를 택했다. 뒤돌아보며 걷다가, 어느 순간부터 뛰기 시작했다. 허겁지겁 뛰어가다 뒤를 돌아보았다. 분명 뭔가가 쫓아오는 것 같은데, 돌아보면 아무것도 없었다. 이상하다 생각하며 앞을 돌아보다가, 나는 소리를 지르며 주저앉았다.

눈앞에 '뭔가'가 있었다. 그토록 두려워하며 피하려 했던 '뭔가'가, 탁자에 앉아 팔짱을 낀 채 나를 응시하고 있었다. 건너편에 앉은 사람과 이야기를 나누면서도 시선은 줄곧 나를 향해 있던 그 존재는 편집자였다. 내 네 번째 소설 원고에 대해 거절 메일을 보냈던 편집자. 예의 바르고 다감한 문장으로 완성된 완벽한 메일을 보냈던 편집자. 내 원고에 어떤 문제가 있는지를 가감 없는 언어로 기입해 보냈던 편집자. 그 메일을 보냄으로써 내 인생에 영원히 기억될 절대강자가 된 편집자. 나는 엉거주춤 일어나 골목을 빠져나왔다. 입으로 손을 막고 울먹이며 뛰었다. 그러나 어느 곳으로 가도 항상 그가 있었다. 이 골목으로 가도 그와 눈이 마주치고, 저 골목으로 가도 그와 눈이 마주쳤다. 그때마다 엉덩방아를 찧으며 비명을 질렀다. 그런데 소리가 나오지 않았다. 몸에 힘을 준 뒤 다시 비명을 질렀다. 여전히 소리는 나오지 않았다. 끙끙거리며 몇 번 시도한 다음에야 소리가 터져나왔다. 아아악, 아아악.

그 소리와 함께 잠에서 깨어났다. 새벽 다섯시, 세상이 칠흑 같은 어둠에 잠긴 봄날이었다. 조금 전 내질렀던 소리를 떠올리며 손으로 가슴을 눌렀다. 그 상태로 조금 앉아 있다가, 거실로 나와 물을 마셨다. 현관문을 열고 밖으로 나갔다. 그새 하늘은 암청색으로 변해 있었다. 질질 발을 끌며 아파트 주변을 돌았다. 목표한 시간을 채운 뒤 집으로 돌아와 화분 분갈이를 해주었다. 방 청소를 한 뒤 컴퓨터를 켜고 강의를 들었다. 너무 이른 시간이기에 해서는 안 되는 피아노 치기를 빼고, 할 수 있는 모든 것을 한 셈이다. 강의를 30분 정도 들었을 무렵 동이 터왔고, 나는 아이들에게 먹일 아침을 준비하기 시작했다.

한동안 불쑥불쑥 떠오르는 꿈에 진저리를 치는 나날이 이어졌다. 나는 이전보다 더 철저하게 동아줄 활동에 매달렸다. 몇 개월 뒤, 선택한 피아노 곡을 거뜬히 외워서 칠 수 있게 되었다. 대학 첫 학기에 수강한 모든 과목에서 A를 받았다. 그리고 어느 날 집에 들인 화분이 200개를 넘겼다는 사실을 인식했을 때, 나는 내가 그 꿈을 떠올려도 더는 진저리 치지 않는다는 사실을 깨달았다.

2년 후

이제 이야기는 2년 뒤로 건너뛴다. 2년 동안 '더는 작가가 아닌 못난 미물'은 절망과 희망을 넘나들며 소소한 많은 일을 감당해냈다. 그 미물은 무사히 대학 코스를 마치고(3학년으로 편입해 졸업을 눈앞에 두고 있었다), 대학원을 알아보고 있었다.

2년여의 기간을 거치는 동안 그 미물에게는 새로운 취미가 생겨났는데, 다른 작가들이 원고를 거절당한 정황을 뒤쫓는 것이었다. 인터넷에 '원고 거절'이라는 키워드를 쳐 기사를 검색해본 것이 발단이었다. 가장 위에 뜬 기사는 조앤 K. 롤링의 낙방 소식이었다. 세상에, 세계적인 베스트셀러 《해리 포터》가, 원고 상태일 때 무려 열두 군데의 출판사에서 거절당했다고 쓰여 있었다.

와우.

나는 그 뉴스를 여러 번 다시 보았다. 기분이 좋았다.

예전에 들어본 적이 있었던 것도 같은 그 뉴스가, 생전 처음 보는 양 커다랗게 클로즈업되어 눈앞에서 자태를 뽐내고 있었다. 그것은 굉장한 위안이었다. 주위 사람들이 나를 달래기 위해 해주었던 말들, 원고를 거절당하는 것은 작가로서 당연히 감수해야 할 일이며, 앞으로 열심히 쓰면 분명히 다시 책을 낼 수 있을 거라는 말들보다 훨씬 강력한 한 방이었다. 이렇게 잘나가는 책이 그렇게 많이 거절당했단 말이지!

그다음부터 틈만 나면 검색질에 돌입했다.

투고 거절
원고 반려

틈만 나면 핸드폰을 들고 키워드 검색에 들어갔다. 인터넷상에 나온 사연은 주로 처음 책을 내는 이들의 사연이었다. 수십 개 출판사에 원고를 투고했다 거절당한 뒤 겨우 출판사를 찾아내 책 출간에 성공했다는 사연. 그런 사연이 어느 정도 위안을 주긴 했지만, 내가 찾는 것은 이미 책을 낸 기성 작가들의 사례, 즉 나 같은 인물이 당한 투고 거절이었다. 며칠에 걸친 검색 끝에 외국 유명 작가의 사례 두어 개를 찾아낸 뒤, 국내 작가의 사연은 검색으로 찾을 수 없겠다는 직감이 왔다.

　다음 날부터, 친분이 있는 이들에게 연락을 했다. 친하게 지내는 편집자와 출판사 직원들에게 전화를 걸어 물었다. 작가들은 보통 원고 거절에 어떻게 대응하나요? 유명한 작가들도 원고 반려당하고 막 그러나요? 그러지요? 곧바로 '모른다'는 대답이 돌아왔다. 답하길 피한다는 느낌이 들었지만 포기하지 않고 다시 물었다. 편집자 님도 반려 메일 쓰시죠? 그러자 긴 한숨이 흘러나왔다. 엄청 자주 쓰죠. 편집자가 하는 일 중 가장 어려운 일이랍니다.

　기라성 같은 작가들에게 거절 메일을 썼다가 혼쭐이 났다는 이야기, 내주기로 했음에도 작가가 보내온 원고 내용이 너무 빈약해서 결국 계약을 취소했다는 이야기, 투고 원고를 제대로 읽기엔 시간이 부족하다는 이야기가 줄줄줄 흘러나왔다. 한 작가의 소설을 반려했다가 그 작가가 최근에 엄청나게 뜨는 바람에 주간한테 한 판 크게 깨졌다는 얘기가 들려올 때, 내 귀가 커다랗게 부풀어 올랐다. 편집자는 작가의 실명을 밝히지 않았다. 그저 어떤 성격의 원고였는지 대강 스케치해주었을 뿐이다. 그런데 그 원고는 내가 알고 있는 원고였다. 일전에 행사에서 잠깐 만났을 때, 작가 L이 이런 이런 원고를 완성했다고 말해주었던 것이다. 그 뒤로 한참 시간이 흘렀는데 그 원고는 출간되지 않고 있었다.

편집자가 들려준 이야기 한 조각을 통해 나는 내가 그토록 필요로 하던 이야기를 완성해냈다. 국내 '기성' 작가가 원고를 내밀었다 거절당한 이야기를. 편집자는 내가 그 작가의 정체를 알고 있다는 걸 눈치채지 못했다. 그 작가의 다른 소설이 드라마화되는 바람에 그 작가의 전작들이 역주행으로 베스트셀러가 되고 있다면서 혀를 찰 뿐이었다. 그때 그 원고를 그냥 출간했어야 했어요! 사실 뭐, 그렇게 상태가 안 좋은 것도 아니었어요. 조금 모자란 부분이 있긴 했지만 그럭저럭 괜찮은 원고였는데……

통화를 마친 뒤 나는 인터넷 서점으로 들어갔다. 몇 권씩 책을 낸 기성 작가가 거절당한 사례 하나를 손에 쥔 나는 이제, 또 다른 작가의 사례를 찾는 미션에 돌입했다. 유명 소설가들의 이름을 검색해 출판을 언제 언제 했는지 살폈다. 책과 책 사이에 3, 4년이 뜨는 경우, 그사이에 이 작가가 했던 인터뷰를 찾아내어 샅샅이 읽었다. 그 결과, 한 가지 사례를 더 손에 쥘 수 있었다. 한국 문단의 대표 얼굴이라 할 수 있는 작가가, 신작 장편소설을 출간하려다가 취소했다는 이야기였다. 출간 직전에 소설이 마음에 들지 않아 출간을 취소했다는 부분을 여러 번 읽어본 결과, 나는 다음과 같은 결론에 도달했다. 편집자가 출간하지 말자고 했을 것이다. 고쳐 써오라고 했겠지. 하지만 사실상 원고 거절에 해당하는 일이었으리라. 실상이 어땠을지는 알 수 없었다. 아니, 실상 같은 건 아무래도 좋았다. 나는 그렇다고 믿기로 결정했다. 그리고 내 머릿속에서 그 작가의 그 원고는 확고하게 '거절당한' 것으로 굳어졌다.

어렵게 얻어낸 두 사례를 나는 마음 깊숙이 새겨 넣었다. 둘 다 이름만 대면 알 만한 유명 작가라는 사실이 특히 위안을 주었다. 이렇게 유명한 사람도 원고를 거절당한다. 그럼에도 계속 활동하고, 책을 내고 있다. 그러니 너도 할 수 있다, 정아은. 너는 그 사람들만큼 유명하지도 않지 않느냐? 네까짓 게 어딘가에서 거절을 당했든 말든, 아무도 알아차리거나 관심 갖지 않을 것이다.

이런 취미 생활을 통해 정신적 위안을 받았던 것은 내가 최악의 정신 상태에서 빠져나와 그럭저럭 생존을 지속해 가던 때였다. 견딜 수 없이 읽고 싶은 책이 나타날 때는 책을 읽기도 하고, 기고하는 매체에 보낼 짧은 글쓰기를 지속했으며, 그동안 읽었던 서평 성격의 글을 모아 에세이로 엮는 작업도 하고 있었다. 마음속에서 더 이상 작가가 아니었지만 현실에서 나는 아직 작가로 행세하고 있었다. 작가가 아닌 다른 무엇으로 이행하기 위해 과도기를 거쳐가는 중이라고 생각하며 그 생활을 버텨냈다.

내 안에서 예정된 다음 직업은 '상담가'였다. 상담심리학부를 마치면 대학원에 진학하고, 대학원을 마치면 시험을 쳐서 내 인생 후반부 제2의 직업인 상담가가 될 것이었다. 읽고 쓰기를 단번에 딱 끊어버리면 시원하겠지만, 어차피 사이버대학에서 공부하고 있으니, 현재의 '직업'인 글쓰기를 병행하지 못할 것도 아니었다. 소소하게 '알바' 하는 셈 치고 작가 일을 지속하자고 생각하며 나는 글쓰기를 이어갔다. '알바'라는 면죄부가 생기자 읽고 쓰는 데에서 느끼는 가책의 부피도 줄어들었다. 그에 힘입어 읽고 쓰는 시간을 야금야금 늘려나갔다. 그 결과, 미래의 직업을 도모하는 가장 정당한 작업인 '대학 공부'에 여유 시간의 절반을, 나머지 절반을 소소하게 읽고 쓰는 일(=알바)에 투입하게 되었다.

다행히 심리학 공부는 재미있었다. 미래의 구직 활동을 위해 거쳐가야 하는 과정이 아니라 그냥 재미로라도 파고들 만한 매우 흥미로운 과목들을 공부했다. 무엇보다, 공부한 과목들을 통해 나 자신의 심리를 파악하고 치유할 수 있었다. 4학년 과정을 한창 공부할 때는 에세이 《당신이 집에서 논다는 거짓말》을 출간했는데, 놀랍게도 이 책이 좋은 반응을 얻었다. 여기저기서 강연이나 대담 참가 요청이 들어왔고, 나는 초청받은 자리에 맞는 여러 유형의 강연 혹은 토크 시나리오를 만들었다. 이 과정에서, 심리학 과목을 이수하면서 공부한 내용에 크게 도움을 받았다. 책이 나온 2020년 5월부터 다양한 강연 요청을 받았는데, 그중 글쓰기 강연과 심리 탐구 강연 시안을 짤 때는 심리학 공부에서 익힌 내용을 직접적으로 쏠쏠하게 써먹었다. 마치 내가 이런 강연을 하게 될 것을 미리 알고 준비라도 한 것처럼, 심리학 공부는 준비하는 강연에 넓고 깊은 학문적 바탕이 되어주었다.

돌아보면 이 시기, 《당신이 집에서 논다는 거짓말》이 나왔던 2020년부터 1년여의 시간 동안, 내 정신건강이 많이 좋아졌던 것 같다. 외부 활동이 폭발적으로 늘고, 독자들 혹은 강연 참가자들과 대면 폭이 넓어졌다. 그 와중에 자연스럽게 자존감이 높아졌다. 비록 마음속에서 나는 아직도 '작가'가 아니었지만, 그러든가 말든가 내가 하는 말을 눈을 빛내며 들어주는 청중의 존재가 있었다. 내 말을 경청해주는 다수의 사람들과 대면하고 오면 살아 있다는 사실이 기뻤다. 출간한 한 권의 책이 내게 다양한 강연 기회와 사람들을 데려다주었고, 그렇게 만난 사람들을 통해 나는 조금씩 치유되었다. 가끔은 그냥 다음 직업인 상담가가 되지 않고 이렇게 살아도 좋겠다는 생각도 들었다. 물론 다음 순간엔 '미쳤구나!' 생각하고 얼른 정신을 차렸지만, 나는 분명 알고 있었다. 내가 많이, 매우 많이 나아졌다는 사실을. 길 가다 갑자기 울면서 주저앉는 일도, '죽음'을 키워드로 검색하는 일도 어느새 하지 않게 되었다는 사실을.

소소하게 글을 쓰고 외부 활동을 다니며 학업을 이어가다가 나는 드디어 '상담심리학' 전공으로 학사 학위를 받게 되었다. 내 다음 직업을 향한 첫 단계를 통과한 것이다. 미리 찜해두었던 대학원 몇 군데의 입학 원서를 다운로드한 뒤 원서 작성에 들어갔다. 이제 본격적인 공부에 돌입하는 거다! 학업 계획서 초안을 짜며 의기를 다졌다. 대학원은 오프라인으로 다닐 계획이었다. 온라인으로 수업을 들었던 학부 때는 글쓰기와 강연 같은 외부 활동을 병행하는 게 가능했지만, 직접 학교에 가야 하는 대학원생이 되면 두 가지 일을 병행하기 힘들 터였다. 더구나 나는 한창 돌보아야 할 아이 둘을 둔 엄마였다. 대학원 공부를 하고 아이 둘을 케어하며 글쓰기와 그에 따르는 외부 활동까지 하면 쓰리 잡, 포 잡을 뛰는 셈인데, 그건 도저히 가능할 것 같지 않았다. 자칫하면 무엇 하나도 제대로 해내지 못한 채 주위 사람들에게 피해만 주는 결과로 이어질 수 있었다.

그래서 결심했다. 이제 그만하는 거다. 외부 기고, 강연, 혼자 이 글 저 글 쓰며 구상하기…… 이런 일들은 이제 더는 하지 않는 거다. '작가'가 나의 예전 직업이 될 수 있도록, 이제부터 외부에서 들어오는 요청을 모두 고사하자. 대학원 원서를 쓰는 틈틈이, 당시 기고 중인 매체에 칼럼 쓰기를 중단하겠다는 의사를 언제 어떻게 표할지 궁리했다.

대학원 입학처에 보낼 두 가지 버전의 원서를 완성한 다음 날, 가뿐한 마음으로 노트북 앞에 앉았다. 전날 완성한 원서를 두어 번 훑어본 뒤 입학 원서를 출력해 봉투에 넣었다. 외출복으로 갈아입고 우체국에 가려는데, 갑자기 마음속에서 뭔가가 꿈틀했다. 순간적으로 멈칫했다가, 화장대 거울에 모습을 비춰보고 현관으로 향했다.

한쪽 발을 운동화에 넣고 나머지 발을 운동화에 끼워 넣으려는데 마음속에서 다시 뭔가가 움직였다. 조금 전보다 더 크고 묵직한 움직임이었다. 나는 신발장 앞에 선 상태로 굳어졌다. 신발장 맞은편에 부착된 전면 거울에, 봉투 두 개를 들고 선 여성의 얼굴이 보였다. 한쪽 발은 운동화 안에 들어가 있고, 한쪽 발은 양말만 신은 상태인 40대 중반 여성의 얼굴이.

그 여성에게 물었다.

너 왜 그러니?

거울 속 여성은 말없이 나를 응시했다. 알면서 뭘 물어? 하는 듯한 얼굴이었다.

나는 뚫어지게 거울을 쳐다보았다. 출판사로부터 치명적인 거절 메일을 받았던 때로부터 4년째에 접어들고 있었다. 겨우 빠져나왔다고 생각했다. 이제 겨우 멀쩡한 길에 발을 들였다고 생각했다. 그런데 이게 무슨 일이란 말인가.

한참 동안 거울 속 여자를 쳐다보다가, 운동화에서 발을 빼냈다. 내 방으로 돌아가 봉투를 책상에 놓았다. 그리고 바닥에 드러누웠다. 생각이 미친 듯이 몰려왔다.

다시 쓰기

전광석화처럼 몰려와 머릿속에서 영역을 넓혀가는 것은 한 장면이었다. 소설의 한 장면. 한 남자가 있다. 유명 작가이자 문학평론가였던 남자가. 특정 사건 때문에 사회적 제재를 받게 되면서, 이 남자는 더 이상 글을 써서 발표하지 못하게 되었다. 실의에 빠진 그는 방에 틀어박혀 두문불출한다. 머릿속에 펼쳐지는 장면 속에서 그는 소리를 지르고 있었다. 장소는 그의 집 식탁, 맞은편에는 같이 살고 있는 동거녀가 앉아 있다. 실의에 빠진 그에게 걱정 어린 눈빛을 보내는 동거녀에게 그는 갑자기 소리를 지르기 시작한다. 버럭버럭 소리를 지르다가 벌떡 일어선다. 씩씩거리며 폭언을 퍼붓다가 의자를 발로 차며 포효한다. 놀라 입을 틀어막는 여자의 눈이 커다래지고, 남자는 바닥에 주저앉아 짐승 같은 신음을 내보낸다.

나는 어깨를 세우고 모로 누웠다. 머릿속으로, 상황이

손에 잡힐 것처럼 선명하게 펼쳐졌다. 남자의 거친 숨소리, 식탁 위에 차려진 국그릇 속에서 피어오르는 김, 한동안 남자를 쳐다보다 조심스럽게 다가가는 여자, 절규하는 남자, 남자를 끌어안고 우는 여자⋯⋯

어디서 만나기라도 한 듯 선명한 모습의 남녀가 나오는 그 장면은 소설의 한 부분이었다. 아마도 긴 장편소설이 될 그런 이야기의 한 부분. 놀라운 건 내가 이 모든 걸 알고 있었다는 사실이었다. 아주 오래전부터, 나는 소설을 구상해왔다. 지금 머릿속에서 번쩍거리는 것은 글자로 튀어나가지 못해 안달하는 인물들의 강력한 농성전이었다. 그것은 지금부터 내가, 모든 계획을 접고, 책상 앞에 앉아 노트북과 씨름해야 하는 시간이 왔다는 뜻이었다. 하루에 일정 시간을 확보해 무슨 일이 있어도 일정 분량의 초고를 토해내는 일상에 돌입해야 한다는 소리였다.

그동안 글쓰기를 하지 않았던 것은 아니다. 칼럼을 기고하거나, SNS에 서평을 올리거나, 틈틈이 일기 같은 글을 써서 올렸다. 간간이 책도 읽었다. 새로운 주제의 강연 요청이 오면 그 주제에 관한 책을 구해서 읽고, 강연의 요지가 될 만한 글을 썼다. 출판사에서 최초로 거절 메일을 받은 뒤 절독절필을 결심하던 때와 비교해 읽고 쓰는 활동이 크게 늘어나고 있었지만, 그저 '아르바이트' 비슷한 거라 생각했다. 나는 앞으로 유능한 상담가가 될 것이다. 준비의 일환으로 학업을 수행하고 있다. 학업에 들어가는 비용을 대기 위해 현재의 직업인 읽고 쓰는 활동을 지속해야 한다. 이런 생각이었던 것이다. '돈을 벌기 위해' 글쓰기를 몇 년 더 유지하지만, 앞으로 하게 될 일에 전념해야 하는 순간이 오면 과감하게 때려치운다는 것이 내가 세운 그랜드 플랜이었다.

책도 내고 대외 행사도 다녔으니, 주위에서는 저 인간이 계속 글을 쓸 건가보다 생각했을지 모르나, 내 내부에서 나의 메인 정체성은 '미래에 유능한 상담가가 될 인물'이었다. '작가'는 그저 상담가가 되기 위해 유보적으로 갖고 가는, 유효 기간이 얼마 남지 않은 임시 정체성에 불과했다. 강연과 기고 글쓰기가 많아진 것은, 알바 활동이 생각보다 호응을 잘 받은 행운의 결과였을 뿐, 내가 의도한 것은 아니었다.

그런데 그게 아니었다. 나는 어느 한순간도 글쓰기를 내려놓을 생각이 없었다. 의식 차원에서는 내려놓을 수 있다고 생각했을지도 모른다. 그러나 마음 저 깊은 곳에서, 내 정신의 압도적인 영토를 점령하는 무의식은 알고 있었다. 내가, 전혀, 글쓰기를 중단할 생각이 없다는 사실을. 상담가가 되기 위해 현재 임시로 알바를 뛰고 있는 게 아니라, 글쓰기를 계속하고 싶은데 그랬다가 계속해서 거절당하고 상처 받을까봐 두려워서 미래에 상담가가 되겠다는 명분을 세워놓고 야금야금 글쓰기와 그에 따르는 부수적 활동을 이어가고 있었다.

정아은이라는 한심한 사피엔스는 거절당하려면 어쩌려고 그러느냐는 경고음에 대비해 '상담가'라는 정체성을 세워놓은 뒤, 틈만 나면 글을 쓰고 있었다. 강연 글과 기고와 일기를 가장한 에세이를 쓰면서, 머릿속으로 장편소설의 플롯도 짜고 있었다. 그러다가 대학원 원서라는 결정적인 상징물이 등장한 다음에야, 이 모든 본심이 수면 위로 떠올랐다. 대학원에 들어간다는 것은 더 이상 글쓰기 활동을 병행하지 못한다는 것을 의미했다. 이제 더 이상 '본캐', '부캐'라는 연극을 만들어 나 자신을 속일 수 없게 된 것이다.

나는 똑바로 누웠다. 천장에 붙은 원형 등 안에 쌓인 작은 벌레들의 형상이 보였다.

받아들여야 한다.

체념처럼, 한편으로는 선물처럼, 수용을 독촉하는 소리가 들려왔다. 팔을 눈 위에 올려놓고 내게서 나오는 숨소리를 들었다. 그제야 알았다. 나는 원래 그런 사람이라는 사실을. 그것이 나의 성향, 나의 본질, 그리고 빌어먹을, 나의 운명이라는 사실을. 글쓰기를 통해 잘나갈 수 있든, 그렇지 못하든, 나는 언제나 글을 쓰고 싶어하는 인간이었다. 출판이 되든 되지 않든, 베스트셀러가 되든 되지 않든, 사회적 인정을 받든 못 받든, 나는 감각하고 경험한 모든 것을 부지런히 글로 옮기도록 코딩된 그런 생물이었다.

문학상을 받은 뒤 장편을 세 권 출간하고, 그로 인해 분에 넘치는 사랑을 받은 나는, 글쓰기는 그런 명예와 속세적 영광을 얻을 때만 해야 하는 것으로 착각했다. 그러나 글쓰기는 그런 게 아니었다. 그 모든 것과 상관없이, 눈이 오나 비가 오나, 기쁘나 슬프나, 원고에 대한 거절 메일을 받으나 받지 않으나, 마음을 언어로 옮기고 싶어서 환장하는 것, 그게 글쓰기의 본질이었다. 그것은 학창 시절 하루가 멀다 하고 친구들에게 편지를 쓰고 하이텔과 천리안과 프리챌 동호회 게시판에 틈만 나면 주저리주저리 글을 써서 올렸던 인간에게 내정된 운명이었다. 중간에 문학상 수상이라는 특별 이벤트가 따라붙는 바람에 잠시 '영광'을 글쓰기의 필수 동반자라 착각했을 뿐, 시간만 나면 쪽지와 편지를 쓰던 중학생은 성인이 된 지금, 영광이 있건 없건 남은 생을 주구장창 쓰면서 살아가게끔 되어 있었던 것이다.

양손으로 얼굴을 비비며 길게 한숨을 쉬었다. 머릿속의 남녀는 이제 각각 다른 장소에 가 있었다. 남자는 운전을 해 서울의 서북쪽 신도시를 향해 가고, 여자는 제 직장인 미용실로 가고 있었다. 영광이 없어도 쓰는 것이다. 이제부터 쓰게 될 등장인물들의 거침없는 행보 사이로 내 미래에 대한 직관이 번쩍거리며 지나갔다. 그동안 글쓰기 강연을 다니며 속세적인 보상에 연연해서는 안 된다고 말했더랬다. 누군가에게 인정받거나 유명 매체에 글을 싣지 못하더라도 글쓰기 자체가 의미 있는 거라고, 글을 쓰는 행위 자체가 쓰는 사람 자신에게 선물이고 치유책이라고 열변을 토하고 다녔더랬다. 그래놓고 정작 저 자신은 속세적 영광을 누리지 못할 낌새가 보이자 펄쩍펄쩍 뛰었다. 다시는 글을 쓰지 않겠다고 결심하고 비장하게 다음 직업을 모색했다. 글쓰기 강연에서 만났던 사람들의 얼굴이 떠올랐다. 한 명 한 명 찾아가 내 위선을 고백하고 싶었다. 울면서 괴로움을 호소하고 싶었다.

그날 이후, 머릿속에서 미래 직업인 상담가의 모습을 지웠다. 그리고 매일 카페로 출근해 몇 시간씩 노트북 앞에 앉아 있는 고행의 나날에 돌입했다. 현관에서 떠올린 장면을 씨앗 삼아 앞뒤로 스토리를 확장하고, 그렇게 확장한 스토리에 구상한 인물들을 투입했다. 떠오르는 장면이 있으면 거침없이 화면에 토해내면서 전체적인 구상도 따로 써나갔다. 구체적인 장면과 전반적인 구상이 뒤섞여 마구잡이로 떠올랐다. 닥치는 대로 쓰기 전법으로 대응했다. 오랫동안 내보내주지 않고 머릿속에만 담아두었던 데 대한 복수를 하듯, 스토리와 인물과 상황이 폭발적으로 쏟아져나왔다. 허겁지겁 받아쓰는 동안 두려움이 출몰했다. 이렇게 써서 뭘 하려고? 누가 출간해줄 줄 알고? '운명의 거절 메일'을 열어보던 순간의 쓰라림은 기세를 잃지 않고 등장해 의심의 안개를 뿌렸다. 허리 아프게 하염없이 앉아서 몇 개월을 바치면 뭐 하나. 아무도 출간해주지 않을 것을. 누구도 읽어주지 않을 것을. 회의감이 치솟을 때면 이렇게 응수했다. 아무도 출간해주지 않아도 괜찮아. 중요한 건 내가 쓰고 싶다는 거야. 쓰고 싶은 마음을 내가 이겨내지 못하겠다는 거야. 여기저기 내밀어보고 안 되면 자비 출판하면 되지. 내가 출력해서 보고 싶어하는 사람들한테 돌리면 되지.

그렇게 해서 나의 본캐는 다시 '글 쓰는 사람'이 되었다. 폭발적으로 터져나온 문장들을 부지런히 주워 담아 완성한 장편은 다음 해 가을, 《그 남자의 집으로 들어갔다》라는 제목으로 출간되었다. 이 장편에는 내가 출판사로부터 운명의 거절 메일을 받고 미쳐가던 때 토하듯 써낸 원고의 일부가 그대로 담겼다. 성별이 남자로 바뀌고, 직업도 소설가가 아닌 문학평론가로 바뀌었지만,《그 남자의 집으로 들어갔다》의 주인공인 '지성'에 내 자아의 일부가 담겨 있는 셈이다. 최초에 떠올린 장면에 함께 나왔던 여자를 주인공으로 한 장편은《그 남자의 집으로 들어갔다》의 속편《어느 날 몸 밖으로 나간 여자는》으로 동시에 출간되었다. 그리고 본캐가 '상담가'라고 생각하며 살았던 기간에 썼던 일기 비스름한 글, 사실은 에세이였지만 자신에게 일기라고 둘러대며 썼던 기나긴 글은 그 이듬해에《높은 자존감의 사랑법》이라는 에세이로 출간되었다.

이상한 일이었다. 운명의 메일을 받은 뒤에 써서 보냈던 원고들은 모두 거절당했는데, 왜 '상담가'의 꿈을 품은 시즌에 구상하거나 썼던 원고들은 모두 좋은 반응을 얻고(보냈던 출판사의 편집자들 대부분이 마음에 들어했다) 출간되었는가? 어느 날 궁금증이 들어 거절당했던 미출간 원고들을 다시 읽어보았다. 분량의 반도 채 읽지 않아, 채택되지 않은 이유를 알았다. 당시에 보이지 않던 게 이제는 보였다. 그 원고에는 조급증과 안타까움이 묻어 있었다. 빨리 쓸 거야. 얼른 써서 출간할 거야. 베스트셀러 작가가 될 거야. 원고에서 그런 마음이 뚝뚝 떨어져내리고 있었다. 조잡한 문장과 스토리, 겉멋이 잔뜩 든 표현들. 차마 눈뜨고 봐줄 수 없는 원고였다. 그 시기, 운명의 메일의 자장에 놓였던 몇 년간 내가 썼던 원고는 '쓰고 싶어서 쓴 원고'가 아니었다. '이 화두로 쓰고 싶다'는 마음이 아니라 '얼른 원고를 완성해서 출간하고 싶다', '베스트셀러 작가가 되고 싶다'는 마음이 글을 쓴 주요 동기였다. 물론 쓰고 싶다는 순수한 마음도 섞여 있었을 것이다. 원고를 쓰게 되는 데는 다양한 동기가 작용하는 법이니까. 하지만 분명한 것은 그 시기, 내가 쓰고 싶은 말을 잘 쓰고 있는지 여부보다, 써내는 글을 통해 얻게 될 부수적 효과에 훨씬 더 관심을 기울이고 있었다는 점이다.

상담가가 되겠다고 우격다짐으로 나를 밀어붙이는 동안 썼던 글은 성격이 달랐다. 써봤자 얻을 게 아무것도 없고 시간과 건강만 버리는 거라고 믿었던 시기였다. 그러니 절대로 쓰지 말자고 결심했음에도 너무 쓰고 싶은 마음을 이기지 못해 쓴 글이었다. 이야기가 몸에 가득 차서 마구 삐져나오는 바람에 받아쓰다시피 해 쓰인 글이었다.

대학원 입학 원서를 부치기 위해 우체국으로 가려다 현관에서 멈춰 선 날 이후부터 지금까지, 나는 나를 '작가'라 생각하며 글을 쓴다. 새롭게 뭔가가 쓰고 싶어지면 조용히 자신에게 묻는다. 너, 그 이야기가 진짜 쓰고 싶어? 왜? 그러곤 상상한다. 몇 개월 뒤에 써낸 원고가 출판사에서 퇴짜 맞는 장면을. 시간을 들여 구체적으로 상상한다. 그리고 묻는다. 최악의 경우 출판이 안 될 수도 있어. 그래도 쓰고 싶니? 일련의 질문 행위가 100퍼센트 가려주지는 못할 것이다. 내가, 쓰는 화두 자체에 관심이 있는 건지 아니면 출간 뒤 따라오게 될지도 모를 잿밥에 관심이 있는 건지. 하지만 그럼에도, 묻고 답하는 과정을 통해 나는 온갖 욕망과 허위의식으로 뒤덮인 내 마음 깊은 곳을 들여다보게 된다. 이렇듯 다양한 상황을 설정하고 최악의 경우를 들이대며 그래도 괜찮겠는지 여부를 물어본 뒤, 그 모든 경우의 수에도 불구하고 쓰고 싶다는 마음이 여전히 남아 있으면, 초고 쓰기에 돌입한다.

또 한 가지, 출간을 해주겠다는 출판사의 의사 표명을 손에 쥐면, 나는 미친 듯이 행복해한다. 출판을 결정해준 담당자에게 찾아가 백팔배를 드리고 싶은 마음을 억누르느라 안간힘을 쓴다. 내가 쓴 원고가 책이 되어 나온다는 것이 얼마나 큰 혜택인지, 얼마나 희박한 확률의 기적인지를 매우 잘 아는 사람이 된 것이다. 그러니 이렇게 정리할 수 있겠다. 지금의 나는 여전히 거절이라는 천형과 맞닥뜨리면 죽을 것처럼 고통스러워하지만, 그럼에도 나를 '쓰는 사람'으로 받아들이며 살고 있다고. 그렇게 해서 나는 오늘도 쓴다. 꾸역꾸역 소처럼 쓴다. 영광이 없는 글쓰기로 판명되는 순간을 상상하며 진저리 치지만, 그럼에도 성실하게 써서 출판사에 보낸다. 원고를 보낸 뒤 30분마다 한 번씩 이메일을 체크한다. 떨리는 손으로 메일함을 열고, 영광이 없는 글쓰기로 판명되는 순간을 대비하며 주먹을 꼭 쥔다. 언제까지 이렇게 살까? 그에 대한 답은 '쓰고 싶은 마음이 들지 않을 때까지'일 것이다. 그렇다. 쓰고 싶은 마음 때문에 쓰는 것이다. 그것이 쓰는 사람의 핵심이고, 쓰는 사람의 전부다.

나는 왜 쓰는가

인정욕구의 화신

처음 신문에 칼럼을 기고하던 때의 일이다. 칼럼 연재를 제안한 기자는 뭐든 내가 하고 싶은 이야기를 쓰면 된다고 했다. 생활에 일어나는 소소한 일부터 정치적인 화제까지 자유롭게 쓰면 된다고. 처음엔 무얼 써야 할지 몰라 막막했다. 칼럼 송고를 두어 번 하고 나니 할 말이 치솟기 시작했다. 일상에서 눈에 보이는 게 너무 많았다. 도처에 아픈 이들, 빈곤한 이들, 억울한 이들이 있었다. 나는 세상에서 일어나는 모든 일에 뜨겁게 분노했다. 우리 사회가 너무하지 않은가. 저런 상황에 처한 사람을 그대로 내버려두다니. 국가는 대체 무얼 하고 있었단 말인가! 화면을 펼쳐 극단적인 단어가 섞인 분노의 문장을 쏟아냈다. 원고를 써나갈수록 더욱 화가 치밀었다. 그동안 내가 그런 문제에 눈감고 살아왔다는 게 믿기지 않았다. 세상에, 어떻게 이런 문제들을 그냥 지나쳐왔단 말인가.

분에 겨워 씩씩거리며 쓴 글들을 다음 날 읽어보면 얼굴이 화끈거렸다. 써놓은 게 죄다 맞는 말이긴 한데, 읽으면서 부끄러운 마음이 들었다. 왜인지 모르겠지만 이 원고를 보내서는 안 될 것 같았다. 완전히 다른 화두를 택해 다시 칼럼을 작성했다. 분노에 찬 정치적 화두가 아닌 생활 속의 소소한 이야기였다. 송고의 순간이 왔을 때, 결국 후자를 택해 보냈다. 이 과정은 칼럼을 기고했던 1년여의 기간 내내 반복됐다.

당시의 내게 일어났던 일의 연유와 정체를 알게 된 것은 칼럼 연재를 그만두고 몇 년이 흐른 뒤였다. 구상하는 소설에 등장시킬 주인공을 위선적인 지식인으로 잡고 청사진을 그리던 때였다. '위선', '지식인'을 키워드로 자료조사에 돌입했다. 몇 개월에 걸쳐 관련 책을 읽고 인터뷰를 한 끝에 마침내 인물을 그려나가기 시작했다. 넘치는 지식과 뛰어난 언변으로 한국 사회의 오피니언 리더로 활약하는 인물의 모습을. 소설의 초반, 그 인물이 남들에게 허세를 부리는 상징적인 장면이 있었다. 그 장면에 몰입해 기술해나가면서 어느 순간 벼락처럼 알게 됐다. 몇 년 전 신문에 기명 칼럼을 기고하던 그 시기, 내게 일어났던 일이 무엇이었는지를.

그것은 거대한 인정욕구였다. 생전 처음으로 의뢰받은 칼럼 기고였다. 이름을 들으면 누구나 아는 신문에 내 이름으로 글을 보내게 됐다는 기쁨에, 임팩트가 확실한 글을 쓰고 싶다는 욕망이 덧대어져 부글부글 끓어올랐더랬다. 나는 잘 쓰고 싶다는 열망으로 몸살을 앓았다. 누구나 고개를 끄덕이며 동의하게 되는 칼럼을 쓰고 싶었다. 나를 갑자기 '윤리의 화신'으로 변신시킨 것은 그런 열망이었다. 생전 한 번도 들여다본 적 없던 화두에 갑자기 관심을 갖고, 분노하고, 공동체 의식을 부르짖게 만든 것은 바로 그것, 인정받고 싶다는 욕망이었다. 그렇게 해서 필명을 날리고 유명해지고 싶었던 것이다. 대한민국 국민이라면 누구나 알 정도로 유명해지면 '분명히 열심히 일하는데 수입은 변변치 않은' 상태에서도 벗어날 수 있지 않을까. 주구장창 써서 완성한 장편소설을 내주겠다는 출판사를 발견하기도 훨씬 쉬워지지 않을까.

마지막 송고의 순간, 인정욕구의 도가니에 빠져 부글거리던 나를 제어한 것은 그 글이 잘 읽히지 않는다는 자각이었다. 초고를 쓴 뒤 수십 번 퇴고하는 버릇이, 몇 번이고 입으로 중얼중얼해보는 버릇이, 다행히 그런 글을 세상에 내보내는 불행을 막아주었다. 초고를 완성한 다음 날 만나는 그 의기 넘치는 글은 차마 눈뜨고 봐줄 수가 없었다. 잘 읽히지 않았고, 재미가 없었다. 무엇보다, 자연스럽지가 않았다. 좋은 화두에 좋은 문제의식이라고 생각하면서도 나는 끝내 그 원고를 보낼 수 없었다. 이유를 모른 채 그저 '응, 이 글은 좀 아니야'라고 감각했다.

당시 썼던 글에 가독성과 재미가 부족한 건 당연한 일이었다. 그 글에는 내 '진심'이 없었다. 글의 가독성과 재미는 '진심'과 직결된다. 작가가 진정으로 하고 싶은 얘기를 할 때, 글에는 가독성과 재미가 따라붙는다. 아무리 날고 기는 작가가 써도, 진짜 하고 싶은 얘기를 쓰지 않는 경우, 가독성과 재미라는 2대 요소를 확보하기 힘들다. 글에서 가장 중요하다 할 수 있을 그 2대 요소는 단순한 테크닉에서 나오지 않는다. 테크닉은 가독성과 재미를 이루는 일부 요소는 될 수 있지만 충분조건은 되지 못한다.

당시 썼던 '정의감 만렙'의 글은 내 특정 욕망을 달성하기 위한 수단이었다. 별로 관심이 없는데도 이름을 얻기 위해 썼던 그 글은 '쓰나 마나 한' 글이었다. 읽기 전과 후에 아무런 차이를 일으키지 못하는 글, 흔하게 널린 진부한 윤리 담론이었다.

소설가 A의 칼럼을 둘러싼 페이스북 월드의 전투

SNS 활동을 하던 중, 다른 글쟁이들에게도 나와 꼭 같은 인정욕구가 있다는 사실을 발견했다. 페이스북에서 목격한 일이다. 사교의 장인 페이스북 월드에 웃음과 배려와 사랑만 돌아다니는 것은 아니다. 가끔 유저들 사이에 싸움이 붙기도 한다. 페이스북 사용자 중 상당수가 출판업 관계자들인데, 대한민국에서 한 글발 한다는 사람들이 모여 있어서인지, 싸움이 붙으면 그 기세가 심상치 않다. 논리와 비유, 비교와 대조, 적당한 시점에 강력한 상징을 투하하는 기법까지 동원해 싸움의 상대를 가열차게 몰아붙인다. 정확한 논리 전개와 상대방을 향한 강력한 적개심을 들여다보고 있으면 등골이 오싹해진다. 이 사람한테 찍히면 큰일나겠구나! 포격을 받은 상대가 '오오, 당신의 말을 들어보니 내가 잘못했구려, 다시는 안 그러겠소'라고 머리를 숙이는 경우는 거의 없다. 대부분 공격을 개시한 상대에 조금도 뒤지지 않을 솜씨와 화력으로 강력하게 응전한다. 한 번씩 공격을 주고받은 뒤엔 양측의 글에 주르륵 댓글이 달리고, 이제 페이스북 월드에는 단체전이 펼쳐진다. 단체전 참가자들은 양측 선수들 각각의 페이스북 친구, 그중에서도 기꺼이 이름을 걸고 싸움에 참전하려는 의기를 지닌 이들이다. 양측 선수들을 동시에 친구로 둔 이들 중 일부가 '글을 올린 의도에 악의가 있지는 않았을 것이다', '오해에 불과하다'라며 중재를 시도하지만, 그런 이들은 소수이고, 다수는 확실하게 한쪽 편을 들며 진지를 구축하는 데 일조한다. 물론 양측 중 한쪽 주자가 지나치게 공격적이고 무례한 언어를 쓰는 바람에 초반에 완패를 당하는 경우도 종종 벌어진다.

페이스북에서 벌어지는 전투를 보고 있으면 페이스북 소사이어티가 실제 한국 사회의 축소판이로구나 싶어진다. 페이스북에 글을 쓰는 이들 상당수가 글을 쓰거나 강단에 서는, 즉 사회에서 크거나 작은 발언권을 행사하는 사람들인데, 올린 글을 보고 있으면 이들의 내면에 대해 많은 것을 알게 된다. 특히 누군가를 공격하는 글의 경우, 작성자의 내면에 도사린 어두운 구석이 매우 선명히 드러난다.

한번은 유명 소설가 A가 모 신문에 기고한 칼럼을 두고 격전이 벌어진 적이 있었다. 중년에도 사람들에게 흥미를 주는 사람이 되려면 독서를 해야 한다는 요지의 칼럼이었는데, 이 칼럼을 향해 유명 칼럼니스트(이자 작가인) B가 거칠고 노골적인 비판 글을 올리면서 대대적인 격전이 시작되었다. 초반에는 전세가 B 쪽으로 기울었다. 시간이 지나면서,

B의 글에 대한 반박이 올라오기 시작했다. A가 쓴 칼럼은 소박하고 일상적인 글이었던 데 반해, B가 올린 글은 거친 단어와 극단적인 문장으로 점철돼 있었다. 그래서 평소 B의 논조에 공감했던 이들도 눈살을 찌푸리며 B의 글의 무례함과 오만함을 꼬집는 글을 올리게 되었다. 그런 글이 늘어나면서, 결국 B의 칼럼이 지나쳤다는 쪽으로 무게가 쏠렸다. 'A의 글을 그다지 좋아하지 않지만'이라는 전제를 단 B에 대한 비판 글들이 상당수였으니, 총평을 하자면 이는 A의 승리라기보다 B의 자폭이라고 할 만한 해프닝이었다.

A의 칼럼이 거의 잊힐 만할 무렵, 저명 과학자인 C가 갑자기 A에게 핵폭탄급 공격을 가하면서 다시 한번 열전이 시작되었다. "나는 더 이상 소설을 거의 읽지 않는다"로 포문을 연 C의 글은 B의 글이 온건하고 예의 바르게 보이게 할 정도로 강력했다. 상대에 대한 폄하, 조롱, 비아냥, 인신공격 등 안 좋은 쪽에 속할 모든 종류의 깎아내리기 기법이 동원된, 하지만 그런 평가에 대한 근거는 조금도 동원되지 않은 역대급 글이었다. 이에 대한 페이스북 유저들의 대응은 신속했다. 일제히 나서서 C의 무례함과 몰상식함에 대한 포격을 가했다.

B의 글을 보면서 놀란 가슴을 쓸어내린 지 얼마 지나

지 않아 나타난 C의 글을 읽어내려가면서 나는 입을 딱 벌렸다. 어떻게 하면 이런 글을 쓰게 되는 걸까. 사건의 발단이 된 A의 칼럼은 사실 논쟁이 붙을 만한 글이 아니었다. 독서와 글쓰기를 업으로 하며 살아가는 지식인이 세상을 향해 조금 더 나아지자, 분발하자고 권유하는, '선량한 범주'에 속할 글이었다. 딱히 강한 주장이 있는 것도, 새로운 주장이 있는 것도 아닌, 흔하게 볼 수 있을 소박한 글이었다. 흥미로운 것은 날 선 공격을 날린 B와 C는 물론, 그보다 정도가 덜하지만 A의 글에 불호를 표명한 이들 모두 A와 비슷한 나이대의 '중년 남성'이었다는 점이다. 이들은 페이스북 글을 통해 자신의 내면을 고스란히 드러내고 있었다.

그러니까 'A가 쓴 칼럼을 둘러싼 대전'은 A 혹은 A가 써낸 칼럼에 대한 이야기가 아니었다. B와 C를 포함한 한 무리의 중년 남성에 대한 이야기였다. 그 남성들이 쓴 페이스북 글을 읽으면 누구나 쉽게 글쓴이의 내면을 파악할 수 있었다. 글쓴이가 무엇을 갈망하는지, 그 갈망을 채우지 못해 얼마나 안타까워하고 있는지, 그 갈망을 채우기 위해 어찌나 악바리처럼 노력하고 있는지가, 거의 만져질 듯 흘러나오고 있었다. 결전이 중반을 넘어갈 무렵, 페이스북 월드의 구성원들은 그 남성들이 아무런 경계심 없이 제 무의식을 그처럼 흘려보내는 것에 섬찟해하며 선 긋기를 하고 있었다. B와 C는 제 내면의 정제되지 않은 갈망을 억누르지 못하고 표출함으로써, 그동안 수호해왔던 아성을 와르르 무너뜨리고 아군을 잃는 지경에 처했던 것이다.

이 사건을 관전하는 동안 내가 페이스북 글쓰기를 즐기는 이유를 알게 되었다. 그것은 인정욕구였다. 생각해보니 나는 페이스북에 내 일상을 쓰면서 슬쩍슬쩍 자랑할 만한 일을 끼워 넣었더랬다. 그렇게 해서 인정을 받고 싶었다. 멋있고 세련되고 지적인 사람이라는 인상을 주어 친구를 만들고 싶었다. 가끔 누군가 쓴 글에 신랄한 반박 글을 써서 올리고 싶은 충동에 시달리기도 했는데, 이것은 소설가 A 칼럼 대전을 통해 드러난 B와 C의 내면 욕망과 같은 맥락에 속하는 것이었다. 누군가의 글에 대해 반박하는 문장을 머릿속으로 죽 떠올리며 글을 쓰기 직전까지 갔지만, 실제로 써서 올린 적은 없다. 그런 글을 올리는 게 어쩐지 '없어' 보일 것 같다는 직감 때문이었다. 그 직감 덕에, 나는 지금까지 페이스북 월드에서 다양한 분야의 친구들과 소소한 친교를 나누는 기쁨을 이어가고 있다.

소설가 A의 칼럼을 둘러싼 B와 C의 인정욕구 폭발 사건을 보며 궁금해졌다. 나는 왜 그 충동을 억제할 수 있었을까? 여러 가능성이 떠올랐다. 우선 나는 내가 시기 질투심이 높은 사람이란 걸 매우 잘 인식하고 있었다. 혈기 넘치던 20대 시절, 누군가를 향해 입바른 소리 하기를 무척 좋아했더랬다. 그 결과 많은 인연을 잃었더랬다. 많은 갈등과 이별을 통과해 나이 들어가면서, 입바른 소리를 하고 싶은 욕망이 실은 인정받고 싶은 마음에서 나온다는 사실을 깨달았다. 그래서 그런 충동이 올라오면 바짝 긴장했다.

또 한 가지 가능성은 내가 남들에게 '매우 멋있게 보이고 싶어한다'는 점이었다. 누군가가 올린 글에 길고 심각한 반박 글을 작성해 올리는 것은, 대상이 된 글 내용이 공동체에 명백히 불이익을 주는 경우가 아닐 때에는, 너무 촌스러워 보였다. 그래서 늘 마지막 순간에 자제하게 되었다.

세 번째는 내가 소심한 사람이라는 점이었다. 나는 누군가에게 센 말을 날리면 그 말에 스스로 상처 받아 잠을 이루지 못한다. 감당이 안 될 일은 벌이지 말자 싶어 공격성 글을 쓰기도 전에 나를 다독였다. 그런저런 이유로 참는 데 성공해 왔지만, 앞으로도 그럴 수 있을지는 잘 모르겠다. 페이스북 월드의 격전을 지켜볼 때마다, 함부로 남에게 입바른 소리를 하지 말자고 다짐하며 허벅지를 찌른다. 세상에, 타인을 깎아 내려 자신을 내세우려 드는 것처럼 유치한 행동은 없다.

'잘' 인정받고 싶다

내가 글을 쓰는 이유는 두 가지로 압축될 수 있다. 첫 번째는 인정욕구이다. 나는 글을 통해 나를 표현하고 인정받고 싶어서 쓴다.

너는 참 멋있구나. 너는 그 누구와도 다르게 사유하고 행동하는 매우 특별한 사람이구나.

이런 평가를 받고 싶은 것이다. 그러나 이런 평가를 받기 위해 수단과 방법을 가리지 않겠다는 마음은 없다. 나는 가급적 '있어 보이는' 방식으로 인정받고 싶다. 타인에게 글을 잘 쓴다는 평가를 받기 위해 없는 사실을 있다고 말하거나, 누군가를 악마화하면서 깎아내리고 싶지 않다. 내게는 개인적 욕망이 1도 없고 오직 이타적 마인드만 있는데, 너는 이타적 마인드가 1도 없이 오직 개인적 욕망에 꽉 차 있다면서 누군가를 비난하고 싶지 않다.

우리네 사피엔스 종은 모두 인정욕구를 타고 태어난다. 신은 살아 있는 모든 생명체에게 이러한 욕망을 장착해 세상에 내보냈다. 이것을 부정하는 것은 어리석은 일이다.

나를 존속시키겠다는 욕망은, 폼 나게 잘 존속시켜 타인에게 인정받고 싶다는 욕망은, 절대로 꺼뜨릴 수 없고 꺼뜨려서도 안 되는 '생명체의 핵심 욕망'이다. 내게도 있고 네게도 있는 욕망을 있는 그대로 받아들이고 그것을 보다 근사하게 실현시킬 방법을 연구하는 것이 더 세련된 대응 방식이라고 생각한다.

쓰고 싶은 메시지가 생겨날 때, 그 메시지를 '잘' 전달하고 싶다. 내가 하는 말에 설득력이 있도록, 읽은 이가 고개를 끄덕이며 동조하도록, 최선을 다하고 싶다. 시간적·물질적·육체적 모든 종류의 노력을 동원해 공들여 문장을 주조해내고 싶다. 그러기 위해서는 관련 분야의 책, 자료를 폭넓게 섭렵하고 많은 사람들을 만나 그들의 이야기에 귀 기울여야 한다. 혹시 인정받고 싶은 욕망 때문에 근거가 불분명한 주장을 하고 있지는 않은지, 독자를 가르치려 들고 있지 않은지, 내가 행동으로 옮기지 않을 일을 소리 높여 같이 하자고 부르짖고 있지 않은지, 끊임없이 의심하고 체크해야 한다. 인정욕구를 제대로 만족시키는 일은 쉽게 이루어지지 않는다.

내가 글을 쓰는 두 번째 이유는 '자본주의에 지지 않기 위해서'이다.

유명해지고 싶다. 매우 유명해져서 출판사들이 내 원고를 받으려고 줄을 섰으면 좋겠다. 내 말 한마디가 수많은 사람에게 영향을 주는 인플루언서가 되었으면 좋겠다. 그러면 돈이 파도처럼 물결쳐올 것이다. 대량의 돈더미에 치이다보면 선택지도 다양해지겠지? 높디높은 돈방석 위에 앉으면 무엇이든 할 수 있으리라. 그러면 지금보다 훨씬 나은 삶, 매끈하고 화려한 삶을 살게 되지 않을까!

이런 마음이 하루에도 수십 번씩 나를 찾아온다. 이런 마음에 혹하는 순간이면 필요하지 않은 무언가를 사들인다. 누군가의 환심을 사기 위해 마음에도 없는 말을 한다. 주식을 사고팔아 현금을 날린다. 지나고 나면 바보 같은 짓이었다는 생각이 들지만, 도래한 다음 국면에서는 다시 똑같은 짓을 한다.

글을 쓰면 그런 내 모습이 보인다. 내가 왜 돈을 갖고 싶어하는지, 돈을 갖기 위해 어떤 일들을 하는지, 당시에는 보이지 않던 내 말과 행동과 표정과 몸짓이 보인다. 몰입해 글을 써나가다보면 어느 순간, 돈이 모든 것을 할 수 있을 것처럼 보이는 막강한 자본의 시대를 사는 내가 허우적거리며 헤엄치는 모습이 눈에 들어온다. 내 옆에서 함께 허우적거리는 다른 사람들의 움직임도 보인다. 거대한 그림 속에서 나와 내 주변 사람들을 보고 나면 마음이 가라앉는다. 내가 해왔던 일, 하고 있는 일, 앞으로 하게 될 일의 의미를 알게 된다. 그 과정에서 가치의 전복이 일어난다. 돈의 자장 안에서 살고 있지만 그럼에도 돈에 완전히 포박되지 않은 채 살아갈 수 있다는 사실을 알게 된다. 돈의 소유가 행복의 보장으로 직결되지 않는다는 사실도 알게 된다.

행복은 어디에서 오는가. 만족감에서 온다. 만족감은 어디에서 오는가. '앎'에서 온다. 내가 무엇을 가질 수 있었는지, 내가 할 수 있는 일이 무엇이고 할 수 없는 일이 무엇이었는지, 무엇이 사회의 탓이고 무엇이 내 탓인지, 돈이 사람에게 미치는 영향이 어떤 양상으로 나타나는지와 같은 인과관계를 알게 되면 막연했던 욕망이 구체적인 형상으로 바뀐다. 내가 진짜 갖고 싶어하는 것이 무엇이고 갖지 않아도 별 상관없는 것이 무엇인지 알게 되면 물질에 대한 욕망도 제어할 수 있다. 내가 어떤 순간에 굴욕감에 지배당하고, 어떤 순간에 굴욕감을 소화할 수 있는지 파악하면, 인간관계에서 발생하는 다양한 분노의 순간을 분류해 각각 다르게 대응할 수 있다. 이 모든 과정을 가장 빠르게, 가장 효과적으로 실현하는 것이 글쓰기다. 그러니 이렇게 말할 수 있으리

라. 나는 내 자본주의적 욕망을 인정하고 잘 제어하기 위해 글을 쓴다고.

큰 선에서 보면, 글을 쓰는 두 번째 이유, '자본주의에 지지 않기 위해서'라는 이유도 첫 번째 이유에 속한다고 볼 수 있다. 자본주의가 몇십 년 내에 사라질 가능성은 없으니, 아마 이 시대를 사는 우리는 평생 자본주의와 '밀당'을 해야 할 것이다. 돈을 우습게 보지 않되 돈에 점령당하지 않는 것은 금전의 위력이 역사상 그 어느 때보다도 막강한 이 시대를 사는 우리가 필수적으로 장착해야 할 '존재 실력'이다. 결국 이런 실력을 갖춘 이의 삶과 존재 방식을, 동시대인들은 인정하고 선망하게 된다. 그러니 내가 글을 쓰는 두 번째 이유, '자본주의에 지지 않기 위해서'라는 이유는 결국 인정욕구에 귀속된다고 볼 수 있다.

이제 두 가지 이유를 통일해 다시 한번 말해보자. 나는 왜 쓰는가? 인정받기 위해 쓴다. 속임수나 얄팍한 술수가 아닌 뜨겁고 묵직한 가슴으로 덤벼들어 '제대로' 인정받기 위해 쓴다.

작가들은 다 너와 같은가? 누구나 인정받고 싶어서 쓰는가? 누군가 묻는다면 나는 크게 고개를 끄덕이겠다. 모든 작가들이 너처럼 인정받고 싶어서 쓴다면, 그렇다면 공동체는 어떻게 되는가? 이타적 마인드는 누가 담당하는가? 다시 묻는다면 나는 이렇게 답하겠다. 인정욕구와 이타적 마인드는 서로 배치되지 않는다고. 내 욕구를 채우는 것이 곧 공동체의 선에도 보탬이 될 수 있다고. 남들에게 제대로, 고급스러운 방식으로 인정받겠다는 마음이 곧 이타적 마인드로 연결된다고.

자, 이제 다시 한번 결어를 외칠 차례다. 나는 왜 쓰는가? 인정받기 위해 쓴다. 인정욕구가 첫째 이유요, 둘째 이유요, 셋째 이유다. 어떤 인정을 받고 싶은가? 고급스러운 루트를 통해 건너오는 인정을 받고 싶다. 어찌나 세련된 방식을 취했는지 인정의 대상이 되는 행위가 애초에 행위자의 인정욕구에서 비롯되었다는 사실을 인정해주는 이들조차 눈치채지 못하게 되는 그런 방식의 인정을.

04

작가를
둘러싼
사람들

편집자

공무원, 직장 상사 혹은 선생님?

작가가 만나는 사람들 중 가장 중요한 사람은 편집자이다. 작가는 만나는 다른 모든 사람들과 잘 지내지 못할지라도 단 한 사람, 편집자와는 잘 지내야 한다. 그렇지 않으면 책을 낼 수 없다. 첫 두 책을 내던 시기, 내게 편집자는 공무원 혹은 직장 상사 같은 존재였다. 당연히 그곳에 있는 사람, 반드시 지켜야 할 규칙을 실행하는 딱딱하고 무서운 사람. 선생님 같은 존재라는 생각도 있었다. 결과적으로, 편집자는 선생님이 맞다. 그리고 나는 편집자에 대해 내가 규정했던 세 번째 정체성, '선생님' 상을 이후에도 줄곧 가져가게 된다. 그러나 선생님이라는 개념에는 조금 차이가 있어, 초반에 내가 생각했던 선생님이 다소 무섭고 강제적인 의미의 존재였다면 후반에 내가 체감하는 선생님은 피가 되고 살이 되는 지식과 혜안과 경험을 아낌없이 뿌려주는 그런 인물이었다.

문학상을 타고 온갖 나이브한 생각에 빠져 꽃처럼 행복해하던 시기, 편집자들은 내게 설렘과 못마땅함을 동시에 안겨주었다. 나를 '작가님'이라 부르고 대우해줌으로써 설레게 했고, 내 원고에 빨간 펜으로 첨삭을 하고 충고의 말을 해줌으로써 못마땅해하는 마음을 유발했다.

10년의 세월이 흐른 지금, 문득 궁금해진다. 나를 작가님이라 부르며 따뜻하게 대해주었던 그들, 오랜 출판 경력을 갖고 있으면서도 새로 들어온 햇병아리 같은 나를 '지성인' 취급해주고 존중해주었던 그들, 그들은 진심으로 나를 지성인이라 생각했을까? 내가 내보내는 말과 글이 그들이 겉으로 표현했던 것처럼 멋있고 의미 있다고 생각했을까? 아마 그랬을 것이다.

그러나 마음 한편에서는, 오랜 경륜으로 인해 보고 싶지 않아도 보이는 초보 작가의 특성, 이를테면 앞으로 자신이 무척 잘나갈 거라 확신하며 원대한 꿈을 꾼다거나, 문학상을 탄 것에 나라를 구하기라도 한 양 큰 의미를 부여한다거나, 자기 외의 다른 모든 작가들은 '진짜'가 아니라고 생각한다거나, 와 같은 특성을 인지하고 슬그머니 미소를 짓지 않았을까?

　그런 견지에서 보면, 작가가 되던 초기에 내가 만났던 편집자들은 참으로 휴머니즘이 강한 사람들이었다. 초보 작가인 나를 진심으로 환영해주고, 대우해주고, 필요할 때는 충고의 말도 서슴지 않았으니까. 지금 생각해보면 굳이 그런 말들을 해주지 않아도 되었는데, 그들은 나와 사이가 어긋날 것을 무릅쓰고 내게 듣기 쓴 말들을 해주었다. 그것이 고마운 일이라는 것을, 나는 한참의 세월이 지난 뒤에야 알게 되었다.

　그들이 휴머니즘이 강한 이들이라고 강조하는 까닭은 특히, 그들과 내가 성향이 매우 다른 사람들이었다는 사실 때문이다. 이것 역시 당시로부터 한참이 지난 후에야 알게 되었는데, 그때 만난 서너 명의 편집자들과 나는 문학적 지향점이랄까, 취향이랄까, 그런 게 달랐다. 매우 달랐다.

　나는 시적이고 아름답고 예술적인 이야기보다 현실에 단단히 발을 붙인 이야기를 좋아한다. 읽어서 좋다고 생각했던 책들도 다 그런 쪽이었다. 나는 무라카미 하루키보다 무라카미 류가, 헤르만 헤세보다는 서머싯 몸이, 오정희보다는 박완서가, 에세이스트로는 임경선보다 김현진이 더 좋다. 철학계에서 꼽자면 니체보다는 푸코가, 하이데거보다는 마르크스가 더 매력적이다. 작가 생활 5년 차를 넘어가면서는 철학·사회학·경제학 책들을 탐독하게 되었는데, 그중에서 가장 끌린 것은 경제학 책들이었다. 아마도 현실을 바탕으로 한 학문이기 때문이리라. 편의상 분과를 나누어 예를 들었지만 사실 분과가 무엇인지는 중요하지 않다. 어떤 장르의 어떤 책이든, 어떤 주제이든, 나는 현실에 단단히 발을 붙인 상태에서 메시지를 풀어나가는 책들이 좋았다. 시적이고 낭만적이기보다는 건조하고 엄격한 문체로 사회현상을 묘파해나가는 책들이 좋았다.

첫 번째 책과 두 번째 책을 만들어나가는 과정에서, 편집자들과 빈번히 부딪쳤다. 이들이 내 글에서 고치거나 빼고 싶어하는 부분들이 내가 생각할 때는 원고에서 꼭 필요하다 싶은 부분들이었다. 당시엔 내가 지극히 현실적인 쪽을 좋아한다거나 나를 담당한 편집자들이 시적이고 예술적인 쪽을 좋아한다는 의식이 전혀 없었다. 그렇기에 갈등 상황 앞에 서면 어찌해야 할 줄을 몰랐다. 내가 생각할 때는 반드시 필요하다 싶은 대목을 편집자들이 빼라고 하면 대체 어떻게 반응해야 하는 걸까? 나 자신에 대해 잘 몰랐고, 작가로서의 정체성 또한 희미했기에, 문제가 복잡했다. 나는 공무원이자 직장 상사이자 선생님인 편집자들의 말을 다 따라야 한다고 생각했다. 나는 뭣도 모르는 초짜, 저쪽은 모든 걸 다 알고 있는 '안정적'인 베테랑 경력자들로 간주했기에, (아마도 수준 낮고 합리적이지 않을) 내 의견을 억누르고 그들의 말을 따르는 것이 최선이라고 생각했다. 그래서 처음엔 수정 사항을 다 오케이 했다. 그러나 내 원래 문장들에 대한 미련을 소거시키지 못해서, 막판에 다시 의견을 뒤집었다. 사안마다 다 그렇게 대응했던 건 아니고, 수정 의견이 온 분량 중 아마도 3분의 1 정도의 분량에 그렇게 대응했던 것 같다.

받아들이겠다고 하더니 왜 저래? 저럴 거면 처음부터 의사 표현을 분명히 하든가. 아마 편집자들은 그렇게 생각했을 것이다. 아니면, 그들은 내가 초짜이니 그렇게 할 것을 예상하고 있었을까? 아무튼 중요한 건, 그 과정에서 내가 그들과 부딪쳤다는 것이다. 매우 찜찜한 방식으로. 내게서 다른 의견이 나오는 이유에 대한 근본적인 성찰이 없었으므로, 내 태도는 일관되지 않았다. 편집자들 의견을 받아들일 수 없는 이유에 대해서도 '왠지 아닌 것 같다'거나, '그래도 내 원래 문장으로 갔으면 좋겠다'는 말보다 더 그럴싸한 이유를 대지 못했다.

어느 날 나는 예전에 써놓았던 원고 하나를 편집자들에게 보여주었다. 편집자들은 에둘러서 그 원고를 출간해주기는 힘들겠다는 의사를 비치었는데, 그 과정에서 편집자들 중 한 명이 내게 진지하게 말했다.

"저는 작가님이 앞으로 더 발전하는 작가가 되시길 바랍니다."

애정 어린, 진심에서 우러나오는 충고였다. 지금 네가 내민 원고는 이러저러한 이유로 내줄 수 없지만, 너는 가능성이 있는 작가다. 노력하면 앞으로 좋은 작품을 많이 쓸 거다. 이런 요지였다.

"작가들 중에는 처음 한두 작품을 내고 계속 퇴보하는 작가가 있고, 쓸 때마다 기존의 작품을 뛰어넘는 작가가 있죠."

그러면서 그는 국내의 C 작가를 예로 들었다. 처음에는 그저 그런 작품을 냈는데 시간이 갈수록 큰 폭으로 성장했고, 지금은 초반의 C와 지금의 C가 동일 인물인지 의심스러울 정도로 달라진 작품을 쓰고 있다고.

나는 눈을 동그랗게 떴다. C 작가는 당시 문단에서 가장 잘나가던 작가였다. 그 작가의 일화를 들려주는 게 내심 기분이 좋았다. 이 편집자가 지금 나도 향후에 C처럼 대성할 만한 작가라고 말하는 건가? 내가 가능성이 있는 작가라는 말인가?

집으로 돌아와 C의 작품을 모조리 주문했다. 며칠에

걸쳐 독파했다. 그런데 그다지 '좋다'는 느낌이 들지 않았다. C의 작품은 예전에 한 편 읽은 적이 있었는데, 그때도 '그냥 그랬다'. 그렇게 별 감흥을 받지 않고 넘어갔는데, 이번에 편집자의 말을 듣고 다시 읽어보니 더더욱 별 감흥이 없었다.

음.

나는 쌓아놓은 C의 책들의 책등을 훑어내렸다. 매우 시적인 산문을 쓰는 작가답게, 제목들도 무척 시적이고 아름다웠다. 그런데 내게는 그런 특성이 근사하게 다가오지 않았다. 좋게 말하면 길게 쓴 몽환적이고 아름다운 시처럼 느껴졌고, 박하게 말하면 발에 땅을 한 번도 붙이지 않고 쓴 허황된 소리처럼 느껴졌다.

C의 작품들을 읽었을 때, 내가 왜 책을 만들면서 편집자들과 많이 부딪쳤는지 눈치챌 수도 있었을 것이다. 선량함으로 가득한 유능하고 지적인 베테랑 편집자들인 그들이 근본적으로 내 글을 좋아할 수 없는 이유를 알아챌 수도 있었을 것이다. 지금 생각해보면 그들은 매우 '시적이고' '문학적인' 글을 좋아하는 이들이었다. 내가 쓰는 지지고 볶는 이야기들, 인간의 이중성을 시뻘겋게 드러내 보이는 스타일이 거칠고 팍팍하게 느껴졌을 것이다. 선량하지만 내 글을 좋아할 수 없었던 그들은 자꾸만 내 글에서 느껴지는 '문학적

이지 못해 보이는' 부분들을 쳐내려 애썼고, 역시 선량하고 제 글을 사수하고 싶어하지만 왜 제 글을 사수해야 하는지는 잘 모르는 초짜 작가는 잘라내는 부분들의 부피를 줄이려 애썼다. 그렇게 세 번째 책까지 냈고, 그 와중에 내 안에서 '편집자는 무섭고 부담스럽고 골치 아픈 사람'이라는 선입견이 강해졌다.

편집자 K

K와 만난 것은 공부 모임에서였다. 출판사 사장이자 편집장인 K는 일 때문에 바쁜 티가 역력히 나는 인물이었음에도 꾸준히 모임에 나왔다. 혼자 읽기 어려운 고전 철학을 읽고 석 달 코스 마지막 주에는 긴 에세이를 써서 내야 하는 다소 '빡센' 코스였다. 나는 K와 친해지려고 애썼다. 그는 업계에서 관록이 있는 저명한 편집자였다. 세 번째 책 출간을 코앞에 두고도 여전히 편집자와의 관계에서 골머리를 앓는 내게 모종의 도움을 줄 수 있을 것이었다.

당시 내가 고민하던 부분은 책의 '상업성'이었다. 책이 잘 팔리느냐 안 팔리느냐가 내게는 전혀 중요하지 않은데, 편집자들이 그 부분에 너무 신경을 쓰는 것 같았다. 판매량 같은 게 뭐가 중요하단 말인가. 작가인 내게 중요한 것은 오직 작품성, 작품성뿐이었다. 대체 왜 독자 반응을 생각해야 하는가, 속물같이? 편집자들이 자꾸만 '독자들이 읽기에는……' 혹은 '어느 정도 판매량이 나와줘야……' 운운하는 게 신경에 거슬렸다. 상관없다니까! 작가인 내가 판매량 따위 괜찮다는데 왜 자꾸 그러는 거냐고!

"편집자들이 자꾸 많이 팔겠단 생각만 해서 어떻게 해야 할지 모르겠어요."

K와 처음으로 세 마디 이상의 대화를 나누었던 날, 이런 말로 운을 뗐다. 추위가 매섭던 겨울, 함께 버스 정류장으로 걸어가던 도중이었다. 입에서 하얀 김이 뿜어져 나오고, 그 김 한가운데로 내가 방금 내뱉은 '속물'이라는 말이 형태를 이루어 날아 올라가는 듯했다.

"편집자들은 많이 팔 생각만 하지 않습니다."

그가 말했다. 시선은 앞을 향한 채로, 얼굴에 살짝 웃음을 머금고 있었다.

"네?"

그의 옆얼굴을 보면서 응수했다.

"판매량만 생각하거나, 거꾸로 작품성만 생각하거나, 그런 편집자는 한 명도 없어요."

그가 말했다. 앞을 본 채였고, 이번에는 웃음기가 없었다.

"아…… 네……"

내 고개가 천천히 주억거렸다.

한동안 침묵이 흘렀다. 버스 정류장에 도착했을 때 그가 다시 말했다.

"작가님이 생각하는 것처럼 편집자들 속물적이지 않아요. 그렇다고 속물적이지 않은 것도 아니지만요."

말한 뒤 그가 살짝 웃었다. 나를 쳐다보면서. 수줍은 듯 살짝 웃는 것이 그의 특징이라는 것을 그때 알아차렸다. 활짝 웃지 않고 웃는 듯 마는 듯 애매한 표정을 짓는 게 기묘하게 선한 인상을 자아낸다는 것도 그때 인식했다.

버스를 타고 지하철역에 도착했고, 우리는 반대 방향의 지하철을 타기 위해 안녕을 고했다. 혼자 지하철을 타고 돌아오는 길, K가 했던 말을 곱씹었다. 그가 해준 말의 의미를 깨달은 것은, 내가 내릴 역에 곧 당도할 것임을 알리는 지하철 방송이 나올 때쯤이었다.

몇 마디에 지나지 않는 짧은 말을 곱씹어 발효시키자 삼사십 분 전의 내 모습이 다른 형태로 드러나기 시작했다. K에게 나는 이렇게 웅변하고 있었다.

나는 돈 같은 건 관심이 없다. 그런데 속물인 편집자들이 자꾸 돈에 눈독을 들인다. 고결한 내게는 참으로 곤혹스러운 일이다!

부끄러움이 밀려왔다. 자기 이름으로 책을 내면 인간이 발전하는 게 아니라 퇴행하는구나! 책을 내고 작가로 불리는 일에 서린 함정이 또렷하게 보이기 시작했다. 내 이름이 박힌 책을 손에 쥐고, 내 이름 뒤에 '작가님'이라는 호칭이 따라오는 경험이 쌓이면서, 나는 점점 나를 뭐나 되는 인물인 양 생각했다. 인류 평화와 약자들의 권리 신장과 환경 보호에 시종일관 힘쓰며 돈 같은 물건엔 꿈에도 관심 없는 인간, 꼿꼿하게 고개를 쳐든 '학' 같은 인물로 여겨왔다.

너 진짜 돈에 관심 없어? 유명해지고 싶지 않아? 눈을 부릅뜨고 묻는다. 내 내면 깊은 곳의 자아가 화들짝 놀라며 고개를 돌린다. 못 들은 척 방금 날아온 질문을 뭉개려 든다. 그러나 답은 너무나 명확하게 나와 있다. 사실 나는 내 책이 잘 팔리길 바랐다. 잘 팔리면서 자연스럽게 유명해지길 바랐다. 물론 책의 완성도에 관심이 있지만, 그에 못지않게 판매량과 유명도에도 관심이 있었다.

그렇다면 왜 판매량 같은 건 꿈에서조차 관심이 없는

척했던가? 이 질문 역시 투척과 동시에 답이 나온다. 두려웠기 때문이지! 지하철이 멈추어 선다. 나는 지하철 문이 열리기를 기다리며 어깨를 웅크린다. 무서웠던 것이다, 정아은은. 안 팔릴까봐. 아무도 안 읽어줄까봐 무서웠던 것이다. 그래서 처음부터 많이 팔리는 것 따위에는 관심 없는 척했다. 지하철 문이 열리고, 내 발이 승강장으로 나아간다. 푸하하, 그런 주제에 편집자들에게 속물 운운했구나. 나=학, 편집자=세계 최고 속물, 구도를 만든 뒤 흑백논리 시전하기 대회를 벌였구나.

K는 그런 내 아집을 꿰뚫어 보았을 것이다. 4년 차 경력 작가의 설익은 사고가 바로 손에 잡혔겠지. 슬쩍 쳐다보며 엷게 웃던 K의 얼굴이 떠오른다. 그렇게 웃으며 슬쩍 시선을 맞추는 것은 30년 경력 베테랑 편집자가 해주는 배려였을 것이다. 교과서 같은 원론을 간결하게 들려주는 게 떠올릴 수 있는 가장 좋은 충고였을 것이다.

이후 K는 다른 출판사에서 '까였다'며 세상이 무너져내린 듯 날뛰는 내 이야기를 들어주고, '까인' 원고를 읽어주고, 원고에 대한 의견을 주고, 읽어줄 다른 이들을 구해 독회를 열어주고, 그 과정을 통해 내가 만들어낸 글의 질감을 체감할 수 있게 해주었다. 원고가 품은 장점과 단점을 알고, 앞으로 내가 어떻게 해야 할지 감을 잡도록(=그 원고를 깔끔히 포기하고 다른 원고를 시작하도록) 해주었다. 내 쪽에서도 K가 기획하는 프로젝트의 구상을 듣고 의견을 주거나, 출간을 앞둔 책을 읽고 가독성을 체크해주는 등, 여러 층위의 도움을 주었다. 같이 공부하는 사이로 만나 서서히 우정을 나누는 친구가 된 것이다. 그리고 어느 시점에, K와 나는 합심해 책을 내게 되었다. 내미는 원고마다 족족 거절당하던 시점, K는 내가 쓰고 있던 서평 더미에 관심을 보였다. 책으로 만들기 위해 썼던 원고는 아니었다. 그저 책을 읽고 들었던 생각을 기억해두고 싶어서 썼던 글들의 모음이었다.

"이게 책이 될까요?"

반신반의하며 원고를 보냈다. K는 이 원고를 좋아했다. 이전에 내밀었던 원고에는 두 달이 지나도록 답을 하지 않았는데, 이 원고에는 며칠 만에 반응을 보였다. 출간하고 싶다는 의사도 확실하게 내비쳤다.

그렇게 해서, 내미는 족족 출판사에서 '까이던' 징크스를 깨고 다시 책을 내게 되었다.《당신이 집에서 논다는 거짓말》이라는 제목으로 출판된 이 책을 통해, 나는 그 어느 때보다 많은 독자와 만나게 되었다. 강연이나 원고 청탁 등 외부에서 들어오는 요청도 물밀듯 몰려왔다. 그때는 몰랐는데 지

금은 선명하게 보인다. 거절의 바다에서 허우적거리던 시절,
《당신이 집에서 논다는 거짓말》 원고만이 예외적으로 책이
되었던 이유가. 이유는 '아무 생각 없이' 썼다는 데에 있었다.
책 출간과 그에 따라오는 영광을 염두에 두지 않고 그냥 썼
다는 데에. 읽은 책들에 대해 떠오르는 상념을 기억해두겠다
는 내적 소망에 자연스럽게 부응했다는 데에. 내 안에서 흘
러나오는 자연스러운 소망을 '진짜'라고 한다면,《당신이 집
에서 논다는 거짓말》에는 '진짜'가 담겼던 셈이다.

　　K와 몇 년간 교유하며 확실하게 배운 것이 있다. '자본
주의 대처법'이다. K는 수년간 몸담았던 M 출판사에서 나
와 자기 출판사를 차린 뒤 편집자 두 명 혹은 한 명, 사정이
좋지 않을 때는 혼자서 작업하며 책을 내왔다. 1년에 대여
섯 종을 냈으니, 두 달에 한 번꼴로 책을 낸 셈이다. 나는 책
은 미학, 자본주의 비판, 철학 관련 책들로, 그다지 잘 팔릴
것으로 전망되는 종류가 아니었다. 하지만 그가 내는 책들
은 각각 밀도가 높고 날카로운 혜안을 담고 있었다. 이렇듯
K는 썩 잘 팔리지 않는 인문사회 분야의 책들을 내며 8년간
출판사를 경영해왔다. 작은 규모의 출판사를 경영하며 꾸
준히 책을 기획하는 K를 보며, 숨을 쉬기만 해도 돈이 나가
는 것처럼 느껴지는 이 시대를 어떻게 헤쳐나가야 하는지를

배웠다. K는 책을 팔아 이익을 남기기 위해(=많이 팔기 위해) 열심히 노력했지만, 그것이 그가 책을 만드는 이유의 전부는 아니었다. 사회에 소금처럼 쓰일 내용을 기획하고 저자를 발굴하려 애썼지만, 그렇다고 그 책을 팔아서 이익을 남기겠다는 마인드가 아예 없는 것은 아니었다. 그의 내면에는 상품을 팔아 잉여 이익을 창출하겠다는 동기와 좋은 책을 만들어 보람을 느끼겠다는 동기가 비등비등한 비율로 들어 있었다.

나와 책을 내던 시기, K는 경제적 어려움으로 크게 휘청였다. 그동안 쌓인 빚이 눈덩이처럼 불어나 압박하고 있었다. 그는 출판사의 존속을 놓고 고민했다. 결국 힘들더라도 출판사를 계속해나가는 쪽으로 방향을 잡은 그에게, 조금 뒤 행운이 찾아왔다. 내 책 바로 뒤 순서로 그가 기획해서 낸 책이 화제가 되면서 엄청나게 팔려나가기 시작한 것이다. 가파르게 올라가던 그 책은 결국 종합 베스트셀러 1위를 찍었다. 오랜 세월 작은 출판사를 이어오며 양서를 내온 그에게 일어난 깜짝 기적이었다. 동화 같고 영화 같은 그 해피엔딩은 지켜보는 이들에게 열심히 살면 나도 잘살 수 있겠다는 믿음을 갖게 하는 완성형 미담으로 맺혔다.

그 어느 시대 버전보다 정교해지고 강력해진 자본주의

체제에서 살아가는 우리는 돈의 자장에서 벗어날 수 없다. 각자의 방식으로 이윤 창출에 뛰어들어야 하는 이유다. 그렇다고 이윤 창출 동기에 완전히 점령당하는 것은 미학적으로 그리 아름답지 않다. 그러니 태어나 한 생을 부여받은 우리들 각자는 자기가 선 자리에서 최선을 다해 시대가 부여해준 이윤 창출 의무와 인간이 대대로 품어온 전통적 욕망(자기 삶을 아름답게 만들려는)이 조화를 이루도록 해야 한다.

자본주의 체제하에서 어떻게 살지 그림을 그리는 것은 네가 살아온 역사와 그 역사를 통해 몸에 익힌 삶의 기예에 달렸을 것이다. 그러니 너는 나의 삶을 모델 삼아 너의 삶을 미학적으로 세련돼 보이게 만들어보도록 하여라. 수줍은 듯 웃으며 그가 내게 보낸 것은 이런 메시지였을 것이다. 처음에는 메시지를 제대로 수신하지 못했다. 만남이 지속되면서, 나는 출판계 대선배인 이 원로의 메시지를 서서히 알아듣게 되었다. 그리고 현재, '돈 같은 건 쳐다보지도 않는 고고한 학'이었던 내 자아상은 '비자본주의적 동기가 자본주의적 동기보다 눈곱만큼이라도 더 많이 들어 있는 삶을 영위하려고 버둥거리는 유한한 사피엔스 종'으로 바뀌었다.

편집자 W

W와 처음 만난 것은 H 출판사가 주최한 행사 자리에서였다. 멀찌감치 떨어진 곳에 앉아서 잠깐 고개를 까딱해 보인 것이, W와의 첫 만남에서 나눈 교유의 전부였다. W는 높은 톤의 목소리와 환한 미소가 인상적인 인물이었다. 그 후로 H 출판사를 방문했을 때 사내에서 우연히 만나면 W가 반갑게 인사를 해주었다. 가끔 자신이 편집한 책을 보내주기도 했는데, 보내준 책에 대해 내가 문자로 감사를 표하거나 감상평을 보내면서, 그와 나 사이에 조금씩 친분이 생겨났다.

다소 먼 방식의 인연을 이어가던 W와 본격적으로 인연을 맺은 것은 내가 대학원 진학 결심을 무른 뒤 덤벼들어 쓴 소설을 완성했을 때였다. 이 원고는 처음부터 네 명의 편집자에게 송고했더랬다. 원고가 거절당할 경우를 대비해 여러 명에게 보내놓자 싶었다. W는 네 명 중 가장 빠르게 답을 보내온 편집자였다. 그의 메일은 원고를 보낸 지 이틀 만에 왔다. 거절 메일일 거라고 100번쯤 되뇐 뒤 눈을 감고 메일을 클릭했다. 첫 줄을 읽자마자 안도의 한숨이 새어나왔다. 눈물을 글썽였던가. 그랬던 것 같다. 메일의 발신자가 원고를 긍정적으로 평가하고 있음을 알 수 있는 말들로 이루어진 첫 문장이었다. W는 이렇게 재미있는 소설을 읽는 것은 매우 오랜만이라면서, 원고를 넘겨줄 의향이 있다면 자신이 이 원고를 출판하고 싶다고 했다. 의심의 여지가 조금도 없는 또렷한 의사 표시였다. 메일을 읽어내린 뒤 눈을 감고 의자에 푹 기댔다. 곤두서 있던 신경이 가라앉고, 온 세상이 축복의 바다로 변해 반짝였다. 아아, 세상은 얼마나 멋진 곳이란 말인가.

원고를 출판해주신다니 이제 죽어도 여한이 없을 것 같다고 쓰고 싶은 마음을 억누르고 절제된 문장으로 답신을 만들어 보냈다. 좋게 읽어주어서 기쁘다, 그대와 그대가 소속된 출판사와 함께 이 원고를 책으로 만들었으면 좋겠다, 라는 요지의 답신을.

며칠 뒤 다른 편집자들에게서도 답이 왔다. 두 명은 원고를 마음에 들어했고, 나머지 한 명은 못마땅해했다. 원고를 탐탁지 않아하는 한 명인 D와는 직접 만났다. 두 시간 남짓 지속된 만남의 시간, D는 한 시간 50분 동안 열변을 토했다. 이 부분은 이렇게 바꾸면 좋겠고, 저 부분은 저렇게 바꾸면 좋겠다, 작가님이 못 쓰셨다는 건 아니지만 요즘 시대에 이런 식으로 쓰면 오해받기 딱 좋다, 그러니 고쳐 쓰셔야 한다…… W의 평가와 데칼코마니 대칭을 이루는 듯한 의견이었다. W가 특히 매력적이라고 언급했던 부분을 D는 펄쩍펄쩍 뛰며 고쳐야 한다고 강변했고, W가 조금 진부하다고 지적했던 부분을 D는 무척 잘 썼다고 평가했다. 나는 입을 딱 벌렸다. 달라도 이렇게 다른 평가를 내릴 수가 있을까! 두 사람이 몰래 만나 정반대 의견을 내자고 합의하기라도 한 양, 정확히 반대편에 선 확고한 의견들이 두 편집자에게서 흘러나왔다.

　　D와의 미팅은 큰 위안으로 다가왔다. 같은 원고라도 읽는 사람에 따라 천차만별의 반응을 보일 수 있다는 사실이, 언제나 내 마음 한구석에 웅크리고 있는 '출판되지 못한 글더미들'을 부드럽게 어루만져주었다. 세상에 나가지 못한 가엾은 아가들아, 너희들도 다른 편집자에게 읽혔다면 사랑받았을지 모른단다! 실상은 그렇지 않았을 가능성이 높다는 사실을 알았지만, 다른 이 앞에 놓였다면 다르게 평가받았을지도 모른다는 생각은 커다란 위안이 되어주었다. 그러니까 나는 이런 명제를 손에 쥐게 되었던 것이다.

　　세상에는 구름처럼 많은 사람이 있고, 그 모든 사람이 내가 쓴 글을 좋아할 수는 없다!

이 경험을 곱씹으며 나는 다짐했다. 앞으로 쓰는 원고는 되도록 많은 이들에게 읽어달라 해야겠다고. 그동안 혹평받을 게 두려워 한 명 혹은 두 명에게만 보여주었더랬다. 그리 현명한 방침이 아니었다는 생각이 들었다. 작가는 제 글을 제대로 못 읽는 법이 아닌가. 타인의 시선을 빌려야 한다. 되도록 다양한 타인의 시선을. 그러니 평가에 대범해져야 할 것이다!

원고에 호감을 보여준 두 명의 편집자들에게 먼저 출간 의사를 보여준 편집자와 작업하기로 했다고 사과 메일을 보낸 뒤, W와 일을 시작했다. W는 사안에 대한 반응이 신속하고 의사 표현이 분명한 편집자였다. 되면 된다, 안 되면 안 된다, 거의 즉각적으로 답했고, 좋고 싫음을 확실하게 표명했다. 이런 특성은 함께 일하는 이에게 안도감을 준다. 상대가 어떤 생각을 하고 있는지 알고, 앞으로 어떻게 나올지 예측할 수 있기 때문이다. 같이 작업하는 편집자의 특성은 작가에게도 전염되기 마련, 나는 내게 안정감을 준 이 특성을 배우겠다고 마음먹었고(나도 함께 일하는 이들에게 마음의 평온을 주리라!), 이후 내게 들어오는 일 관련 메일에 전광석화처럼 반응하게 되었다.

W에게 내재한 특성 중 가장 좋았던 것은 그의 '실력'이

었다. 그가 이때까지 해왔던 작업이 문학이 아니라 인문사회 분야였다는 점이 살짝 마음에 걸렸는데, 같이 일해본 결과, 그는 문학에 조예가 깊은 인재였다. 그와 장편소설《그 남자의 집으로 들어갔다》에 이어 속편인《어느 날 몸 밖으로 나간 여자는》까지 두 권을 연달아 작업했다. 그중 속편인 《어느 날 몸 밖으로 나간 여자는》 작업을 할 때, 굉장한 도움을 받았다. 알고 보니 그는 기나긴 출판 경력 중 짧지 않은 기간 동안 세계문학 작품을 편집하며 고전문학에 통달했던 편집자였다. 이전에 같이 소설 작업을 했던 편집자들이 모두 '문학 전문 편집자'였고 W는 문학 전문 편집자가 아니었음에도, 나는 W에게 누구에게서보다 큰 도움을 받았다고 느꼈다. W는 특히 내용을 대용량으로 쳐내고 바꾸자는 의견을 과감하게 냈는데, 의견의 대부분이 소설을 나아지게 만드는 데 보탬이 됐다. 그것은 조금 놀라운 일이었다. 이때껏 어떤 편집자도 그렇게 과감하게 수정 의견을 준 적이 없었던 것이다. 또한 내 쪽에서 그 정도 규모의 수정 의견을 받아내고 소화한 적도 없었다.

　W와 두 권의 소설을 작업하는 과정은 고무적이었다. 이 과정에서 나는 많은 것을 깨닫게 되었는데, 특히 편집자와 작가의 관계에 대해 통찰하게 되었다. 통찰은 의문에서

시작했다. 왜? 왜 나는 이 편집자와의 관계에서 이렇게 흡족해하고 많은 것을 거두었다는 느낌을 받는가? 처음에는 W의 실력이 출중하기 때문이라고 생각했다. 그는 문학적 조예가 깊을 뿐만 아니라 글도 잘 썼다. 이 대목에서 혹자는 궁금하게 여길지도 모르겠다. 편집자가 왜 글을 잘 써야 하는가? 작가 입장에서(모든 작가가 그렇지 않을지도 모르니 '나 같은 작가 입장에서'라고 정정하기로 하자) 편집자가 글을 잘 쓰는지 여부는 중요하다. 편집자가 작가의 작품에 대한 보도자료를 작성하기 때문이다. 보도자료란 각종 매체에 책의 성격에 대해 알리는 글로, 대개 A4 5~6장, 길게는 7~8장에 달한다. 이 글의 일부는 책의 앞뒷면에 카피로 쓰이고, 대부분은 인터넷 서점에 소개 글로 등록되며, 일부분은 신문 기사에 인용된다. 책의 얼굴이자 대표 문구가 되는 셈이다.

작가 생활을 하던 초반에는 보도자료의 중요성을 몰랐다. 내는 책의 권수가 늘어나고 책 출판의 메커니즘에 대해 알게 될수록, 보도자료의 중요성을 인식하게 되었다. 만일 내게 '정아은을 그다지 좋아하지 않고, 그런 나머지 친절하지 않게 대하지만 보도자료를 잘 쓰는 편집자' vs. '정아은을 매우 좋아하고 친절하게 대해주지만 보도자료를 그리 잘 쓰지 않는 편집자' 중 택일해야만 하는 잔인한 선택지가 있다면, 나는 이를 악물고 전자를 택할 것이다. 보도자료는 책의 첫인상이자 때로는 (무슨 책을 읽으면 좋을지 관심 갖고 찾아보는 이들에게) 책의 모든 것이 되며, 상당수의 사람들이 보도자료의 문구를 작가가 직접 썼다고 생각하기 때문이다.

다시 W의 실력 운운으로 돌아가자. 나는 W가 문학적 조예와 글쓰기 능력을 갖춘 짱짱한 실력자이기에, W와의 작업이 이토록 충만감을 주는 것이라 생각했다. 그러나 W와 세 번째로 함께한 책인 《높은 자존감의 사랑법》을 작업하는 동안 알게 되었다. W와의 작업이 내게 배움과 충만감을 동시에 주는 기쁜 일로 맺혔던 것은 그의 실력 때문이 아니었다. 분명 W의 실력은 출중하다. 그러나 돌아보면 그전에 함께 작업했던 다른 편집자들도 실력은 모두 출중했다.

물론 W와 세 권의 책을 작업하는 동안 달콤하고 화기애애하기만 했던 것은 아니었다. W는 때로 이전에 만났던 편집자들은 절대로 하지 않았던 매우 과감하고 커다란 '지적질'을 하며 수정을 요구해오기도 했다. 나는 놀라고 상처받아서 울 뻔했다(사실 몇 번 울었다). 직설적이고(내가 만난 편집자들 중 가장 직설적이었다) 번개 같은 수정 요구를 받으면 기분이 상해서 주먹을 불끈 쥐고 '당신이랑 더 이상 안 할 거야! 내가 책을 안 내고 말지!'라고 천지신명께 맹세하기도 했다(실은 모든 편집자들과 작업할 때 이런 결심을 한다. 그러지 않은 적이 한 번도 없었다. 다른 대범하고 멋있는 작가들은 어떤지 모르겠지만 나 같은 미물은 그렇다). 그러나 이내 평정심을 되찾고 냉정하게 대응했다. 시간이 지나 지적당해 아픈 마음이 수그러든 뒤에는 받아들일 만한 의견과 그렇지 않은 의견을 구분할 수 있었고, 그에 따라 원고를 수정하거나 수정하지 않고 보냈다. 그러곤 다시 빠르게 일을 진척시켜나갔다. 이 과정에서 다른 편집자들과 작업할 때와 다른 점이 한 가지 생겨나 내내 나를 따라다녔는데, 그것은 '신뢰감'이었다.

나는 믿을 수 있었던 것이다. 무엇을? W가 내 원고를 매우 좋아한다는 사실을. 그때까지 만났던 편집자들은 내 머릿속에서 내 원고를 '그다지 좋아하지 않았다'. 실제로 그들이 어땠을지는 모른다. 부분적으로는 좋아하고, 부분적으로는 좋아하지 않았을 것이다. 중요한 것은 내가 그들이 내 원고를 그다지 높게 평가하지 않는다고 느꼈다는 점이다. 그렇기에 그들이 지적 사항을 던져올 때, 나는 의심했다.

당신이 내 원고를 좋아하지 않으니까 그렇게 보이는 거지!

상대가 내 원고를 좋아하지 않기에 사사건건 트집을

잡는다 생각했다. 상대가 내 원고에 품은 호감도에 대한 의심은 상대의 의견에 대한 의심을 낳았고, 나는 상대의 의견을 있는 그대로 받아들이지 못했다. 당신이 근본적으로 내원고를 좋아한다면 이 문장(혹은 이 문단 혹은 이 페이지)를 좋게 받아들일 것이다, 라고 내 마음은 부르짖었고, 이러한 부르짖음은 상대에 대한 감정적 대응으로 이어졌다.

물론 이러한 전개 양상에 대해서는 다양한 심리학적 분석이 가능할 것이다. 상대는 전혀 그렇지 않았는데(=내 원고를 좋아했는데) 내가 괜히 기가 죽어서 지레 그렇게 생각했을 수도 있다. 다시 말해, 내가 자존감이 낮아 스스로 상대와의 관계에서 신뢰를 쌓지 못하고 망가진 것일 수 있다. 이런 측면에서 본다면 W와의 관계에서 신뢰가 생겨난 현상을 내가 작가 생활 7년째에 접어들면서 알게 모르게 쌓은 경험치 혹은 경륜에서 기인했다고 볼 수도 있다. 거기에 W가 쌓은 15년 경력자로서의 능숙한 작가 조련(?) 능력도 한몫했으리라.

그러나 그 모든 심리적 원인들 중에서 주요한 원인은 아마도, W와 내가 잘 맞는 인간들이었다는 데서 찾아야 할 것이다. W와 나는 비슷했다. 무엇이? 읽어온 책이 비슷했고, 훌륭하다고 평가하는 작가군이 비슷했다. 물론 돋보기를 들이대고 세부 각론으로 들어가면 갈리는 지점도 있을 것이다. 하지만 큰 선에서 봤을 때, 내가 높이 평가하는 책과 작가를 W도 높이 평가했다. 잘나가는 작가이지만 저 작가 작품은 너무 전형적이야, 라고 내가 남몰래 평가해온 작가를, W도 비슷하게 평가했다. W와 나는 책으로 이루어진 거대한 세상을 비슷한 각도에서 들여다보는 '동족'이었던 것이다.

W와 세 권의 책을 함께 만드는 시간은 작가에게 중요한 것이 무엇인지 알아가는 과정에 다름 아니었다. 작가에게 진정으로 중요한 것은 첫째도 편집자요, 둘째도 편집자요, 셋째도 편집자였다. 작가와 비슷한 관점을 가지고 있고, 그래서 작가의 작품을 높이 평가할 수밖에 없는 편집자. 원고를 만들어나가는 동안 서로 호랑이로 변해서 으르렁거릴지라도 결국엔 상대의 관점을 믿고 내 고집을 꺾을 수 있는 동반자로서의 편집자.

서로 관점이 비슷한 편집자와 작가가 만났을 때 두 사람이 누릴 수 있는 가장 큰 축복은 서로가 서로를 속이지 않아도 된다는 점이다. 각각이 보유한 관점이 어긋나는 경우, 편집자와 작가는 서로를 가르치고 싶은 욕구에 시달린다. 서로 '어우, 이런 이런 쪽 책 좀 읽어보지'라고 생각하고, 서로 상대가 뭘 모르기 때문에 내 의견을 '못' 받아들이는 거라고 생각한다. 진실은 상대가 뭘 '모르는' 게 아니라 상대가 나와 '다른' 종류의 책을 읽고 '다른' 가치를 쌓아왔다는 것이다. 그러나 그 사실을 제대로 파악하지 못했던 초짜 시절의 나는 편집자와 갈등하면 답답하고 억울해서 미칠 것 같았다. 그렇다고 '당신, 이 책 이 책 읽어봐! 그러고 나서 다시 나랑 얘기해!'라고 말할 수는 없어서(감히 누가 누구를 가르치겠는가) 가슴을 앓았다. 편집자들 또한 그랬던 듯하다. 가끔 내게 '작가님, 이런 이런 작가의 이런 이런 책 좀 읽어보세요'라고 매우 예의를 차려서 말했던 장면이 기억난다. 그들도 속이 타서 화병이 나려 했으리라. 이런 갈등은 '선악'이 아닌 '호불호'와 관계된 것이기에 해결 방법이 요원하다.

아아, 이렇게 쓰고 있자니, 아는 말 모르는 말 다 갖다 붙이며 열렬히 주장을 개진하던 내 모습이 떠올라 얼굴이 홧홧거린다. 지나온 시절 만났던 편집자 분들께 급 죄송해진다. 부끄러워서 인정하기 싫지만…… 그분들께 그렇게 했던 것 같다. 선량하고 지성적이며 참을성 끝판왕이었던 그분들께 새삼 미안함과 감사의 마음을 품어본다. 편집자 선생님들, 제가 모자랐습니다!

편집자와 작가 사이의 신뢰는 다른 모든 것에 우선하는 치명적인 요인이다. 신뢰감이 향후 발발하는 다양한 문제를 결국 해결해주기 때문이다. 이 원리를 깨달은 다음에는 나의 고질병 중 하나였던 '큰 출판사에서 책을 내고 싶다는 욕망'을 상당 부분 해결했다. 커다란 출판사에서 빵빵한 마케팅으로 지원받는 것은 모든 작가가 꾸는 푸른 꿈일 것이다. 허영심 분야에서 타의 추종을 불허하는 나는 줄곧 이런 열망을 품어왔고, 지금도 품고 있으며, 앞으로도 그러할 것이다. 그러나 현실에서, 코끼리처럼 거대한 출판사에서 책을 내면서 나와 맞는 편집자를 만날 확률은 그다지 높지 않다. 코끼리 출판사에서 내 원고를 좋아하는 마음에 계약서에 도장을 찍은 결정권자가 내 원고를 마르고 닳도록 읽으며 나와 애증을 나누게 될 편집 파트너가 될 확률이 높지 않다는 말이다.

W는 내게 먼저 손을 내밀었던 편집자였다. 같이 책을 만든 적이 없음에도 가끔 안부 전화를 주었고, 내가 낸 책에 대한 감상을 짤막하게 문자로 보내왔다. 제 의지로 나를 '찍었던' 것이다. 그전에 만났던 편집자들 대부분에게, 나는 그들의 의지로 선택한 작가가 아니었다. 그들에게 내 원고는 '위에서 떨어져내린' 원고였다. 회사 차원에서 계약을 맺었기에 좋아하든 좋아하지 않든 무조건 편집해야 하는 그런 원고.

W와 책을 낸 뒤, 원고를 출판해줄 출판사를 물색할 때

내가 머릿속으로 떠올리는 풍경에 변화가 생겼다. 이전에는 커다랗고 자금력이 미친 듯이 좋고 브랜드 파워가 어마어마한 출판사에서 책을 내는 장면을 주로 상상했더랬다. 이제는 구체적인 한 인물이 속한 출판사를 떠올린다. 그 인물은 내 글쓰기 스타일을 좋아하고, 내가 썼던 책들 중 일부를 이미 읽었으며, 내가 출판해달라고 보낸 최신 원고를 흠뻑 빠져들어 읽은 인물이다.

둘 중 하나를 택해야 한다면, 즉 커다란 출판사에서 알 수 없는 누군가와 작업할 것이냐, 아니면 작은 출판사에서 나와 매우 비슷한 시선을 가진 누군가와 작업할 것이냐를 택해야 한다면, 나는 10분 정도 망설이다가 후자를 택할 것이다. 초년생 작가였을 때는 작가들이 자기와 잘 맞는 편집자를 따라 출판사를 옮기는 게 이해가 가지 않았다. 그 편집자가 자기 출판사를 차렸을 때 따라가는 건 더더욱 이해가 가지 않았다. 왜 저렇게 작은 데로 가지? 이제는 알겠다. 세상은 넓고 편집자는 많지만, 내 글을 진심으로 좋아하고 나와 비슷한 독서 편력을 가진 편집자는 극소수에 불과하다. 그리고 그런 편집자를 만났다면 당연히, 쫓아가는 게 맞다. 그 희귀한 존재의 바짓가랑이를 붙들고 늘어지는 게 맞다. 나는 W와의 만남을 통해 비로소 그것을 알게 되었다.

편집자 S

그는 세 가지 원칙을 가진 것처럼 보였다.

① 작가가 써온 원고에 절대 만족하지 않기
② 작가가 써온 원고를 읽은 뒤 다시 써오라고 말하기
③ 작가가 다시 써온 원고를 읽은 뒤 또다시 써오라고 말하기

그에게 원고를 송고할 때면 내가 이 인물에게 영원히 영원히 원고를 보내겠구나, 생각했다. 오늘도 보내고, 내일도 보내고, 모레도 보내고…… 영원히 원고를 보낸다는 것은 영원히 원고를 다시 쓴다는 의미였다.

물론 실제 그는 어느 순간엔 내가 보낸 원고를 받아들였다. 원고에 만족해서 받아들이기보다, 시간상 더 이상 써오라고 말할 수 없어서, 혹은 너무 많이 다시 써오라고 한 것 같다는 자각이 들어서 받아들이는 것 같았다. 즉 원고가 그다지 마음에 들지 않지만 '어쩔 수 없이' 받아들이는 듯했다. 그는 그런 기색을 확실히 드러냈는데, '작가님만의 언어로 더 확실하게 보여주실 수 있을 것 같은데, 그냥 넘어가겠습

니다'라는 식의 언급을 붙이는 방식이었다.

　드물게, 매우 매우 드물게, 보낸 원고에 만족하는 듯 보일 때도 있었다. 별말 없이 원고와 관련한 다른 화두를 언급함으로써 내가 내민 원고를 받아들일 예정임을 알게 하는 방식이었다. 수용하는 것인지 아닌지 감이 잡히지 않아서 내가 "저번에 보내드린 부분은 어떻게, 그대로 가면 될까요?"라고 물어보면, S는 "아, 네, 그 부분 그냥 그렇게 가면 될 것 같습니다. 잘 써주셔서 감사드립니다"라고, 건조하게, 세상에서 가장 건조한 표정 짓기 대회를 하면 단연코 일등을 먹을 그런 표정으로, 수용 여부를 밝혔다. 그러면 나는 기뻐서 가슴이 터질 것 같았다. 그때그때 마땅한 칭찬을 투하해주는 편집자와 작업할 때와는 다른, 매우 진하고 특별한 기쁨이었다. 사막에서 1주일 동안 물을 못 마시다가 마신 것처럼 내 영혼은 환호하며 벌컥벌컥 '수용의 말'을 들이켰다.

　그가 이 서두를 본다면 억울할지도 모르겠다. 실제로 그는 칭찬도 해주었다. 자주, 그리고 많이. 과분할 정도로 격한 상찬의 말도 심심치 않게 안겨주었다. 하지만 내게 그런 말들은 나와 상관없는 저 우주 어디에선가 떠도는 그런 말들처럼 여겨졌다. 상찬의 말이 추상적이고 거창한 데다가, 구체적으로 내가 원고를 내밀었을 때가 아닌 다른 상황에서, '아 맞다, 내가 칭찬도 좀 해주고 그랬어야 했는데 까먹고 안 해주었네?'라는 뒤늦은 의무감에서 내미는 칭찬처럼 보였기 때문이다. 그러니까 내게 그가 내리는 상찬의 말은 그가 작가들과 일할 때면 정기적으로 지불하는 세금 이상으로 보이지 않았고, 그가 만족하지 못하는 기색은 구체적으로 표출되는 강력한 진심처럼 보였던 것이다.

내게는 오랫동안 꿈꾸어온 편집자 상이 있다. 만나기를 고대해온 이상적인 편집자 상이.

① 지성의 오라가 흘러넘쳐서 한 번 눈이 마주치기만 해도 전신을 떨며 긴장하게 되고

② 나로서는 감히 상상도 할 수 없을 정도로 독서량이 압도적이며

③ 극강의 통찰력이 있어서 작가를 보면 한눈에 독서량, 잠재된 능력, 장단점을 꿰뚫어 보고

④ 나처럼 빈약한 독서량과 잘난 척하기 좋아하는 습성을 가진 작가를 우습게 여기고

⑤ 그럼에도 불구하고 나라는 작가를 아주 혐오하기까지는 하지 않아서

⑥ 정아은 네가 그다지 마음에 드는 것은 아니지만 찾아

보자면 극미량의 잠재력이 아예 없는 것도 아니니 내가
특별히 네 원고를 한번 작업해주겠다는 마인드를 가지고
원고를 받아주지만

⑦ 그렇지만 까불면 안 되고 최선을 다해서 써와야지

⑧ 거지처럼 써오면 바로 아웃시키겠다고 틈만 나면 엄포
를 놓는

그런 사람. 요약하자면 내가 세계 최고 편집자의 손바
닥 안에서 놀고 있다고 느끼되, 그래도 이 실력자에게 일말
의 사랑을 받고 있긴 하다고 느낄 사람이다.

S는 이 편집자 상에 상당히 근접한 인물이었다. 일단
독서량이 어마어마하고, 글쓰기 능력이 탁월했다. 게다가
냈던 책들의 라인업이 환상적이었다. 그런 라인업에 내 책
이 끼면 얼마나 좋을까, 하는 생각을 품게 되는 책들을 낸 출
판사의 경영자이자 편집자였다.

S에게 보낸 원고는 논픽션이었다. 역사적 인물에 대한
평전이자 비평서였다. 나로서는 처음 시도해보는 분야의 글
쓰기라서, 이런 분야의 책을 많이 만들어본 실력 있는 편집
자의 도움이 절실했다. S는 원고가 좋다면서 호감을 보였지
만, 곧바로 계약을 하지는 않았다. 한 달 정도 뜸을 들이다

계약했는데, 계약서를 쓰는 자리에서 빼곡한 글자가 알알이 박힌 기나긴 수정안을 내밀었다. 그 안을 따라가면 원래 내밀었던 원고를 크게 고치게 될 터였다. 분량도 상당히 늘어나게 될 것이었다. 나는 그가 내민 기획을 전적으로 받아들여 원고를 고쳐 썼다. 그리고 기나긴 고쳐 쓰기의 장정에서 내가 이 챕터의 초반에 기술했던 루틴이 진행되었다. 원고를 내밀고, 다시 써오라는 말을 듣고, 다시 써서 내밀고, 또다시 써오라는 말을 듣고……

과거형으로 기술하기에 이렇게 평이한 어조로 말하지만, 당시에는 정말이지 경악과 분노로 어쩔 줄을 몰랐다. 어쩌라고! 당신이 이렇게 써오라고 했잖아. 시키는 대로 써왔는데 이제 다시 처음 썼던 대로 돌아가라는 거야? 지금 나랑 장난해? 수많은 말이 끓어올랐다. 이제 그만합시다. 당신과 더는 함께 갈 수 없습니다, 라는 말이 목전까지 치밀었다. 한번은 그런 의사를 메일에 써서 보낸 적도 있었다. 내가 10년 동안 작가 생활을 해왔는데, 이렇게 황당한 적은 없었다. 당신은 기대치가 너무 높다. 그렇게 기대치가 높으면 이 원고는 출판으로 이어지지 못한다. 이렇게 비현실적인 기대치를 유지한다면 당신하고 더는 작업할 수 없다. 서늘한 초봄, 쩌렁쩌렁 음성이 울려 퍼지는 듯한 메일을 보낸 뒤 집 근처 천변을 거닐었다. 눈물이 나오고, 이제 더는 글쓰기를 못하겠다는 생각이 들었다. 억울함과 분노와 설움이 폭포수처럼 터져나왔다. 못한다! 더는 못한다!

함께 작업한 5개월가량의 기간 동안, S와 나는 각각 한 번씩 불같은 감정을 쏟아냈다. 양쪽 다 이메일을 통해서였다. 언어로 코딩된 짧은 분량의 메시지였지만, 그 속에는 서로가 애써 감추어온 진하고 뜨겁고 복잡한 감정이 시뻘겋게 담겨 있었다. 내가 먼저 한 번 보냈고, 그 국면이 지나간 뒤 다른 국면에서 그가 내게 한 번 보냈다. 그에게 그 메일을 받았을 때에야, 내가 분노를 여과 없이 퍼 담은 메일을 보냈을 때 그가 어떤 마음이었을지를 알 것 같았다.

작업했던 모든 편집자와 각각 다른 방식으로 부딪치고 얼굴 붉혔지만, 이렇게 날것으로 뭔가를 내밀고 뭔가를 받아보기는 처음이었다. 왜 이런 종류의 덩어리가 오갔을까, 궁리하다가 S와 나의 '다름'에 생각이 가닿았다. S는 나와 다른 성별에 속한, 나보다 10년 젊은 편집자였다. 이때껏 내가 만나온 편집자들과 달리 '문학 베이스'가 아닌 사람이었다. 사회학 전공자인 데다가 줄곧 굵직한 인문사회과학서만을 만들었다. 그래서인지 내게는 그의 소통 방식이 매우 이질적으로 다가왔다. 직설적이고, 도식적이며, 차갑게 느껴졌다. 그런데 이 세 가지 특성은 모두 하나의 발판 위에 놓여 있었으니, 그 발판의 존재로 인해 이 인물이 이끄는 방향으로 결국 내가 나아가게 되었으니, 그것은 '순수함'이라는 발판이었다. S에게는 순정, 열정, 한결같음, 해바라기, 굴하지 않는 결기 같은 말로 표현될 수 있을 종류의 기질이 있어서, 그것이 투박함과 성급함 같은, 그의 '거친 질감'에 해당할 특성을 상쇄해주었다.

그리고 그것이, S와 내가 각각 제 거친 본심을 문명의 체로 걸러내지 못하고 시뻘겋게 드러내게 만든 근본 요인이자, 그렇게 원시적 속내를 드러낸 후에도 다시 자신을 수습하고 책을 매개로 한 관계 앞에 다시 다소곳하게 서게 만든 요인이었다. 달리 말하면 그것은 그의 '젊음'이었다. 그의 젊음이, 좋은 책을 만들기 위해 앞뒤 재지 않고 퓨마처럼 덤벼드는 그의 기질이, 작가와 편집자로 만난 두 사람이 참을 수 없이 서로에게 분노하도록 몰아붙이고, 그런 뒤에 재빨리 제 분노를 수습하고 다시 문명의 거름망 안으로 들어가게 만들었다.

작업의 후반에 이를 때쯤, S와 나는 초반부터 내내 벌여온 논쟁을 다시 한번 벌였다. S는 원고의 일부분을 볼드 처리하기를 바랐고, 나는 볼드 처리 없이 그대로 인쇄하기를 바랐다. 그는 독자의 가독성을 위해서 문장들 일부를 굵게 강조해주어야 한다고 했지만, 내가 보기에 그런 조치는 오히려 독자의 독서에 방해가 될 것이었다. 볼드 처리를 해서 독자가 뭐가 중요한지 알 수 있게 도와야 한다 vs. 뭐가 중요한지는 독자가 알아서 결정하게 해줘야 한다. 우리는 볼드 처리를 한 상태로 인쇄하느냐 마느냐를 놓고 팽팽히 맞섰고, 내 눈은 불타올랐다. 초반부터 여러 번 강조해왔더랬다. 다른 건 몰라도 볼드만큼은 양보할 수 없다고. 그토록 말해왔다면 그거 하나는 져줘야 하는 거 아닌가? 결국 내 이름 달고 나가는 내 글인데! 양보할 수 있는 다른 건 내가 다 양보했는데(물론 이건 내 생각일 뿐이다)! 길고 오랜 싸움을 벌인 끝에, 결국 내가 원하는 대로 하기로 했다. 볼드 처리를 하지 않은 상태로 원고를 인쇄하기로 한 것이다.

이 논쟁은 거의 마무리 단계에서 결론이 났는데, 그에 이르는 동안 내가 그의 대응 방식을 바라보는 관점에 변화가 일었다. 내가 그를 바라보는 관점은 무엇이었던가? 초반에는 분노였다. 중반에도 분노였고, 후반에도 분노였다. 작업의 거의 막바지에 이르렀을 때, 그때껏 보지 못했던 큰 그림이 눈에 들어오기 시작했다.《전두환의 마지막 33년》이라는 제목으로 출판된 이 원고는 출간 며칠 전까지도 초고에 해당하는 글쓰기를 계속할 정도로 급박하게 작업이 진행되었다. 출간을 한 달 정도 앞두었을 때 책의 주인공인 전두환의 손자 전우원이 폭탄 선언을 하며 화제로 떠오르는 바람에, 써놓았던 초고를 대폭 고쳐 써야 하는 돌발 상황이 발생했던 것이다. 출간일을 5월 초순으로 정해놓은 상황에서 결국 초교 작업과 2교, 3교 작업을 동시에 진행해야 하는 사태가 벌어졌고, S와 나는 그야말로 눈뜨고 있는 시간 내내 작업에 매달리는 기간을 보내야 했다.

어떻게 그런 분량의 작업을 감당했는지 이제는 기억도 안 날 정도로 폭풍 같았던 그 기간에 나는 S에게 진정으로 탄복하고 감화를 받았다. 그는 내가 만난 어떤 편집자도 보여주지 않았던 놀라운 특성을 보여주었는데, 그것은 원고를 향한 계산 없는 헌신과 몰입이었다. 반복되는 초고 수정에 내가 못하겠다고 뻗어버리자, 그가 자기가 일부분을 써서 샘플을 보여주겠다고 자청한 것이다. 그는 공을 들여 일부분을 써서 보내주었고, 나는 그가 보낸 일부분의 글을 붙잡고 다시 한번 기세를 북돋을 수 있었다. 그가 보내준 일부분을 결국 모두 내 언어로 바꾸어 썼지만, 그가 틀을 잡아 보내준 행위는 그 무엇과도 바꿀 수 없는 중요한 연료였다. 그 연료를 통해, 내 안에 남아 있던 에너지를 끙끙대며 긁어모아 다시 불을 붙일 수 있게 되었던 것이다.

그가 놓아준 연료로 다시 초고의 불길을 타오르게 만들면서 나는 알았다. 그의 이러한 근성이 내가 그토록 못마땅하게 여겼던 그의 특성, '자기 원고도 아닌데 월권한다'고 생각했던 그의 특성에서 발원되었다는 사실을. 그러니까 그는 작가가 보낸 원고를 진심으로 제 원고처럼 아끼기에 작가가 원하지 않는 방침을 끈질기게 고수하려 들고, 동시에 작가가 더는 못하겠다고 드러누워버렸을 때 끝까지 원고를 붙잡고 전의를 불태울 수 있었던 것이다. '볼드 처리'를 주장한 그와 작가가 포기해버린 원고를 붙잡고 끝까지 물고 늘어진 그는 정확히 같은 뿌리에서 발원했다. 후자의 그에게서 이점을 취하면서 전자의 그를 월권자라고 배척할 수는 없는 일이었다. 나는 '월권자'와 '치명적인 연료 제공자'가 S라는 하나의 인물임을 알았고, 그제야 볼드 처리 강력 주장자였던 그와 화해할 수 있었다.

작가와 편집자는 독특하고 깊고 처절한 관계에 돌입하게 된다. 만난 지 얼마 되지 않아 곧바로 상대의 영혼 핵심부에 돌입해 들어가 그 세계와 씨름해야 하기에, 필수적으로 가까워지게 된다. 이 과정은 두 사람이 원하든 원하지 않든, 가까워지는 과정에 호감이 개입하든 개입하지 않든, 강제적으로 이루어진다.

작가와 편집자라는 독특한 관계의 여정을 따라가다보면, 어느 순간 인류가 문명의 이름으로 만들어온 여러 가림막이 더 이상 기능하지 못하는 골목에 다다르게 된다. 내가 S와 낯 뜨겁게 주고받은 한 차례씩의 이메일은 그런 골목과 맞닥뜨린 대표적인 사례였고, 우리는 각각 상대가 내보인 비문명적인 포효에 충격을 받았다. 다른 편집자들에 비해 유독 강하고 직접적인 포효를 주고받은 데에는 아마도 급박한 작업 일정, 다른 성별과 나이대라는 존재 조건의 차이, 각각 다른 필드에서 쌓아온 출판 경험의 역사 같은 요인들이 있었을 것이다.

여기에 한 가지 더 강력하게 추정되는 주요 요인은, S라는 사람이 가진 특별한 기질이다. 그는 뜻한 일을 향해 거침없이 돌진하는 기질을 갖고 있었다. 목표물이 보이면 주위 다른 모든 요소를 소거하고 그 목표물을 향해 덤벼들었고, 그렇기에 그 과정에서 오해나 잡음이 생길 가능성이 컸다. 원하는 것을 얻기 위해 퓨마처럼 덤벼드는 과정이 그를 이루는 핵심 요소인데, 아이러니하게도 그것이 그가 무리한 요구를 할 때 상대가 그것을 수긍하게 만드는 요인이었다. 퓨마는 덤벼들 때 두려워하지 않는다. 퓨마가 된 그는 작가와 갈등하는 국면을 두려워하지 않았다. 작가가 내민 원고를 다듬어지지 않은 원석에 비유한다면, 그는 자기가 알아본 원석을 갈고 닦아 다이아몬드로 만들어내기 위해 겁 없이 덤벼들었다. 그 거칠고 직격하는 몸짓에 놀란 내가 꽥 하고 소리를 질렀을 때, 그는 곧바로 사과하고 웅크린 자세를 취했다. 내가 스스로 내뱉은 원시의 함성에 놀라 주춤했을 때는 다시 네 발을 펴고 목표물을 향해 뛰어올랐다. 내가 그런 그를 빛나는 존재로 인식하고 받아들이게 된 것은 그의 그런 퓨마성을 전체로서 조망해낼 수 있게 되었을 때였다.

첫 책을 내고 출판계에 몸담은 지 올해로 만 10년이 됐다. 업계의 다양한 종사자들을 만났다. 그중 가장 힘이 센 사람은, 갈등하고 부딪치더라도 결국 내 편에서 고개 숙이고 상대의 뜻을 수용하게 되는 이들은, 제 일에 아낌없이 제 일부를 투하하는 사람들이었다. S는 내가 만난 편집자들 중 가장 거침없이 일에 자신을 던져 넣는 사람이었다. 그로 인해 알게 되었다. 세상에는 원작자보다 더 원고를 사랑하는 편집자가 있을 수 있다는 사실을. 그런 편집자는 원고에 일종의 영성을 불어넣으며, 그렇게 책에 입혀진 영성은 그대로 독자에게 날아가 박힌다는 사실을.

독자

독자란 무엇인가

독자란 무엇인가. 작가를 만들어내는 이다. 읽어주는 이가 있을 때 글 작성자는 비로소 '작가'가 된다. 나는 한때 '독자들에게 어떻게 읽히든 상관없다'고 표방하고 다녔더랬다. 바보 같은 허세였다. 글쓰기는 읽어주는 누군가를 상정하고 이루어지는 일이다.

글쓰기를 정제된 말하기에 비유한다면, 글 읽기는 정성스러운 경청 행위에 비유할 수 있다. 작가가 내면에 있던 경험과 생각과 감정을 언어의 형태로 주조해 내보내면 독자는 그것을 받아 조용한 곳에서 차분히 읽어나간다. 두 사람이 만나 가장 깊은 곳에 있던 생각을 주고받는 일대일 대화인 셈이다. 여러 권 복제되어 나가는 동일한 텍스트가 각각의 독자에게 완전히 다른 의미로 맺히는 것은 이 때문이다.

같은 내용을 읽어도 독자는 각자 쌓아온 인생의 역사와 그에서 형성된 성향에 따라 완전히 다른 반응을 보이게 된다.

작가가 쓴 책을 호의적으로 읽은 독자는 작가에게 일종의 동창생과 같다. '같은 생각'이라는 학교를 거쳐간 동창생. 머릿속에 일정한 패턴의 사고를 공유한다는 점에서 정신적 친족이라고도 할 수 있을 것이다.

근래 들어서는 작가와 독자의 관계에 변화가 일어났다. 예전에는 작가가 멀리 떨어진 어딘가에 있으면서 구루처럼 신비하게 존재감을 발했지만, 요즘에는 작가와 독자가 강연이나 북토크를 통해 만나기도 하고, 메일을 주고받으며 직접 친분을 쌓기도 한다. 몇몇 좁은 경로를 통과한 사람만 작가가 될 수 있었던 예전과 달리 지금은 누구든 책을 내고 작가가 될 수 있다. 진입 장벽이 낮아지고 작가와 독자 사이의 거리가 좁아지면서 관계에 근본적인 변화가 생긴 것이다.

변화는 출판사의 정책에서도 감지된다. 책 출간 여부를 결정할 때 출판사는 작가의 SNS 활동 여부와 네트워크의 폭을 고려한다. 기왕이면 활발하게 SNS 활동을 하고 교유하는 이들이 많은 작가를 선호한다. 그만큼 책 발간 뒤 판매지수가 올라갈 거라 생각하기 때문이다. 이는 소수의 작가가 책을 내면 소수의 문학평론가가 평을 해서 '권위'를 창출하고, 그 권위가 강력한 오라를 발했던 시대가 지나가고 있음을 의미한다. 이제 독자들은 권위 있는 소수의 의견을 추종하기보다 직접 읽고 직접 평가하고 싶어한다. 루터가 교황으로 상징되는 가톨릭 체제에 덤벼들어 교황을 통하지 않고 직접 신과 교신하기를 바랐던 종교개혁을 연상케 하는 장면이다.

그렇다고 해서 작가와 독자가 진정 친구 같은 존재가 되었는가 하면, 그것은 물음표이다. 예전 같은 양상은 아니지만 작가라는 개념에는 아직도 후광이 남아 있다. 독자는 작가에게 뭔가 특별한 것이 있다고 기대한다. 나와 다르지 않은 친근한 타인이라고 생각하면서도 동시에 일반 사람들과 다른 특별한 지적 오라가 있을 거라 가정한다. 작가가 ① 전통적 권위와 ② 비슷한 존재로서의 친근감을 동시에 가진 퓨전적인 존재가 된 것이다.

독자가 팬심을 형성해 작가에게 호감을 보내는 시기 동안, 작가와 독자는 일종의 역할을 분담한다. 독자는 마음 깊은 곳에서는 작가가 자신과 다를 바 없는 평범한 인간임을 알지만, 작가를 매우 특별하게 지적이고 총명하고 통찰력이 있는 사람으로 여기는 역할을 맡는다. 작가는 마음 깊은 곳에서는 독자들이 자기만큼 많은 책을 읽고 자기만큼 많은 분량의 글을 쓰면 언제든 자신처럼 혹은 자신을 뛰어넘는 양질의 글을 쓸 수 있다는 사실을 알지만, 자신을 특별한 지성으로 여겨주는 독자 앞에서는 선각자 혹은 깊은 통찰력의 화신 역할을 맡아 해낸다. 신이 죽은 시대, 경외하며 따를 절대적인 존재가 없어진 시대, 공동체가 사라지고 공동체 내에 존재하던 강력한 권위가 사라져버린 시대, 사람들은 언제나 믿고 따를 누군가를 그리워한다. 작가는 그런 바람에 의해 만들어진 여러 역할 중 하나를 맡아 해낸다. '신'이라는 하나의 이름으로 통칭되었던 개념과 권위가 이제는 현대 의학, 정치인, 이데올로기, 문화예술인에게로 나뉘어 분담되었고, 작가는 '문화예술인' 중 한 분과를 차지해 부단히 오라를 연출하려 애쓴다.

이러한 시대 상황에서 작가가 독자의 존재를 염두에 두지 않고 활동할 수는 없다. 예전에도 그랬겠지만, 이 시대에는 특히 독자가 작가에게 막강한 영향력을 행사한다. 몇몇 매체의 기자 혹은 문학평론가가 만들어내던 전통적 권위의 일부를 대체하는 것은 이제 소비량이다. 독자들은 동시대를 사는 다른 이들에게 사랑받는 책을 좋은 책이라 생각한다. 책 판매 시장에서 책은 예전에 지녔던 지적인 생산물로서의 역량과 잘 팔리는 매끈한 상품으로서의 특색을 동시에 지닌다. 출판사들은 책의 판매지수를 높이기 위해 옛것과 요즘 것을 모두 동원한다. 언론사 기자와 문학평론가의 평에 기대면서, 한편으로는 SNS를 통한 바이럴 마케팅에 힘쓴다. 전자와 후자는 반목하기보다 함께 가는 경우가 많다. 기자와 평론가가 좋다고 평한 책은 일종의 '보호막'을 입고 시장에 나간다. 힘이 막강해졌긴 하지만 아직도 독자들은 기자와 평론가 같은 소수 '전문가'의 의견에 영향을 받는다. 유명한 기자와 평론가가 입을 모아 호평한 책에 혹평을 하기는 겁이 나기 때문이다. 독자 중에 많은 책을 읽고 서평을 올려 높은 인지도를 누리게 된 이는 '서평가'가 되어 전통적인 권위자들(기자와 평론가)과 어깨를 나란히 한다. '셀럽'이 된 서평가는 ① 권위와 ② 일반 독자와의 유대라는 강력한 판매 유발 요인을 보유하게 되고, 출판사들이 벌이는 각종 행사에 섭외 1순위 대상자로 떠오른다. 이러한 출판계의 판도를 정체에 비유한다면 과두정(기자와 평론가라는 엘리트 그룹)과 민주정(다수 독자와 그러한 독자를 대표하는 '셀럽' 서평가)이 비등하게 혼합된 형태라 할 수 있다.

작가란 누구인가

팔려나가는 상품인 책의 생산자라는 측면에서 보면, 작가는 자영업자에 속한다. 자영업자이지만 외관상 온전히 자영업자로 보이지는 않는 그런 자영업자. 자영업과는 거리가 멀어 보여야 하지만, 특정한 순간이 오면 스스럼없이 자영업자임을 인정해야 하는 그런 자영업자. 그것은 작가가 파는 상품의 핵심 특성이 '환상'이기 때문이다. 이는 문화예술인 모두에게 할당된 숙명이다. 문화 분야에 종사하는 이들은 모두, 알지만 모르는 척하면서 지극히 현대적인 이 개념, 실체가 없지만 실체가 있는 그 무엇보다도 더 강력한 효과를 낼 수 있는 '환상'을 상품으로 만들어 팔아야 한다. 고도의 정신적 상품을 판매하는 셈이다.

또 하나, 문화예술인들에게 결코 떼어낼 수 없는 정체성이 있다. 과거에도 밀착해 있었고, 현재에도 부분적으로 들러붙어 있으며, 미래에도 갖고 가게 될 정체성, 그것은 '영성'이다. 본시 그림, 음악, 시, 이야기는 모두 신과의 교류에 쓰이는 암호였다. 인간이 사냥을 앞두고 혹은 큰 싸움을 앞두고 저와 제 부족의 안녕을 위해 어딘가에 있는 절대적인 존재에게 지극한 염원의 마음을 보낼 때 사용하던 신호였다. 내면 깊숙이에서 간절하게 소망하는 것을 인간세계 너머의 초월적 존재에게 보내는 데 쓰였던 수단이었으므로, '예술'이라 불리는 그림, 음악, 시, 이야기는 모두 속세를 초월한 성격을 띠었다. 기원에서 비롯된 성격은 예술 작품이 '상품'으로 분류되기에 이른 지금까지도 변함없이 이어지고 있다. 그렇기에 예술의 가장 본질적인 성격은 아직도 '무상성'에 있다 여겨진다. 무상성이란 무엇인가. 보상이나 대가가 없다는 의미이다. 한 사람이 당장 목숨을 이어가기 위해 필요한 먹을 것, 입을 것, 잠자는 장소를 마련하는 일에 보탬이 되지 않는 무대가의 잉여 활동인 것이다. 몸으로서의 인간에게 없어도 전혀 지장이 없지만, 정신으로서의 인간에게는 한순간 육신 전체와도 맞바꿀 수 있는 그런 것. 그것이 예술의 무상성이 지닐 수 있는 가치이다. 아무런 쓸모가 없기에 가장 가치 있는 것. 누군가에게는 아무런 가치도 없지만 다른 누군가에게는 가진 모든 것을 바쳐서라도 획득하고 싶은 초월적인 것.

상품성과 무상성. 현대 자본주의 체제하의 상품이면서도 또한 상품과는 가장 거리가 먼 성격을 보유한 이가 작가이다. 작가는 이 모순된 정체성을 한 몸에 지니고 매 순간 제 삶을 회의한다. 어느 쪽에도 속할 수 없지만, 동시에 양쪽 모두에 속하는 이도 저도 아닌 자신을 한탄하면서 살아간다. 그렇기에 작가는 동시대인들에게 시대에 뒤떨어진 퇴물 취급을 받지만, 동시에 과분한 존경과 사랑을 받는다. 사람들은 지나간 시절에 있었다고 믿어지는 권위와 믿음을 옛 시절 영광의 조각을 살짝 품고 있는 듯 보이는 작가들에게 찾으려 들고, 작가는 그 소망의 불꽃이 타오르는 곳을 향해 열심히 달려간다.

사람들은 저마다 특정 작가를 선택한 뒤 자신의 비속세적인 특성을 표현하는 매개물로 삼으려 한다. 좋아하는 작가가 누구라고 밝히는 행위를 통해 자신의 취향과 지향을 드러낸다. 좋아하지 않고 질색하는 작가가 누구라고 콕 집는 행위와 함께 갈 때, 이 행위는 더욱 선명하게 의의를 드러낸다. 종교로 치면 교파가 나뉘는 셈인데, 이러한 반응들로 인해 작가는 천당과 지옥을 오간다.

현대 사회의 작가는 인터넷이라는 마술 장치를 통해 책을 냄과 거의 동시에 독자들과 접할 수 있다. 이는 '호평러'와도 금방 만나지만 '혹평러'와도 금세 마주치게 된다는 의미다. 그리고 이는 작가에게 가장 풀기 어려운 숙제가 된다. 자신이 낸 책을 좋아하고 호평해주는 독자는 작가의 존재 의미를 확인해주는 든든한 지원군이지만, 질색하며 혹평하는 이들은 대체 어떻게 대해야 할지 알 수 없는 무서운 적군이다. 현대 사회에서 '작가'라 불리는 이들은 싫건 좋건 이 무서운 적군, 즉 '혹평러'와 마주쳐야 한다. 혹평러는 어디에나 있다. 서평 기사에 달린 댓글에도 있고, 각종 SNS 플랫폼에도 출몰하며, 인터넷 서점의 리뷰 코너에도 등장한다. 책이 유명해진 경우에는 유튜브 같은 영상에서 혹평을 당하기도 한다. 그렇다면 작가는 이러한 혹평러, 작가로 사는 이상 피해 갈 수 없는 이 무시무시한 존재들에게 어떻게 대응해야 할까.

혹평러와 대결하는 법

혹평과 처음 만나던 순간을 기억한다. 이것도 글이라고. 이렇게 쓰여 있었다. 원고지 10매 분량의 칼럼에 달린 16개의 댓글 중 네 번째로 달린 댓글이었다. 댓글 화면을 펼치는 것과 혹평이 날아와 눈을 찌른 것은 동시의 일이었다. 댓글 모두 보기 버튼을 누름과 동시에, 내 글에 대한 반응이 16개이고, 그중 15개가 호감성이며, 나머지 한 개가 비호감성이라는 사실을 파악했다. 신기하게도 그런 일이 일어났다. 인정욕구 영역에 속하는 일은 빛의 속도로 이루어지는

가보다.

보는 순간 촉각이 되어 침투해온 댓글은 심장으로 내려가 꽂혔다.

이.것.도.글.이.라.고.

선명하게 비호의 마음을 드러내는 명쾌한 일곱 글자가 가슴에서 우렁차게 울려 퍼졌다. 틈만 나면 핸드폰을 열고 댓글을 들여다보는 나를 보며 깜짝 놀랐다. 이 집착. 이 분노. 내 글이 별로라는 말에 그토록 광분하며 매달리는 내 모습이 한편으론 깜찍하고 한편으론 안쓰러웠다. 정아은, 천하의 미물이로구나!

2023년 현재, 이름을 걸고 세상에 글을 내보내는 생활을 한 지 햇수로 11년째에 접어들었다. 그런데 지금도 혹평이 따갑고 아프다. 내 글 밑에 달린 댓글 창을 열 때면 심장이 튀어나올 것처럼 버둥거린다. 댓글 창이 열리는 중임을 나타내는 표시가 동그랗게 회전하는 동안 느끼는 압박감은 언제나 동일하다. 주위가 진공 상태로 변하면서 숨이 막힌다. 댓글 창을 닫아야겠다고 생각한 순간 댓글이 죽 나열되고, 단번에 댓글을 파악한 나는 안도의 한숨을 내쉰다. 휴우! 오늘 글은 반응이 좋구나.

한 줄짜리 댓글형 혹평보다 더 길고 심각하게 비호감의 마음을 드러낸 반응도 있다. 내 글이 '별로'임을 문장들로 길게 나열한 글, '서평형 혹평'이다. 내가 만났던 첫 서평형 혹평은 블로그에 걸린 글이었다. 기승전결이 뚜렷한 '잘 갖춘' 글이었는데, 중간중간 내 책(장편소설이었다)의 특정 페이지 촬영분을 올리면서 특정 문장이 어떤 이유로 '수준 이하'였는지를 직설적이면서도 학구적이고 자신감 있게 설명해놓았다. 와우. 나는 입을 벌리고 그 놀라운 화면을 바라보았다. 신랄한 비난의 말이, '싫은 마음'을 정성 들여 표현한 방식이, 너무나 매혹적이었다. 빨려들어가 정신없이 읽어내린 뒤, 처음부터 다시 읽었다. 불쾌함, 분노, 당혹감이 차례로 왔다 간 뒤, 항변의 말이 솟아올랐다. 화면 속 문장들 하나하나에 내 마음속 목소리가 열렬하게 반론을 토해냈다.

연속으로 열 번쯤 읽은 다음 핸드폰을 내팽개쳤다가, 이내 다시 손에 쥐었다. 반복해서 다섯 번 읽었을 때쯤, 내 손이 블로그 내의 다른 글을 클릭했다. 다른 글을 읽는 행위가 끝날 때쯤, 내 손이 그 밑에 달린 또 다른 글을 클릭했다. 그날 오후는 그렇게 흘러갔다. 혹평 작성자의 블로그에 담긴 모든 글을 읽고, 처음으로 되돌아가 다시 읽고, 내 책에 대한 서평과 다른 책들에 대한 서평을 비교·분석하고, 블로그 주인의 성향을 파악하고, 대문에 걸린 사진 속 얼굴을 들여다보고. 그렇게 생판 모르는 타인의 블로그에 매달려 한나절을 보냈다. 원래 하려던 일들을 내팽개친 채. 홀린 듯 블로그를 훑으며 단서를 찾아다녔고, 유력해 보이는 단서가 나타났을 땐 펜을 들어 메모했다.

무슨 단서를 찾았던가? 비호감에 대한 단서였다. 왜? 당신은 왜 내 글을 싫어하는가? 어떤 사람이기에, 어떻게 살아왔기에, 내 글을 그토록 싫어하는 사람이 되었는가? 사진까지 첨부해 넣으며 길고 성의 넘치는 혹평을 작성해 올린 인물의 블로그에는, 비슷하거나 더 많은 분량의 서평이 빼곡히 담겨 있었다. 게걸스럽게 서평들을 읽어가던 어느 순간, 내 고개가 위아래로 움직였다. 그렇구나! 이전에 읽었던 포스팅으로 되돌아가 특정 부분을 읽은 다음엔 내 입이 양옆으로 벌어지며 굵직한 곡선을 만들어냈다. 그러면 그렇지! 내 이럴 줄 알았다! 문득 블로그 탐험이 주는 쾌감이 인식되기 시작했다. 어느 틈엔가 나는 즐기고 있었던 것이다. 내 글을 질색하는 이가 쓴 글을 속속들이 읽어나가는 행위를.

한나절을 바쳤던 '혹평 독자 블로그 탐방 여행'을 하며 내 뇌가 했던 일은 비교, 대조, 분류, 추론이었다. 블로그의 주인장이 극찬을 해놓은 책들은 대부분 내가 그다지 높이 평가하지 않는 부류였다. 반면 신랄하게 혹평을 해놓은 책들 중엔 내가 평소 흠모하고 닮고 싶어 몸부림치는 작가의 책들이 많았다. 이 경향은 무척 뚜렷해서, 어느 순간부터 포스팅 제목에 표시된 책 제목만 봐도 호평일지 혹평일지 맞출 수 있을 정도였다. 음, 이 책은 엄청 싫어하겠구나, 생각하면 귀신같이 혹평이 나왔고, 오, 이 책은 미친 듯이 좋아하겠는걸? 생각하면 달달하고 애정이 뚝뚝 떨어지는 호평이 펼쳐졌다. 나중에는 블로그 주인장이 즐겨 쓰는 문구와 형용사까지 파악하고, 호평이나 혹평에 사용할 구체적인 문장까지 맞추는 경지에 이르렀다.

창밖으로 보이는 하늘이 암청색으로 변했음을 인식하고 핸드폰에서 고개를 뗄 무렵, 들끓던 내면이 가라앉아 있음을 발견했다. 어쩔 줄 몰라하던 마음에 질서가 생겨나고, 혹평러에게 당장 쫓아가려던 기세가 한풀 꺾여 있었다. 혹평으로 인한 고통과 쓰라림이 소멸된 것은 아니었다. 내 글을 향한 비판의 말들은 아무리 들여다봐도 아프고 끔찍했다. 볼 때마다 처음처럼 뜨겁게 상처를 주었다.

다만 최초 일갈 시점과 비교해 달라진 점은, 혹평의 영향력이 반감되었다는 것이다. '어머, 저 사람이 나를 싫어해!'라는 외침이 '음, 저 사람은 이런 이런 이유로 나를 싫어하는구나!'라는 끄덕임으로 변해 있었다. '내 글이 원래 사람들이 싫어할 만한 글인가봐'라는 절망이 '이런 이런 책을 좋아하는 사람이니 당연히 내 책이 싫겠지'라는 수용으로 변해 있었다.

나를 싫어하는 누군가를 만났을 때 사람들이 내보이는 첫 반응은 '왜?'이다. '왜'라고 물음으로써 싫어하는 이유를 구체적으로 알아내려고 하는 것이다. 타인이 왜 나를 미워하는지 구체적인 이유를 알지 못하면 내 안에서 '내가 그렇게 싫은가?', '내가 원래 그렇게 싫어할 만한 사람인가?'라는 물음이 울려 퍼지는 걸 막을 길이 없다. 비호감에 직면했을 때, 우리는 이유를 알아냄으로써 문제의 부피를 줄인다. 문제를 분류해 쪼개고, 그 과정을 통해 내 감정에 대한 통제권을 장악하려고 애쓴다. 존재 전체의 문제가 아닌 존재 일부의 문제로 치환하려 노력한다.

이름을 걸고 글을 쓰는 이는 익명의 무한한 이들의 평가에 노출된다. 그리고 단 한 개의 혹평은 100여 개의 호평을 제치고 살아남는다. 글쓴이의 마음에 두고두고 울려 퍼진다. 작가들은 모두 각기 다른 혹평 대처법을 갖고 있다. 어떤 작가는 혹평에 치명상을 입지 않기 위해 댓글이나 서평을 아예 보지 않는다. 어떤 작가는 일부 사이트의 반응만 점검하고 다른 사이트는 아예 열어보지 않는다. 어떤 작가는 악플을 보더라도 코웃음 치며 호쾌히 넘긴다. 불행히도 나는 그 어떤 쪽에도 속하지 않는다. 모두 시도해봤지만 세 가지 방편 모두 실패로 돌아갔다. 내 글에 대한 사람들의 반응을 보고 싶은 호기심을 누를 길이 없었고, 같은 이유로 특정 사이트만 보고 다른 사이트를 보지 않는 과업을 달성할 수 없었다. 그리고 혹평을 접한 뒤에는 세상에 혹평과 나만 남겨진 듯 절대적인 영향을 받았다. 추론컨대, 이름을 걸고 글을 쓰는 이들 중 나와 비슷한 부류, 즉 '못 참고 댓글을 본 뒤 미친 듯이 상처 받는 종족'은 아마 나와 비슷한 방법으로 자신을 다독이고 있을 것이다.

'혹평 작성자에 대해 최대한 많이 알아내어 그 사람이 날린 말의 부피와 무게를 줄이기 전법'을 처음부터 의도하고 고안한 것은 아니다. 마음이 이끄는 대로, 분노와 억울함이 이끄는 대로 따라갔더니 그런 길에 들어서게 되었다. 이 방법은 나름 쓸모가 있지만 완벽하지 않아서, 그 모든 탐색과 자기암시와(저 사람은 그냥 너와 '다른' 사람일 뿐이야! 저 사람이 한 말이 절대 진리가 아니라고!) 필사적인 망각 시도에도 불구하고, 뾰족한 혹평의 문장이 살아남아 뇌리를 후려칠 때가 있다. 그럴 때는 내 글에 대해 나왔던 호평 중 가장 선명하고 황송한 종류의 글을 프린트해 책상에 붙여놓는다. 마음에 혹평 속 문장이 울려 퍼질 때마다, 프린트한 문장을 큰 소리로 읊는다. 그럼에도 혹평은 끝까지 혀를 날름거리기 마련이기에, 이 방법 또한 완벽하다고 할 수 없다. 그래도, 최악의 순간을 미쳐버리지 않고 넘기는 데 분명 기여도가 있다.

재미있는 것은 이 임시방편적인 방책이 의외의 효과를 낸다는 점이다. 내 글을 좋아하지 않는 이들에게 관심을 갖고 연구하게 되면서, 다양한 연령과 계층에 속한 이들의 삶을 들여다보게 됐다. 시작은 '대체 왜 내 글을 안 좋아하는 건데?'였지만, 차츰 그 사람의 세계에 빨려들어갔던 것이다. 누군가가 쓴 책을 읽고 (혹평일지라도) 글을 남기는 습관이 있는 이들은 한 명도 빠짐없이 대단한 매력의 소유자들이었고, 어느 순간엔 내가 상대를 너무 좋아한 나머지 스스로를 타자화하는 경지에 이르도록 만들었다. 그러니까 인터넷상에서 그 사람이 생산한 글들을 찾아내 글 속 문장들의 파도를 타고 한나절 정도 넘실거리다보면 '아, 당신이 왜 정아은의 글을 싫어하는지 알겠어. 당연히 싫겠지. 내가 당신이었어도 그랬을 거야. 나도 싫다, 정아은의 글!'이라고 외치며 글 작성자가 살아낸 삶과 그 삶이 도출한 특별하고 유일무이한 취향을 적극적으로 사랑하게 되는 순간이 오는 것이다.

꾸역꾸역 글쟁이로 살아오길 10년, 그동안 쌓아온 혹평러와의 대결 역사에 대해 쓰다보니 문득 알겠다. 그러한 대결의 여정이 실은 배움의 과정이었다는 것을. 배움은 자고로 '다름'에서 오는 법일지니. 우리가 여행을 다녀오면 인생이 리셋된 것처럼 느끼는 것은 여행지에서 온갖 '다름'을 만나기 때문이다. 나와 다른 사람, 내가 머무르던 곳과 다른 장소, 내가 해오던 행동과 다른 행동을 하면서 배움을 얻기 때문이다. 배움이란 결국 나와 타인 간의 간극을 인식하고 소화하는 과정이고, 내 글을 좋아하지 않는 이들은 세상에서 나와 가장 '다른' 사람들이다. 글쟁이로서의 삶을 유지하기 위해 엉겁결에 혹평러들을 당겨 끌어안았는데, 그 사람들에게서 의외의 배움을 얻었으니, 혹평러와의 만남이 꼭 마이너스였던 것만은 아닐지도 모르겠다.

아, 이렇게 쓰고 있으니 내가 무슨 혹평에 눈 하나 꿈쩍않는 천하무적 강심장이라도 된 것 같아 안 되겠다. 다시 정정하도록 하자. 요 앞의 앞의 앞 문장("마이너스였던 것만은 아닐지도 모르겠다"고 잔뜩 멋을 부려 쓴)은 순전히 자기암시 혹은 자기 다짐성 멘트에 불과하다. 내 솔직하고 진정한 소망은 남은 평생을 '당신 글 좋아요', '글을 참 잘 쓰시는군요'라는 댓글만 받으며 살아가고 싶다는 것이다. 아아, 그렇게 된다면 얼마나 좋을까.

덧글. 타인의 공개된 블로그 혹은 인터넷상의 공개된 흔적을 탐험했을 뿐, 그 타인에게 접근하거나 위해를 가한 적이 없음을 밝힙니다. 또한 앞으로도 그런 일은 일어나지 않을 것입니다. 익명의 다수가 내리는 평가에 노출된 이로서 자신을 다독이고 추스르기 위해, 생계형 혹은 자기돌봄형으로 부득이하게 동원한 방법이었음을 이해하고 연민해주셨으면 하는 바람입니다.

기자

기자라는 직업에는 후광이 서려 있다. 의사나 판사에게 서린 것과는 다른 후광이다. 의사나 판사가 습득한 특정 지식을 활용해 힘을 발휘한다면, 기자는 사람의 마음을 움직여 힘을 형성한다. 판사나 의사가 고정된 진리를 바탕으로 판단하는(물론 고정된 진리는 있을 턱이 없지만, 판사나 의사는 그런 게 있는 것처럼 가정해야 하는 직업이다) 사람이라면, 기자는 특정 사실을 제시해 사람들의 유동하는 마음에 방향성을 정해주고 그 움직임을 조절하는 사람이다. 내게는 특정한 자격 요건을 획득하면 그다음부터는 안정적으로 수행해나가는 것처럼 보이는 의사나 판사 일보다, 매 순간 사람들의 마음을 움직여야 하는 기자 일이 더 어렵고 도박 같아 보인다. 그렇기에 더 흥미롭고, 더 위태로워 보인다. 언제나 형성 중인 가변적인 힘의 한복판에서 이글거리는 직업이 아닌가.

문학상을 탄 뒤 한동안, 기자와 접할 때마다 황송했다.

기자'씩이나' 되는 사람이 나를 만나려 하다니, 내 얘기에 귀를 기울이고 들은 것을 글로 써서 세상에 알려주다니, 얼마나 영광스러운 일인가. 함께 있는 시간 내내 감사하다고 큰절을 하고 싶은 마음을 참느라 애를 먹어야 했다. 시간이 흐른 지금도 이 '영광 마인드'는 여전히 남아 있다. 다만 내는 책의 권수가 늘어나면서 기자라는 이들을 자주 접하다보니 이들을 예전보다 더 '인간적으로' 실감하게 되었다. 각각 특색과 장단점을 가진 한 사람의 인간으로 보게 된 것이다.

기자의 힘은 '질문할 수 있는 권한'에서 나온다. 사람을 만나 질문하는 것이 그들의 주된 임무이다. 질문 선별을 통해 대화의 초점을 정하고, 연이은 질문으로 대답을 특정한 방향으로 유도하고, 인터뷰를 마친 뒤 오간 대화 내용을 의도한 방향에 맞추어 씀으로써, 기자는 특정 사건이나 인물에 대한 주관적 견해를 기사에 녹여낸다.

기자들은 각각 매우 다른 성향과 특성을 갖고 있었다. 어떤 기자는 내가 쓴 책을 아예 읽지 않고 왔는데, 이 경우 또한 양 갈래로 나뉘었다. 일부만 읽고 와서 다 읽고 온 시늉을 하는 이가 있는가 하면, 처음부터 읽지 않고 왔음을 터놓고 말한 뒤 내게 줄거리를 얘기해달라고 하는 이도 있었다. 그런가 하면 어떤 기자는 만나기 전에 내가 쓴 책을 모조리다 읽고 와서 나도 미처 알지 못했던 내 문장의 특성과 이야기 전개 방식을 심도 있게 논했다. 책이 너무 좋았다면서 팬심을 드러내는 이가 있는가 하면, 책의 내용을 못마땅해하며 '이런 식으로 쓰면 안 된다'고 훈수를 두는 이도 있었다.

인터뷰이로서 가장 신경 쓰이는 것은 인터뷰 도중 기자가 개인적인 질문을 섞어 넣을 때였다. 종종 책과 상관없는 이야기를 하면서 내 개인사를 묻거나, 자기 개인사를 드러내며 내게 조언을 요구하는 기자들이 있었다. 이것은 기자의 나이나 성별, 매체의 종류와 관계없는, 순전히 기자 개인의 특성이었다. 전혀 그러지 않을 것처럼 보이는 기자가 자신이 던지는 질문의 성격을 인지하지 못한 채 선을 넘는 질문을 마구 던지는가 하면, 마음 편하게 친구처럼 대해주는 기자가 막상 인터뷰에 들어가면 철저히 책 내용에 기반해 책의 핵심을 꿰뚫는 날카로운 질문을 던지는 인터뷰어로 돌변했다. 이 과정에서 나는 한 가지 사실을 알게 되었는데, 그것은 언론계 종사자가 갖추어야 할 중요 요건 중 하나가 공사 구분 능력이라는 점이었다.

나는 '일'로 만난 사람들과 나중에 사적으로도 친근한 관계가 되길 소망하는 부류다. 일로 만났다 하지만 결국 우리는 희로애락을 가진 '사람'이 아니던가? 일을 계기로 만나

친한 친구가 될 수 있다면 큰 소득이라고 생각한다. 그러나 친해지고 싶다는 생각과 인터뷰 도중 사적 질문을 마구 던지는 것은 다른 차원에 속한다. 사적인 친밀감을 주고받는 것은 인터뷰를 마친 뒤 같이 밥을 먹거나 차를 마시는 등 다른 시간에 얼마든지 할 수 있다. 인터뷰 도중 사적인 질문이 날아오면 답하는 이는 불안해진다. 지금 이 사람이 하는 말이 인터뷰의 정식 내용인가? 나와 가까운 이들의 이야기가 기사에 담기게 되는 것인가? 몇 번씩 "지금 하는 얘기는 오프 더 레코드죠?"라고 확인하기도 하지만, 사적 경계를 넘어가는 질문이 시도 때도 없이 날아오면, 인터뷰이는 총체적인 혼란에 빠진다. 뭐라고 답해야 하지? 계속해서 '이 내용은 기사에 쓰시지 않을 거죠?'라고 물을 수도 없는 일, 난감하고 겁이 난다. 답을 망설이는 내 이런 태도가 혹여 이 질문자의 심기를 거스르는 것은 아닐까? 질문자가 기분이 나빠서 기사를 호의적이지 않은 방향으로 쓰면 어떡하지? 하는 걱정도 밀려온다

이런 일을 반복적으로 겪던 어느 날 나는 내 지난날을 떠올렸다. 30대 초반, 나도 '질문을 던지는 직업'에 종사했더랬다. 헤드헌터로 일하면서 인터뷰어로 많은 이들과 만났다. 인터뷰 자리에서 나는 지원자들이 보내온 이력서를 손

에 들고 경력과 관련된 질문을 던졌는데, 그 과정에서 일에 필요하지 않은 질문도 종종 섞어 넣었다. 묻지 않아도 되는 '사적인' 질문임을 인식했지만, 상대도 이런 질문을 하면서 친근해지는 걸 좋아하리라고 생각했다. 그것이 터무니없는 생각이고 큰 무례였다는 사실을, 그로부터 한참의 세월이 흐른 뒤, 기자의 선을 넘는 질문에 쩔쩔매는 인터뷰이가 되면서 알았다. 30대 헤드헌터 시절 내가 했던 것, 그리고 눈앞의 기자가 하고 있는 그것은 말 그대로 '권한 남용'이었다. 질문할 권한을 갖고 있다고 해서 인터뷰이에게 뭐든지 물어봐도 되는 것은 아니다.

그러나 아무런 선을 그어놓지 않고 마음대로 공사를 넘나드는 질문을 하는 상대를 내가 가르칠 수는 없는 노릇이었다. 상대는 펜을 쥔 기자가 아닌가. 어쨌거나 나는 눈앞의 사람과 좋은 관계를 형성해 상대가 내 책에 대해 호의적인 기사를 쓰고 싶어지도록 열과 성을 다해야 할 것이었다. 질문을 골라서 해주셨으면 한다고 말하지 않은 것은 꼭 내 책의 안위를 위한 마음에서만은 아니었다. 번듯한 명함을 가진 '기자'가 공사를 구분하는 인간으로 거듭나는 것은 나라는 인간이 몇 마디 한다고 해서 이루어질 일이 아니었다. 그것은 그냥 한 사람의 인성, 직업인으로서의 태도 혹은 전문 인력으로서의 자질에 해당하는 요소였다. 그 사람이 자기 인생의 여러 과정을 거쳐서 쌓아가야 할 기술이자 태도이지, 감히 일개 인터뷰이에 불과한 내가 몇 마디로 가르쳐 만들어낼 수 있는 게 아니었다.

어쩌면 그것은 공사를 마구잡이로 뒤섞어놓은 채 소용돌이처럼 빠르게 모든 일을 진척시키는 한국인 특유의 문화에서 기인한 것일지도 몰랐다. 우리는 식당 종업원을 이모 혹은 엄마라 부르고, 회사 동료를 가족이나 식구라고 부르는 사회에서 산다. 모든 개념을 가족과 연결시켜 생각하며, 착취나 남용을 정이나 도리라는 개념으로 포장해 통용시키는 문화를 호흡하며 일상을 건넌다. 기자뿐 아니라 다른 모든 직종에서 공사 개념이 제대로 구분되어 있지 않은 경우가 태반일 것이다. 회사에서 나이 어린 여성 직원에게 함부로 대하고 '딸 같아서 그랬다'는 말을 태연하게 늘어놓는 경우가 얼마나 흔한가? 나이 많은 상사가 신입 직원에게 권위적으로 대하면서 '아끼는 마음에서 그랬다'고 말하는 경우가 얼마나 많은가? 기자와의 만남에서 유독 이런 측면이 또렷하게 다가온 것은 기자라는 직업이 상대에게 질문할 권한을 핵심 정체성으로 삼고 있기 때문일 것이다.

이는 반면교사의 상례로 남았다. 인터뷰를 마친 뒤 내

가 멋있다고 회고하고 사적으로도 친하게 지냈으면 좋겠다고 생각하게 되는 기자들은 질문의 도의를 알고 있는 이들이었다. '책'과 '작품 세계'에 대한 질문으로 한정하지만 그 범주 내에서는 깊고 넓게 논의를 펼쳐가는 이들. 같은 텍스트를 읽고 오더라도 그에서 신선한 의제를 끌어낼 줄 아는 이들. 자신이 도출한 의제를 인터뷰이와의 대화를 통해 사회적 공감대를 높이는 방향으로 변주해낼 줄 아는 이들. 이런 기자들과 만난 뒤에는 내 세계도 한 뼘 확장된 느낌이었고, 인간의 무한한 발전 가능성을 목격했음을 기뻐하게 되었다. 반대편에 선 이들, 즉 자기가 무슨 질문을 하는지, 그 질문을 통해 자신이 의도하는 바가 무엇인지를 인식하지 못하고 그저 자기가 궁금한 것을 마구 질문하는 이들은 그다지 끌리거나 근사해 보이지 않았다. 만나서 기쁘다는 느낌보다, 기사에 어떤 내용이 실릴지 몰라 불안한 마음과 내 사적인 세계가 강제로 마구 파헤쳐졌다는 불쾌함이 남았다.

책의 내용을 기반으로 한 인터뷰의 어디까지가 공이고 어디까지가 사일까. 낸 책과 작가 개인의 인생은 완전히 분리하기가 불가능한데, 어떤 내용을 묻는 것이 공적이고 어떤 내용을 묻는 것이 사적이라 할 수 있을까. 딱 잘라 말할 수는 없을 것이다. 중요한 것은 질문하는 이에게 그에 대한 인식이 있는지 여부, 즉 질문자가 자신이 하는 질문에 대한 성찰을 하고 있는지 여부이다. 질문자가 자신이 할 질문에 대해 미리 청사진을 그려보고 꼼꼼히 질문 리스트를 체크했다면, 사적으로 들릴 수 있는 질문이 무엇인지 인식했을 것이다. 질문자가 미리 정교하게 그린 전체 구도하에서는, 매우 사적으로 들릴 수 있는 질문이 '용납되는 공적 질문'의 범주에 들어갈 수 있다. 이 경우 프로페셔널한 질문자는 자신이 그처럼 '사적인' 질문을 던지는 이유를 큰 그림에서 짚어서 미리 제시해준다. 이러이러한 맥락 때문에 굳이 물어보는 것이니 양해 부탁한다, 혹시 불편하다면 대답하지 않아도 좋다, 는 식으로. 제가 하고 있는 일의 성격을 파악하고 인터뷰 도중 넘어가면 안 되는 선을 설정하고 지키는 능력은 결국 기자의 존재 실력과 관련된 문제이다. 공사가 명확히 구분되지 않은 채 복잡하게 서로 얽혀 돌아가는 학연·지연·혈연의 사회에서, 개인적으로 어느 정도의 프로페셔널한 기품을 배양시켜왔는가? 자기 자신을 어떻게 성찰하고 훈련해왔는가?

다양한 기자들과의 만남은 결국 나에 대한 성찰로 이어진다. 작가 또한 타인의 마음을 연구하고 형상화하는 일이 주된 업무가 아닌가. 사람의 마음을 탐색하고 연구하는 과정에서 어느 선에 이르면 상대에게 양해를 구해야 하는가. 나는 나를 스쳐가는 타인들에게 매력적인 상대로 남고 싶다. 나를 만났던 누군가에게 훗날 '자신이 하는 일의 성격을 명확하게 파악하고 타인과의 사이에 경계선을 설정하고 고수하는 실력이 뛰어난 인물'이었다고 기억되고 싶다. 그렇게 되기 위해 내가 만났던 기자들의 모습을 차분히 돌아본다. 타인의 모습이 결국 내 모습이다. 모든 타인은 내가 미처 보지 못하는 지점을 또렷하게 보여주는 스승이다.

동료 작가

　7년 혹은 8년 전의 일이다. 두 번째 책을 내고 두어 달이 지난 뒤, 북토크에서 사회를 봐달라는 요청을 받았다. 동료 작가 K가 여는 북토크였다. 좋아하는 작가라 흔쾌히 수락하고 사회를 봤다. 장소는 홍대 근처의 트렌디한 북카페 G였다. 20분 일찍 갔는데, 구름처럼 많은 독자가 이미 와서 앉아 있었다. 북토크가 진행되는 동안 독자들은 K의 입에서 나오는 말 하나하나를 거의 잡아먹을 것처럼 열렬히 경청했다. 질문을 할 때나 사인을 받을 때 K를 향하는 눈빛에서 애정이 뚝뚝 흘러나와 바닥에 떨어져내렸다. 작가를 향한 독자들의 애정이 얼마나 뜨거운지, 내가 그 자리에 있는 것에 죄책감을 느낄 정도였다. 열광하는 팬클럽과 스타가 만나는 자리에 이물질처럼 끼어 있는 느낌이랄까.

　북토크를 마친 뒤 K는 사회를 봐주어서 고맙다고 했다. 다음에 정 작가님이 북토크하시면 반드시 은혜를 갚겠다는 말도 덧붙였다. 나는 웃으며 고개를 끄덕인 다음 재빨리 그 자리를 빠져나왔다. 그때만 해도 몰랐다. K가 보답 차원에서 봐주겠다고 한 사회를, 내 쪽에서 원한다고 해서 봐달라고 할 수 있는 게 아니라는 사실을.

시간이 흘러 이번에는 내가 신간을 내고 북토크를 열게 되었다. 공교롭게도 K가 북토크를 열었던 바로 그 북카페 G가 행사 장소로 잡혔다. 북토크를 1주일 남겨두었을 때 카페 사장이 연락을 해왔다. 모객이 충분히 되지 않아서 행사를 취소해야 할 것 같다고. 출판사를 통해 전해온 이 소식에 나는 살짝 충격을 받았다. 그동안 나를 앞에 내세워 열었던 행사들엔 모두 인원이 가득 찼더랬다. 그런데 왜? 왜 이 북토크 행사에는 사람들이 모이지 않는가? 답은 행사의 성격에 있었다. 그동안 내가 했던 강연, 북토크, 대담은 모두 '무료'로 열렸더랬다. 국가나 출판 관련 단체가 지원하기에, 참가자들에게 돈을 걷지 않아도 됐다. 북카페 G에서 열리는 북토크는 참가자들에게 참가비를 요구하는 행사였다.

그때 알았다. K와 나의 차이를. K는 유료 북토크를 열어도 장소가 터질 정도로 많은 청중이 몰려드는 '셀럽'이었다. 나는 책을 몇 권 냈기에 이름이 살짝 알려져 있지만 '자기 돈을 내고 와서 보려 하는' 희망자는 그리 많지 않은 '비셀럽' 작가였다. 이 일을 계기로 외부 지원 없이 개인적으로 행사를 주관하는 사람들이 왜 '유명 작가'를 섭외하려 하는지 알게 되었다. 공지를 올리기만 하면 애써 청중을 모으지 않아도 알아서 사람들이 몰려들게 하는 힘. 그것이 '인지도'였다. 셀럽은 그런 인지도를 보유한 이들이었다. 인지도의 고저가 낳는 차이를 동료 작가인 K와의 비교를 통해 매우 선명하게 알게 된 셈이다.

그 뒤로도 내 이름을 건 크고 작은 북토크가 열렸다. 소수의 청중이 온 적도, 생각보다 많은 청중이 와서 자리가 모자라는 일도 있었다. 하지만 나는 북카페 G에서의 경험을 잊지 않았다. 무료이거나 노쇼 방지 차원에서 참가자들에게 소액의 참가비를 받는 경우가 아니면, 즉 고액의 참가비를 받는 행사 요청이면 처음부터 고사했다. 내가 '시장'에서 어느 정도로 '먹히는' 작가인지에 대한 감을 잡았기 때문이다.

K 작가와의 일화는 '동료 작가를 통해 내 인지도를 뼈저리게 실감하기 체험' 시리즈를 여는 서막이었다. 나는 행사장에서 내 앞에 사인을 받기 위해 선 독자들이 만든 줄과 내 옆자리의 동료 작가 앞에 형성된 줄의 길이 차이를 인식하고, 내가 갑작스레 초대받은 특정 행사 자리가 '셀럽'인 어떤 작가가 갑자기 취소하는 바람에 공석이 된 것이었다는

사실을 누군가에게 듣고, 같은 출판사에서 책을 낸 동료 작가가 출판사에서 특별한 대우를 받았다는 사실을 우연히 알게 된다. 비슷한 시기에 책을 낸 동료 작가가 신문마다 대문짝만 하게 나오고, 이 방송 저 방송 불려 다니는 것을 본다. 내 책의 판매지수를 보기 위해 들어간 인터넷 서점에서 그 동료 작가의 책이 분야의 베스트셀러 순위에 올라 있는 것을 본다…… 이런 사례는 수도 없이 많다. 과장하자면 책을 쓰고 출판하는 과정을 제외한 나머지 모든 종류의 활동에 '동료 작가와의 비교'가 기본 옵션으로 깔린다고 할 수 있다. 작가에게 내려지는 쓰라린 천형 리스트에는 익명 다수로부터의 '평가'만 있는 것이 아니었다. 동료 작가와의 '비교', 잘나가는 동료 작가에 대한 '질투', 그리고 '그렇게 비교당하는 현장에서 아무렇지도 않은 척하면서 환한 표정 유지하기'도 있었다.

작가가 된 뒤 내게 붙은 극소량의(아마 남들에게는 커다랗게 보일 수도 있을) '인지도'를 통해 알았다. 연예인들이 왜 그렇게 고통스러워하고 기행이나 마약을 일삼는지. 인지도가 높아 보이는 이들은 그 인지도로 인해 많은 것을 누리는 듯 보이지만, 내면을 들여다보면 그들의 속은 아마 나처럼 부글부글 끓고 있을 것이다. 내가 당연한 듯 누리고 있는, 그리고 스스로는 극소량이라고 매우 못마땅해하는 인지도를, 나보다 더 불리한 상황에 처해 있는 다른 동료 작가는 대단히 큰 것이라고 여기며 부러워하고 있을지도 모른다. 내가 동료 작가 K를 보며 부러워했던 것처럼. 그리고 K 또한, 자기보다 더 인지도가 높아 보이는 다른 동료 작가를 보며 부러워하고 있을지도 모른다. 인지도란 무엇이며 인지도의 높고 낮음은 누가 계량해 정하는가. 이 멍청한 질문에 대해 답을 내놓을 수 있는 사람은 없다. 그러나 그 인지도를 무시할 수 있는 사람 또한 없다. 현대의 초자본주의 사회에서 인지도는 그 자체로 능력이며, 이 능력은 동시다발적인 이윤 창출로 연결된다.

그렇기에 친분이 있는 작가가 어느 날 갑자기 베스트셀러 작가가 되면 나는 긴장한다. 그 작가가 높은 인지도의 파도에 올라타 이윤 창출 능력을 발휘하기 시작하면 움찔하며 조심하게 된다. 그쪽에서 연락을 해온다면 모를까, 내 쪽에서 먼저 연락하는 일을 삼간다. 이권을 노린다는 인상을 줄까 두렵기 때문이다. 높은 인지도의 파도에 올라탄 작가들은 매체를 통해 특정 책을 재미있게 읽었다는 말 한마디로 대상이 된 책의 판매 부수를 올려놓는다. 엄청난 힘의 보유자로 변신한 것이다. 그런 힘의 보유자에게 아무 일도 일어나지 않은 양 예전처럼 다가가 말을 걸기는 힘들다. 내 쪽에서 아무 사심 없이 그저 동료로서 친하게 지내고 싶다 하더라도, 상대가 그렇게 받아들이지 않을 것 같아 조심스럽다. 그래서 '셀럽'이 된 작가에게는 멀찌감치 거리를 두게 된다. 나보다 더 불리한 상황에 처해 있는 듯 보이는 작가에게도 다가가기 어렵기는 마찬가지다. 원고 청탁을 나보다 덜한 빈도로 받거나, 써놓은 원고를 내주겠다는 출판사를 찾는 데 나보다 더 어려움을 겪는 것처럼 보이는 작가를 대할 때는, 혹시나 내가 하는 말이 잘난 척으로 들릴까봐 언행을 조심하게 된다. 내가 푸념이라고 늘어놓는 말들이 상대에게 사치스럽게 들릴까봐 긴장하게 된다.

그렇다면 나의 동료 작가들은 결코 내게 위안을 줄 수 없는 먼 섬이란 말인가. 우리네 작가들은 동료들과 서로 기대 마음을 어루만져줄 수 없단 말인가. 생각해보면 그게 또 그렇지가 않다. 우리네 작가들은 애환을 나눌 수 있다. 언제나 평가당하고, 원고를 거절당할 위험 앞에 영원히 신경을 곤두세우며, 시시각각 동료들과 비교되는 이 삭막한 인정투쟁의 장에 매 순간 놓여야 하는 인간의 처지는, 세상에 오직 한 부류, 나와 똑같이 글을 써서 책을 내는 인간들만 이해할 수 있다. 우리는 친한 작가와 이런 처지를 나눈다. 이야기를 나누고, 혹독한 평가 앞에 놓여야 하는 운명을 한탄하며, 과거 상대와 비교당할 때 느꼈던 당혹감과 질시, 억울했던 마음을 털어놓는다.

같은 구덩이에 빠져서 허우적거리는 처지이기에, 우리는 서로 공감하고 연민한다. 오늘 수작을 냈다고 해서 내일 내는 작품도 수작이라는 보장이 없다는 점을 토로하며 두려움을 토해낸다. 작가는 한 번 진입 장벽을 넘어가면 몇십 년 동안 자리가 보장되는 라이선스 형 직업이 아님을 세상 누구보다 잘 아는 자들로서, 우리 종족에게 부과된 천형을 분석하고, 부지런히 신세 한탄을 늘어놓는다. 보듬어주고, 상대의 작품에만 서린 고유의 미를 알아봐주고, 격려해준다. 고개를 끄덕이고 등을 쓰다듬어준 뒤, 건네받은 온기를 지니고 각자의 집으로 돌아간다. 그리고 다시 제 방에 틀어박혀 글을 쓴다. 그렇게 써낸 글이 갈 곳은 결국 편집자들의 심판대와 여기저기서 판매지수가 번쩍이는 삭막한 들판이지만, 그럼에도 쓴다. 쓰고 싶은 마음을 참을 수 없기에. 불구덩이인지 뻔히 알면서 뛰어드는 작가들에게, 동료 작가들은 그 자체로 나를 작아지게 만드는 비교 대상이지만, 동시에 세상에서 유일하게 동일한 입장에 서본 자로서 깊게 보듬어줄 수 있는 희귀한 생물들이다.

몇 년 전, 글쓰기 강연으로 만난 이들과 후속 모임을 가진 적이 있다. 내 책 출간을 축하해주기 위해 마련된 자리로, 나와 출판사 편집자(이자 대표)가 대담을 나누는 형식으로 진행되었다. 책 출간을 둘러싼 이런저런 이야기를 나누다가 화제가 '원고 투고'로 넘어갔다. 어떻게 출판사와 인연을 맺게 되었냐고 한 분이 질문을 던져주어서 시작된 이야기였다. 잠깐 망설이다가, 있었던 그대로 털어놓았다. 원래 이 출판사에 보냈던 원고는 다른 원고였는데, 거절당해서 내지 못했다고. 내친김에 말을 조금 덧붙였다. 처음에 내밀었던 원고를 거절당하던 시기에 다른 데서도 다른 원고를 거절당해 패닉 상태에 빠져 있었다고. 이 책은 그 거절의 시절이 지나간 뒤에 다시 도전해 처음으로 내게 된 책이라고. 그러자 좌중의 공기가 바뀌었다. 참가자들이 눈을 빛내며 집중하는 것이 느껴졌다. 얼굴에는 열기 같은 게 어렸다. 내 말이 끝나

자 한 분이 말했다. 작가님도 그런 일을 겪으시는군요! 위안
이 됩니다. 그러자 앉아 있던 분들이 하나둘 고개를 끄덕였
다. 좌중의 숙연한 분위기와 공감대가 마음에 훅 들어왔고,
나는 생각했다. 이 이야기를 책으로 써야겠구나!

　　바깥에서 보이는 한 사람의 모습은 그 사람의 내면으
로 들어가면 판이하게 바뀐다. 작가는 겉으로 보이는 모습
과 실제 내면의 간극이 큰 대표적인 인물이다. '작가님'이라
는 추상적이고 거창한 호칭과, 자본주의 사회에서 또렷한
수입과 일의 범주를 갖고 있지 못한 자로서의 자괴감 사이
를 왔다 갔다 하면서, 작가는 내면의 혼란을 겪는다. 만인의
평가 앞에 상시로 노출되어 있다는 점까지 고려하면, '작가'
는 정신적으로 안정되거나 평화를 누리는 것과 가장 먼 거
리에 서 있는 직업군이라 할 수 있으리라.

　　이 책의 초고를 보낸 뒤, 출판사에서 교정본을 전달받
아 읽어내려가다가 나는 빙그레 웃음을 지었다. 원고의 특
정 부분이 최초에 보냈던 그대로 남아 있는 것이 눈에 띄었
기 때문이다. 원고 여기저기 삭제를 요청하는 선이 그어져
있거나, 수정을 제안하는 붉은 글씨가 달려 있었는데, 유독
한 부분만 고스란히 원래의 형태를 유지한 채 깔끔하게 보
존되어 있었다. 3부의 대부분, 그중에서도 특히 '거절 메일'

대목이 그랬다. 글 작성자가 그 이야기를 얼마나 쓰고 싶어 했는지가, 얼마나 오랫동안 그 문장들을 품고 살아왔는지가, 그런 형태로 드러나 눈앞에 전시되고 있었다. 아무런 수정 요청이 달리지 않은 흑백의 화면을 손으로 쓸어보는데, 그 대목을 쓰던 때의 감흥이 고스란히 되살아났다. 폭풍처럼 다다다다 키보드를 쳐내려가면서 느꼈던 쾌감이 되살아나면서, 감춰왔던 마음을 지상화시키게 된 데 대한 감흥이 울컥함으로 전이되었다.

어떻게 해서 '작가'의 핵심 정체성에 이르게 되었는지를 정확하게 써서 드러내고 싶었다. 그러기 위해서는 글쓰기의 기술, 글쓰기의 경험, 글을 쓰면서 만나는 사람들에 대한 상세한 정경 묘사가 필요했다. 작가의 핵심 정체성은 무엇인가. '거절'이다. 작가로 살아가던 어느 날, 나는 불현듯 이것을 알게 되었다. 탄생의 비밀이 죽음에 있고, 사랑의 비밀이 이별에 있듯, 작가라는 직업의 비밀은 '거절'에 있었다. 반짝이는 존경과 상찬의 말 뒤에 놓인 심연의 한가운데 도사린 것은 바로 그것이었다. 타인에게 너의 원고를 출간하고 싶지 않다는 말을 듣는 것. 너의 원고가 가치 없다는 말을 듣는 것. 너의 원고가 이전 작품보다 '별로'라는 말을 듣는 것.

책의 교정 작업을 하던 도중, 문득 이런 생각이 들었다.

이것이 비단 '작가'에게만 해당하는 문제일까. 이런 문제의식이 생겨나자, 그동안 무심코 지나쳤던 순간들이 갑자기 인식에 잡혔다. 길 가다 만나는 전단지 배포 아르바이트생, 시도 때도 없이 날아오는 전화 속 텔레마케터의 목소리, 쇼핑몰 한구석에 앉아 신용카드 개설을 권유하는 중년의 여성…… 생각해보니 세상에는 '거절'당하기를 핵심 정체성으로 한 직업이 많았다. 마음만 먹는다면 '거절' 따위와는 아무런 연관이 없는 것처럼 위장할 수 있는 내 직업은 그나마 양반에 속하겠다는 생각이 들 정도로.

역사상 존재했던 그 어느 시대보다 더 정교하고 치밀해진 자본주의 체제를 살아가는 우리는 어쩌면 모두 '거절'을 핵심 정체성으로 삼으며 살아가고 있을지도 모른다. 어떤 포장을 둘렀느냐의 차이가 있을 뿐, 현대 사회에서 돈을 벌며 살아가는 이들은 모두 '거절'의 폭우를 맞으며 하루하루를 넘긴다. '꼭 필요하지 않은' 물품을 '꼭 필요한 것처럼 느끼게' 하여 지갑을 열게 만드는 작업이 자본주의라는 거대 생물의 심장을 뛰게 하는 핵심 연료이기 때문이다.

자본주의의 드넓은 품 안에 안긴 여러 직업군 중, 작가는 '환상'을 둘러쓰기 때문에 좀 더 복잡한 성격을 띠게 되는 직군이다. 작가로 데뷔하던 초반에 내가 새롭게 맞아들인 내 직업의 핵심 정체성을 알아보지 못한 건 그 때문이었을 것이다. 형형색색의 근사한 막이 둘린 새로운 직업의 오라에 휩싸인 채 꽃처럼 행복해하던 어느 날, 한순간 모든 막이 젖혀지더니 시뻘건 핵심이 드러났다. 갑자기 모든 것을 꿰뚫어 보게 된 나는 엉덩방아를 찧으며 울음을 터뜨렸다. 그러니 이 이야기는 자본주의 체제 내에서 다소 특이한 업종에 종사하는 한 미물이 제가 속한 직업군의 비밀과 맞닥뜨리는 과정을 보여주는 블랙 코미디다. 시간이 흐르면서 그 미물이 제 직업의 비밀을 잉태한 더 커다란 체제와 역사를 인식한 뒤 어떻게 반응하고 생존해왔는지를 그린 일종의 실존 서사라고도 할 수 있다. 이 서사가 각자 다른 위치에서 각박한 시대를 살아내고 있을 이들에게 한 조각 웃음, 한 조각 위로, 한 조각 정보, 혹은 한 조각 심정적 지지로 맺힌다면 더 바랄 것이 없겠다.

2023년 10월
정아은

이렇게 작가가 되었습니다

© 정아은

1판 1쇄 2023년 10월 27일
1판 3쇄 2024년 12월 9일

지은이 ♦ 정아은
펴낸이 ♦ 고우리
펴낸곳 ♦ 마름모
등　록 ♦ 제 2021 - 000044호 (2021년 5월 28일)
팩　스 ♦ 02-6488-9874
메　일 ♦ marmmopress@naver.com
블로그 ♦ blog.naver.com/marmmopress
인스타그램 ♦ @marmmo.press

ISBN ♦ 979-11-978269-8-6 (03800)

평행하는 선들은 결국 만난다 ♦ 마름모